百年文学主流★小说大系

总主编 张清华 翟文铖
本册主编 陈泽宇

阵痛

跋涉与飞翔

新时期的改革小说

山东城市出版传媒集团·济南出版社

图书在版编目（CIP）数据

阵痛 / 邓刚等著 . — 济南：济南出版社，2022.1
（百年文学主流小说大系 / 张清华，翟文铖主编）

ISBN 978-7-5488-4948-3

Ⅰ . ①阵… Ⅱ . ①邓… Ⅲ . ①中篇小说—小说集—中国—当代②短篇小说—小说集—中国—当代 Ⅳ . ① I247.7

中国版本图书馆 CIP 数据核字 (2022) 第 001739 号

百年文学主流小说大系 · 阵痛
本册主编：陈泽宇

责任编辑：宋涛 张慧敏
装帧设计：牛钧

出版发行：济南出版社
编辑热线：0531-82772895
地址：山东省济南市二环南路 1 号
印刷：济南新科印务有限公司
版次：2022 年 1 月第 1 版
印次：2022 年 1 月第 1 次印刷
成品尺寸：148mm x 210mm 1/32
印张：7.75
字数：170 千字
印数：1—5000 册

定价：56.00 元

如有印装质量问题，请与出版社出版部联系调换
电话：0531-86131736

总序

自从1918年5月15日4卷5号的《新青年》上刊载了现代中国第一篇白话小说《狂人日记》至今，新文学已走过了百余年历史。百年以来，新文学始终与现代中国社会历史的风云变迁相互交织激荡，从启蒙到救亡，从民族解放到社会变革，所有重大的事件、历史的转折，还有这一切背后的精神流变，都在文学中留下了生动的印记。

因此，本套丛书的出版目的，即是要通过对经典作品的系统梳理，完整而形象地再现这一过程，展示其历史与精神景观。每篇作品都承载着一段民族记忆：或是一个历史的瞬间，或是一个生活的小景，或是一朵思想的火花，或是一道情感的涟漪，但这一切都与大历史的变迁息息相关，都与社会进步的洪流汇通呼应。

为了尽量完整地呈现这种历史感，我们按照时间线索，依循文学史演变的轨迹，选择了若干重大的现象，它们或属文学流派，或是文学运动，总之都是百年新文学中最接近于社会主流运动的部分，故称之为“百年文学主流”。这一名称，得自丹麦文学史家勃兰兑斯的《十九世纪文学主流》的启示，同时也贴合着百年新文学的实际。

这套丛书的定位是普及本，阅读对象首先是普通读者、文学爱好者，包括广大学生读者，其次才面向专业研究人员。因此，主题内容上的积极健康是我们选编持守的一个基本标准。选文尽力容纳每个时代最具代表性的作品，因为它们更多承载着时代的主导价值和进步的精神追求，且能让我们以最直观的方式感受到历史跳动的脉搏。

除了上述要求外，最能体现本丛书编选特色的，是我们还特别关注作品的艺术性和可读性。尽管是“主流”，但绝不意味着对于艺术标准的忽略。同样是某一时期的作品，我们会尽量选取那些艺术上更为成熟和讲究的，如孙犁的《铁木前传》、宗璞的《红豆》、王蒙的《组织部来了个年轻人》这些脍炙人口的名篇；甚至还有一些特别富有艺术探索倾向的作品，像魏金枝的《制服》、萧红的《手》、端木蕻良的《爷爷为什么不吃高粱米粥》、萧平的《三月雪》等，都采用了儿童的叙事视角，通过对视野的限制和陌生化处理，使叙述显得更富有诗意。

正是因为对艺术标准的注重，这套丛书还选入了一些相对“另类”的篇目，在其他普及本中难得一见。如洪灵菲的《在木筏上》、曾克的《女神枪手冯凤英》、秦兆阳的《秋娥》、徐怀中的《十五棵向日葵》、海默的《深山里的菊花》等等，不一而足。这些作品要么在人物与故事上更加新奇，要么在风格上更为独特和陌生，总之都会给读者带来更新鲜的体验。

长篇小说是“百年文学主流”中的砥柱之作，但篇幅所限，无法像中短篇那样尽行选入，只能在今后该丛书的其他分类卷次中一一展现。

丛书以历史的流变和风格的趋近为划编依据，分为以下10卷：

《天下太平》 普罗文学与"左联"小说
《没有祖国的孩子》 "东北作家群"小说
《暴风雨的一天》 抗战时期的"左翼"小说
《喜事》 解放区的翻身小说
《一颗未出膛的枪弹》 解放区的战争小说
《喜鹊登枝》 "十七年"的合作化小说
《十五棵向日葵》 "十七年"的革命历史小说
《明镜台》 "十七年"的探索小说
《第十个弹孔》 新时期的反思小说
《阵痛》 新时期的改革小说

将"东北作家群"独立编为一卷，是有特别的考虑。早在九一八事变以后，东北作家群已开始了四处漂泊的生活，创作出大量以悲情怀乡与抗日救亡为主题的作品，这应该是中国最早的"抗战文学"了。这个作家群后来与"左翼"作家非常贴近，萧军、萧红等深受鲁迅影响，亦是人所共知的事，因此，他们又被视为"左翼"创作的重要力量。将他们单列出来，除了因为其作品数量庞大，当然也是为了凸显该作家群的渊源与风格的独特性。

另外还需交代的，是每卷前面有一个编选序言，简要说明了该卷所涉作品的总体倾向、艺术特点、文学史地位等。每篇作品均配有一个简要的导读，分"关于作家"和"关于作品"两个部分。"关于作家"是一个作家小传，介绍作家的生平和创作简历；"关于作品"则主要介绍所选作品的思想艺术价值。所有导读文字，力图做到学术性和通俗性的结合，以让中学生和普通读者能够读懂。

至于文本版本的选定，原则上原始版本（初刊本或初版本）优先，亦选用“新文学大系”等权威选本中的文本，还有作者本人声明的定本或其他善本。每卷的字数大体均衡，约为16～18万字。此外，为保持作品原貌，使读者更易对写作时代的特点和笔触的风格产生深刻理解，对其中与现代用法不尽一致的字词暂做保留。

本丛书的编选者，或在高校任教，或在研究机构任职，或在国内外修读博士，但都是专门从事中国现当代文学专业研究的学者。依照本套丛书的选编顺序，编者们的具体分工如下：第一卷和第二卷由周蕾负责编撰，第三卷由黄瀚负责编撰，第四卷和第七卷由翟文铖负责编撰，第五卷由施冰冰负责编撰，第六卷由张高峰负责编撰，第八卷由刘诗宇负责编撰，第九卷由薛红云负责编撰，第十卷由陈泽宇负责编撰。

成书之际，适逢建党百年。百年风云舒卷，百年洪流激荡，百年文学亦堪称硕果累累。作为这一“主流”的一个汇集，一个展示，足以令人心潮澎湃。愿此书能够给亲爱的读者们带来一份慰藉，一份喜悦。

张清华　翟文铖

2021年6月8日，于北京师范大学京师学堂

序

2021年，陈奂生84岁。他上过城、包过产、出过国，在改革开放的春风里精彩地活了一把，再也不是从前那个委屈巴巴的“漏斗户主”了。他也火了一把，不仅受到全国人民的关注，还被写进了文学史，成为众所周知的改革年代著名人士。几十年来，他见证了中国发展的巨变，新时期以来的中国在政治、思想、经济、文化等各方面高速发展，陈奂生是社会变革的亲历者，更是时代沧桑的见证人。三月的某一天，耄耋之年的陈奂生回顾起年轻时改革伙伴们的后来经历，一幕幕场景在他眼前飞过：乔厂长（蒋子龙《乔厂长上任记》）继续大刀阔斧地改革，重塑了一个新电机厂，全厂上下无不称好，社会效益与经济效益双丰收；小木匠（王润滋《鲁班的子孙》）外出务工后开了公司，名字就叫“当代鲁班”，他凭着过硬的技术和真诚的态度，成为20世纪90年代省城家具领域的弄潮儿；孙三老汉（赵本夫《卖驴》）骑着驴车出门旅游……

以上的情节自是玩笑，是对本书所选作品人物的未来想象，熟悉新时期改革文学的朋友们看到这里，大概会相视一笑：因为这的确是故事后续进展的可能之一。“文革”之后，新时期初，面对社会现实的新变化、时代生活的新气象，文学那敏锐的神经末梢率先感知到春江水暖。沉寂之后耸动的，不仅有国营大厂里的钢铁巨人，还有千千万万普通人的矫健身影，以及他们暗夜中不断翻滚的精神浪花，抑或惊涛骇浪。这一时期，几种文学思潮的述说对象并未完全分离，在你中有我、我中有你的渗透中各自领悟属于自己的精神着力点，并呈现出面貌迥异的思想姿态。尽管在当代文学史的叙述中，伤痕、反思、改革三个文学阶段存在笼统的先后分别，可无法否认改革文学更善于捕捉日常新变，在砥砺奋进中克服记忆，是对伤痕疗愈与哀痛反思的正面回应和逻辑延续，书写社会生活的宏大史诗与时代个体的内心低语，是改革文学命中注定的主题。

在改革文学中，最常见的叙事模式大体如下：某某单位问题成堆、积重难返，此时老干部上任、匡正时弊，改革者大刀阔斧、开创局面，又有保守势力盘根错节、处处刁难，一番艰苦斗争之后，新事物战胜了旧事物。这时，社会主义新人形象出现了，他们怀抱坚定的信念与果断的行动力，时代伟力赋予个体以改革决心和决策魄力，一批有理想、有追求的共产党员形象跃然纸上。在这批“跋涉者”的带领下，看似困难的问题开始得到解决，当代文学人物的脸上有了久违笑容，作家笔下历经劫难的中国人正在重新挺直脊梁。还有一类屡见不鲜的故事发生在市井街头，发生在田间地头：包产到户的政策让农民激动，他们终于有了吃饱饭的希望，但吃饱饭还不够，还要思考何为良好生活。在这个意义上，小木匠黄秀川（王润滋《鲁班的子孙》）有了主动实现富裕的勇气，孙三老汉（赵本夫《卖驴》）在卖不卖驴之间停止了徘徊，冯幺爸（何士光《乡场上》）终于在乡场上大胆伸张正义。他们都来自于五湖四海的小家庭，又都走进了丰富多变的大历史。

这一时期的文学实践与意识形态的重建高度互证，二者彼此参与，彼此重叠。时代发展的新变孕育了改革文学的发生与发展，改革文学中的扛旗大将们又激励着、感动着一代改革新人的出现与挺立。这种文学与时代、与政治的紧密契合，在一方面确立了改革文学创作话语属性与阐释的基本空间，也从另一方面限制了更丰富的批评眼光与更驳杂的言说角度。在这个意义上，对经典文本的重读或再解读就显得尤为重要。当然，在新的时空环境下，新的历史局限也已先验性地存在于我辈的精神世界中，它先于我们的存在和重读，但也正因如此，从一种新的文学传统阐发文学史经典的独特意义，本身即为一种富有意义的建构。时过境迁，“陈奂生们”在当下完全摆脱了鲁迅先生的精神遗产吗？“乔厂长们”大都已经作古，他们的后代是否从历史因袭的重负中获得解脱？

在今天，这些具体事实背后的本质原因与人性的侧面值得被正视，在主流历史的激变错落中，每一份影子的证词都是光辉散落的注脚。对于必须回复的答案，文学史的努力还有待深化。有论者指出，在几个通行的文学史教材中，改革文学的历史地位并没有得到应有的重视。这其中原因很多，趣味分化影响着建构共同体，想象的话语权旁落，对思想性命题的过于重视也不自觉地压抑了对这一时期作品艺术价值的关注。

改革文学的思潮退去之后，还有更多的作家延续了这一主题的书写，其中周梅森、张平、陆天明等人在20世纪90年代至今的作品中，仍对社会改革具有深切关怀。王跃文、阎真、周大新、陶纯、孙慧芬、阿耐等人的作品中，也从更多领域延展了这一文学的主题。显然，随着改革实践的不断延续，“改革”“改革开放”“改革文学”的语义都变得愈发明朗，再次回望那份关于“飞翔与跋涉”的文学叙述时，我们可以清晰地感受到 20 世纪 80 年代改革初期的真挚凝视。

编　者

目录

乔厂长上任记

蒋子龙

【关于作家】

蒋子龙，1941 年生，河北沧州人。1958 年参加工作，1960 年入伍，复员后到天津重型机器厂工作，担任办公室秘书、支部副书记等职。1965 年创作了第一篇短篇小说《新站长》，随即先后发表短篇小说《机电局长的一天》《乔厂长上任记》等。《乔厂长上任记》率先触及我国工业体制改革的重大问题，成为新时期改革文学的潮头之作，获 1979 年全国优秀短篇小说奖。蒋子龙也因此成为新时期改革文学的主要代表作家。主要作品还有中篇小说《开拓者》《赤橙黄绿青蓝紫》《锅碗瓢盆交响曲》，长篇小说《蛇神》等。2018 年 12 月 18 日，党中央、国务院授予“改革文学”作家的代表蒋子龙同志“改革先锋”称号，颁授改革先锋奖章。

【关于作品】

《乔厂长上任记》于 1979 年发表，分为出山、上任、主角三个部分。从各部分小标题的承续关系上便不难看出，厂长乔光朴是一个时代英雄式的人物。是英雄便有敌人，小说中的代厂长冀申就是站在改革对立面上的那个人。冀申的“蜘蛛网”的确很大，他带领一批新制度下的“遗老遗少”们兜着圈子和乔光朴作对，在把厂里的服务大队搅得一团糟后竟顺利抽身，通过“上层路线”离开重机厂，到外贸局另赴新任。

然而，乔光朴不是一个人在战斗。郗望北原是乔光朴昔日对头，却意外变成今日的得力助手。上级领导霍大道、女工程师童贞、党委书记石敢都是他的帮手。尤其是石敢，他原是乔光朴的老搭档，在动荡时代里失去了半个舌头，从此心境大变，变得沉默寡言。但在乔光朴的要求下，石敢随他一同复出，来到重型电机厂搭档厂组成领导班子。再次共事，石敢被乔光朴的勇气与斗志不断感染，也逐渐意识到了社会在发生真正的变化，从本不愿再出山，到恢复决断、勇于担当，石敢成为作者未曾明说的那个时代新人。

在《乔厂长上任记》中，乔光朴进行了一系列大刀阔斧的改革，职工的热情被迅速激发，生产上常年被动的局面也得以改观。面对各路阻碍，乔光朴显现出异常强大的顽强精神与决不服输的坚毅斗志，他的事业心和责任感、管理能力和壮志豪情都是改革开放之初社会强人的缩影，也反之影响、塑造了那一代风流人物。如果用一句话来概括，乔光朴的性格是棱角分明的，做事是雷厉风行的，内心坚定着雄心大志。当然，时至今日回头再看，我们也不难发现改革文学初期“乔光朴”式人物的缺憾：他们过于理想化，思考问题过于简单化了。改革真的能靠一两个猛将强人迅速打开局面吗？那些“反对派”们真的会这么轻易离开吗？

"时间和数字是冷酷无情的，像两条鞭子，悬在我们的背上。

"先讲时间。如果说国家实现现代化的时间是二十三年，那么咱们这个给国家提供机电设备的厂子，自身的现代化必须在八到十年内完成。否则，炊事员和职工一同进食堂，是不能按时开饭的。

"再看数字。日本日立公司电机厂，五千五百人，年产一千二百万千瓦；咱们厂，八千九百人，年产一百二十万千瓦。这说明什么？要求我们干什么？

"前天有个叫高岛的日本人，听我讲咱们厂的年产量，他晃脑袋，说我保密！当时我的脸臊成了猴腚，两只拳头攥出了水。不是要揍人家，而是想揍自己。你们还有脸笑！当时要看见你们笑，我就揍你们。

"其实，时间和数字是有生命、有感情的，只要你掏出心来追求它，它就属于你。"

摘自厂长乔光朴的发言记录

出　山

党委扩大会一上来就卡了壳，这在机电工业局的会议室里不多见，特别是在局长霍大道主持的会上更不多见。但今天的沉闷似乎不是那种干燥的、令人沮丧的寂静，而是一种大雨前的闷热、雷电前的沉寂。算算吧，"四人帮"倒台两年了，七八年又过去了六个月，电机厂也已经两年零六个月没完成生产任务了。再一再二不能再三，全局都快要被它拖垮了。必须彻底解决，派硬手去。派谁？机电局闲着的干部不少，但顶戗的不多。愿意上来的人不少，愿意下去，特别是愿意到大难杂乱的大户头厂去的人不多。

会议要讨论的内容两天前已经通知到各委员了，霍大道知道委员们都有准备好的话，只等头一炮打响，后边就会万炮齐鸣。他却丝毫不动声色，他从来不亲自动手去点第一炮，而是让炮手准备好了自己燃响，更不在冷场时赔着笑脸絮絮叨叨地启发诱导。他透彻人肺腑的目光，时而收拢合目沉思，时而又放纵开来，轻轻扫过每一个人的脸。

有一张脸渐渐吸引住霍大道的目光。这是一张有着铁矿石般颜色和猎人般粗犷特征的脸：石岸般突出的眉弓，饿虎般深藏的双睛；颧骨略高的双颊，肌厚肉重的阔脸；这一切简直就是力量的化身。他是机电局电器公司经理乔光朴，正从副局长徐进亭的烟盒里抽出一支香烟在手里摆弄着。自从十多年前在“牛棚”里一咬牙戒了烟，从未开过戒，只是留下一个毛病，每逢开会苦苦思索或心情激动的时候，喜欢找别人要一支烟在手里玩弄，间或放到鼻子上去嗅一嗅，仿佛没有这支烟他的思想就不能集中。他一双火力十足的眼睛不看别人，只盯住手里的香烟，饱满的嘴唇铁闸一般紧闭着，里面坚硬的牙齿却在不断地咬着牙帮骨，左颊上的肌肉鼓起一道道棱子。霍大道极不易觉察地笑了，他不仅估计到第一炮很快就要炸响，而且对今天会议的结果似乎也有了七分把握。

果然，乔光朴手里那支珍贵的“郁金香”牌香烟不知什么时候变成一堆碎烟丝。他伸手又去抓徐进亭的烟盒，徐进亭挡住了他的手：“得啦，光朴，你又不吸，这不是白白糟蹋吗。要不一开会抽烟的人都躲你远远的。”

有几个人嘲弄地笑了。

乔光朴没抬眼皮，用平稳的显然是经过深思熟虑的口吻说：“别人不说我先说，请局党委考虑，让我到重型电机厂去。”

这低沉的声调在有些委员的心里不啻是爆炸了一颗手榴弹。徐副局长更是惊诧地掏出一支香烟主动地丢给乔光朴：“光朴，你是真的，还是开玩笑？”

是啊，他的请求太出人意外了，因为他现在占的位子太好了。“公司经理”——上有局长，下有厂长，能进能退，可攻可守。形势稳定可进到局一级，出了问题可上推下卸，躲在二道门内转发一下原则号令。愿干者可以多劳，不愿干者也可少干，全无凭据；权力不小，责任不大，待遇不低，费心血不多。这是许多老干部梦寐以求而又得不到手的“美缺”。乔光朴放着轻车熟路不走，明知现在基层的经最不好念，为什么偏要下去呢？

乔光朴抬起眼睛，闪电似的扫过全场，最后和霍大道那穿透一切的目光相遇了，倏地这两对目光碰出了心里的火花，一刹那等于交换了千言万语。乔光朴仍是用缓慢平稳的语气说：“我愿立军令状。乔光朴，现年五十六岁，身体基本健康，血压有一点高，但无妨大局。我去后如果电机厂仍不能完成国家计划，我请求撤销我党内外一切职务，到干校和石敢去养鸡喂鸭。”

这家伙，话说得太满、太绝。这无疑是一些眼下最忌讳的语言。当语言中充满了虚妄和垃圾，稍负一点责的干部就喜欢说一些漂亮的多义词，让人从哪个方面都可以解释。什么事情还没有干，就先从四面八方留下退却的路。因此，乔光朴的“军令状”比它本身所包含的内容更叫霍大道高兴。他激动地抬起眼睛，心里想，这位大爷就是给他一座山也能背走，正像俗话说的，他像脚后跟一样可靠，你尽管相信他好了。就问：“你还有什么要求？”

乔光朴：“我要请石敢一块去，他当党委书记，我当厂长。”

会议室里又炸了。徐副局长小声地冲他嘟囔：“我的老天，你刚才扔了个手榴弹，现在又撂原子弹，后边是不是还有中子弹？你成心想炸毁我们的神经？”

乔光朴不回答，腮帮子上的肌肉又鼓起一道道肉棱子，他又在咬牙帮骨。

有人说：“你这是一厢情愿，石敢同意去吗？”

乔光朴：“我已经派车到干校去接他，就是拖也要把他拖来。至于他干不干的问题，我的意见他干也得干，他不干也得干。而且——”他把目光转向霍大道，“只要党委正式做决议，我想他是会服从的。我对别人的安排也有这个意见，可以听取本人的意见和要求，但也不能完全由个人说了算。党对任何一个党员，不管他是哪一个级别的干部，都有指挥调动权。”

他说完看看手表，像事先约好的一样，石敢就在这时候进来了。猛一看，这简直就是一位老农民。但从他走进机电局大楼、走进肃穆的会议室仍然态度安详，就可知这是一位经过阵势，以前常到这个地方来的人。他身材短小，动作迟钝，仿佛他一切锋芒全被这极平常的外貌给遮掩住了。斗争的风浪明显地在他身上留下了涤荡的痕迹。虽然刚交六十岁，但他的脸已被深深的皱纹切破了，像个桃核，看上去要比实际年龄大得多。他对一切热烈的问候和眼光只用点头回答，他脸上的神色既不热情，也不冷淡，倒有些像路人般的木然无情。他像个哑巴，似乎比哑巴更哑。哑巴见了熟人还要呀呀咿咿地叫喊几声，以示亲热；他的双唇闭得铁紧，好像生怕从里边发出声音来。他没有在霍大道指给他的位子上坐下，好像不明白局党委开会为什么把他找来，随时准备离开这儿。

乔光朴站起来：“霍局长，我先和老石谈一谈。”

霍大道点点头。乔光朴抓住石敢的胳膊，半拥半推地向外走。石敢瘦小的身材叫乔光朴魁伟的体架一衬，就像大人拉着一个孩子。他俩来到霍大道的办公室，双双坐在沙发上，乔光朴望着自己的老搭档，心里突然翻起一股难言的痛楚。

一九五八年，乔光朴从苏联学习回国，被派到重型电机厂当厂长，石敢是党委书记。两个人把电机厂搞成了一朵花。石敢是个诙谐多智的鼓动家，他的好多话在“文化大革命”中被人揪住了辫子，在“牛棚”里常对乔光朴说：“舌头是惹祸的根苗，是思想无法藏住的一条尾巴，我早晚要把这块多余的肉咬掉。”他站在批判台上对造反派叫他回答问题更是恼火，不回答吧态度不好，回答吧更加倍激起批判者的愤怒，他曾想要是没有舌头就不会有这样的麻烦了。而和他常常一起挨斗的乔光朴，却想出了对付批斗的“精神转移法”。刚一上台挨斗时，乔光朴也和石敢一样，非常注意听批判者的发言，越听越气，常常汗流浃背，毛发倒竖，一场批判会下来筋骨酥软，累得像摊泥。挨斗的次数一多，时间一长就油了。乔光朴酷爱京剧，往台上一站，别人的批判发言一开始，他心里的锣鼓也开场了，默唱自己喜爱的京剧唱段，以转移自己的注意力。此法果然有效，不管是几个小时的批斗会，不管是“冰棍式”，还是“喷气式”，他全能应付裕如。甚至有时候还能触景生情，一见批判台搭在露天，就来一段“我正在城楼观山景，耳听得城外乱纷纷”。他得意扬扬地把自己的经验传授给石敢，劝他的伙伴不要老是那么认真，暗憋暗气地老是诅咒本来无罪的舌头。无奈石敢不喜好京剧，乔光朴行之有效的办法对他却无效。六七年秋天一次批判会，台子高高搭在两辆重型翻斗汽车上，散会时石敢一脚踩空，笔直地摔下台，腿脚没伤，舌头果真咬掉了一半。他忍住疼没吭声，血灌满了嘴就咽下去。等到被人发现时已无法再找回那半个舌头。从那天起，两个老伙伴就分开了。石敢成了半哑巴，公共场合从来不说话。治好伤就到机电局干校劳动，局里几次要给他安排工作，他借口是残废人不上来。“四人帮”倒台的消息公布以后，他到市里喝了一通酒，晚上又回干校了，说舍不得那大小“三军”。他在干校管着上百只鸡，几十只鸭，还有一群羊，人称“三军司令”。他表示后半辈子不再离开农村。今天一早，乔光朴派亲近的人借口有重要会议把他叫来了。

乔光朴把自己的打算，立“军令状”的前后过程全部告诉了石敢，充满希望地等着老伙伴给他一个全力支持的回答。

石敢却是长时间地不吭声，用探究的、陌生的目光冷冷地盯着乔光朴，使乔光朴很不自在。老朋友对他的疏远和不信任叫他心打寒战。石敢到底说话了，语言低沉而又含混不清。乔光朴费劲地听着：

“你何苦要拉一个垫背的？我不去。”

乔光朴急了：“老石，难道你躲在干校不出山，真的是像别人传说的那样，是由于怕了，是‘怕死的杨五郎上山当了和尚’？”

石敢脸上的肌肉颤抖了一下，但毫不想辩解地点点头，认账了。这使乔光朴急切地从沙发上跳起来替他的朋友否认：“不，不，你不是那种人！你唬别人行，唬不了我。”

“我只有半个舌……舌头，而且剩下的这半个如果牙齿够得着也想把它咬下去。”

“不，你是有两个舌头的人，一个能指挥我，在关键的时候常常能给我别的人所不能给的帮助；另一个舌头又能说服群众服从我。你是我碰到过的最好的党委书记，我要回厂，你不跟我去不行！”

“咳！”石敢眼里闪过一丝痛苦的暗流，“我是个残废人，不会帮你的忙，只会拖你的手脚。”

“石敢，你少来点感伤情调好不好，你对我来说，重要的不是舌头，你有头脑，有经验，有魄力，还有最重要的——你我多年合作的感情。我只要你坐在办公室里动动手指，或到关键时候给我个眼神，提醒我一下，你只管坐镇就行。”

石敢还是摇头：“我思想残废了，我已经消耗完了。”

“胡说！”乔光朴见好说不行，真要恼了，“你明明是个大活人，呼出碳气，吸进氧气，还在进行血液循环，怎说是消耗完了？在活人身上难道能发生精力消耗完的事吗？掉个舌头尖思想就算残废啦？”

“我指热情的细胞消耗完了。”

“嗯？”乔光朴一把将石敢从沙发上拉起来，枪口似的双睛瞄准石敢的瞳孔，“你敢再重复一遍你的话吗？当初你咬下舌头吐掉的时候，难道把党性、生命连同对事业的信心和责任感也一块吐掉了？”

石敢躲开了乔光朴的目光，他碰上了一面无情的能照见灵魂的镜子，他看见自己的灵魂变得这样卑微，感到吃惊，甚至不愿意承认。

乔光朴用嘲讽的口吻，像是自言自语地说：“这真是一种讽刺，‘四化’的目标中央已经确立，道路也打开了，现在就需要有人带着队伍冲上去。瞧瞧我们这些区局级、县团级干部都是什么精神状态吧，有的装聋作哑，甚至被点将点到头上，还推三阻四。我真纳闷，在我们这些级别不算小的干部身上，究竟还有没有普通党员的责任感？我不过像个战士一样，听到首长说有任务就要抢着去完成，这本来是极平常的事，现在却成了出风头的英雄。谁知道呢，也许人家还把我当成了傻瓜哩！”

石敢又一次被刺疼了，他的肩头抖动了一下。乔光朴看见了，诚恳地说：“老石，你非跟我去不行，我就是用绳子拖也得把你拖去。”

“咳，大个子……”石敢叹了口气，用了他对乔光朴最亲热的称呼。这声“大个子”叫得乔光朴发冷的心突地又热起来了。石敢立刻又恢复了那种冷漠的神情：“我可以答应你，只要你以后不后悔。不过丑话说在前边，咱们订个君子协定，什么时候你讨厌我了，就放我回干校。”

当他们两个回到会议室的时候，委员们也就这个问题形成了决议。霍大道对石敢说：“老乔明天到任，你可以晚几天，休息一下，身体哪儿不适到医院检查一下。”

石敢点点头走了。

霍大道对乔光朴说：“刚才议论到干部安排问题，你还没有走，就有人盯上了你的位子。”他把目光又转向委员们：“你们是不是还有别人写的条子，或是受了人家的托付？我看今天彻底公开一下，把别人托你们的事都摆到桌面上来，大家一块议一议。”

大家面面相觑，他们都知道霍大道的脾气，他叫你拿到桌面上来，你若不拿，往后在私下是决不能再向他提这些事了。徐进亭先说："电机厂的冀申提出身体不好，希望能到公司里去。"接着别的委员也都说出了曾托付过自己的人。

霍大道目光像锥子一样，气色森严，语气里带着不想掩饰的愤怒："什么时候我们党的人事安排改为由个人私下活动了呢？什么时候党员的工作岗位分成了'肥缺''美缺'和'废缺''苦缺'了呢？毛遂自荐自古就有，乔光朴也是毛遂自荐，但和这些人的自荐是完全不同的两种性质。冀申同志在电机厂没搞好，却毫不愧疚地想到公司当经理，我不相信搞不好一个厂的人能搞好一个公司。如果把托你们的人的要求都满足，我们机电局只好安排十五个副局长，下属六个公司，每个公司也只好安排十到十五个正副经理，恐怕还不一定都满意。身体不好在基层干不了到机关就能干好，机关是疗养院？还是说在机关干好干坏没关系？有病不能工作的可以离职养病，名号要挂在组织处，不能占着茅坑不屙屎。宁可虚位待人，不可滥任命误党误国。我欣赏光朴同志立的'军令状'，这个办法要推行，往后像我们这样的领导干部也不能干不干一个样。有功的要升、要赏，有过的要罚、要降！有人在一个单位玩不转了就托人找关系，一走了之。这就助长干部身在曹营心在汉，骑着马找马。难怪工人反映，厂长都不想在一个厂里干一辈子，多则订个三年计划，少则是一年规划，打一枪换一个地方，这怎么能把工厂搞好！"

徐进亭问："冀申原是电机厂一把手，老乔和石敢一去，不把他调出来怎么安排？"

霍大道："当副厂长嘛。干好了可以升，干不好还降，直降到他能够胜任的职位止。当然，这是我个人的意见，大家还可以讨论。"

徐进亭悄悄对乔光朴说："这下你去了以后就更难弄了。"

乔光朴耸耸肩膀没吭声，那眼光分明在说："我根本就没想到电机厂去会有轻松的事。"

上 任

一

机电局党委扩大会散后，乔光朴向电器公司副经理做了交接，回到家已是晚上了。屋里有一股呛鼻的潮味，他把门窗全部打开。想沏杯茶，暖瓶是空的，就吞了几口冷开水。坐在书桌前，从一摞书的最底下拿出一本《金属学》，在书页里抽出一张照片。照片是在莫斯科的红场上照的，背景是列宁墓。前面并肩站着两个人，乔光朴穿浅色西装，伟美潇洒，显得很年轻，脸上的神色却有些不安。他旁边那个妩媚秀丽的姑娘则神情快乐，正侧脸用迷人的目光望着乔光朴，甜甜地笑着。仿佛她胸中的幸福盛不下，从嘴边漫了出来。乔光朴凝视着照片，突然闭住眼，低下头，两手用力掐住太阳穴。照片从他手指间滑落到桌面上——

一九五七年，乔光朴在苏联学习的最后一年，到列宁格勒电力工厂担任助理厂长。女留学生童贞正在这个厂搞毕业设计，她很快被乔光朴吸引住了。乔光朴英目锐气，智深勇沉，精通业务，抓起生产来仿佛每个汗毛孔里都是心眼，浑身是胆。他的性格本身就和恐惧、怀疑、阿谀奉承、互相戒备这些东西时常发生冲突。童贞最讨厌的也正是这些玩艺，她简直迷上这个比自己大十多岁的男人了。在异国他乡同胞相遇分外亲热，乔光朴像对待小妹妹，甚至是像对待小孩一样关心她、保护她。她需要的却是他的另一种关怀，她嫉妒他渴念妻子时的那种神情。

乔光朴先回国，五八年底童贞才毕业归来。重型电机厂刚建成正需要工程技术人员，她又来到乔光朴的身边。一直在她家长大的外甥郗望北，是电机厂的学徒工，一次很偶然的机会，他发现了小老姨对厂长的特殊感情。这个小伙子性格倔强，有蔫主意，恨上了厂长，认为厂长骗了他老姨。他虽比老姨还小十多岁，却俨然以老姨的保护人的身份处处留心，尽量阻挡童贞和乔光朴单独会面。当时有不少人追求童贞，她一概拒之门外，矢志不嫁。这使郗望北更憎恨乔光朴，他认定乔光朴搞女人也像搞生产一样有办法，害了自己老姨的一生。

七年过去了，“文化大革命”一开始，郗望北成为一派造反组织的头头，专打乔光朴。他只给乔光朴的“走资派”帽子上面又扣上“老流氓”“道德败坏分子”的帽子，但不细究，不深批，免得伤害自己的老姨。可是他的队员们对这种花花绿绿的事很感兴趣，捕风捉影，编出很多情节，反倒深深地伤害了童贞。在童贞眼里，乔光朴是搞现代化大生产难得的人才，过去一直威信很高，现在却名誉扫地。犯路线错误的人群众批而不恨，犯品质错误的人群众最厌恶。可在那种时候又怎能把真相向群众说清呢？童贞觉得这都是由于自己的缘故，使乔光朴比别的走资派吃了更多的苦头，她给乔光朴写了一封信，想一死了事。细心的郗望北早就留了这个心眼，没让童贞死成。这使乔光朴觉得一下子同时欠下了两个女人的债。

乔光朴的妻子在大学当宣传部长，虽然听到了关于他和童贞的议论，但丝毫也不怀疑自己的丈夫，直到六八年初不清不白地死在“牛棚”里，她从未怀疑过乔光朴的忠诚。乔光朴为此悔恨不已，曾对着妻子的遗像坦白承认，他在童贞大胆的表白面前确实动摇过，心里有时也很喜欢她。他表示从此不再搭理童贞。当最小的一个孩子考上大学离开他以后，他一个人守着几间空房子，过着苦行僧式的生活，似乎是有意折磨自己，向死去的妻子表明他对她和儿女感情的纯洁无瑕和忠贞不渝……

可是，下午在公司里交接完工作，乔光朴神差鬼使给童贞打了个电话，约她今晚到家里来。过后他很为自己的行动吃惊，责问自己：这是什么意思呢？如果自己不再回厂，事情也许永远就这样过去了。现在叫他俩该怎样相处？十年前厂子里的人给他俩的头上泼了那么多脏水啊！他这才突然发现，他认为早被他从心里挖走的童贞，却原来还在他心里占着一个位置。他没有在痛苦的思索里理出头绪，他不想再触摸这些复杂而又微妙的感情的琴弦了。得振作一下，明天回厂还有许多问题要考虑。忽然，觉得有什么东西落到头上，他抬起头，心里猛地一缩——童贞正依着他的膀子站着，泪眼模糊地望着那张照片。滴落到他头上的，无疑就是她的眼泪。他站起身，抓住她的手：“童贞，童贞……”

童贞身子一颤，从乔光朴发烫的大手里抽出自己的手，转过身去，擦干眼角，极力控制住自己。童贞的变化使乔光朴惊呆了。她才四十多岁，头上已有了白发；过去她的一双亮眼燃烧着大胆而热情的光芒，敢于火辣辣地长久地盯着他，现在她的眼神是温润的、绵软的，里面透出来的愁苦多于快乐。乔光朴的心里隐隐发痛。这个在业务上很有才气的女工程师，她本来可以成为国家很缺少的机电设备专家，现在从她身上再也看不见那个充满理想、朝气蓬勃的小姑娘的影子了。使她衰老这么快的原因，难道只是岁月吗?

两人都有点不大自然，乔光朴很想说一句既得体又亲热的话来打破僵局:“童贞，你为什么不结婚?”这根本不是他想要说的意思，连声音也不像他自己的。

童贞不满地反问:“你说呢?”

乔光朴懊丧地一挥手，他从来不说这样没味道的话。突然把头一摆，走近童贞:“我干吗要装假。童贞，我们结婚吧，明天，或者后天，怎么样?”

童贞等这句话等了快二十年了，可今天听到了这句话，却又感到慌乱和突然。她轻轻地说:“你事先一点信也不透，为什么这么急?”

乔光朴一经捅破了这层纸，就又恢复了他那热烈而坚定的性格:“我们头发都白了，你还说急?我们又不需要什么准备，请几个朋友一吃一喝一宣布就行了。”

童贞脸上泛起一阵幸福的光亮，显得年轻了，喃喃地说:“我的心你是知道的，随你决定吧。”

乔光朴又抓起童贞的手，高兴地说:“就这样定，明天我先回厂上任，通知亲友，后天结婚。”

童贞一惊:“回厂?”

“对，今天上午局党委会决议，石敢和我一块回去，还是老搭档。”

“不，不!”童贞说不清是反对还是害怕。她早盼着乔光朴答应和她结婚，然后调到一个群众不知道她俩情况的新单位去，和所爱的人安度晚年。乔光朴突然提到要回厂，电机厂的人听到他俩结婚的消息会怎样议论?童贞一想到能强奸人的灵魂、把刀尖捅到人心里将人致死的群众舆论，简直浑身打颤。况且郗望北现在是电机厂副厂长，他和乔光朴这一对冤家怎么在一块共事？她忧心忡忡地问："你在公司不是挺好吗，为什么偏要回厂？"

乔光朴兴致勃勃地说："搞好电器公司我并不要怎么费劲，也许正因为我的劲使不出来我才感到不过瘾。我对在公司里领导大集体、小集体企业，组织中小型厂的生产兴趣不大，我不喜欢搞针头线脑。"

"怎么，你还是带着大干一番的计划，回厂收拾烂摊子吗？"

"不错，我对电机厂是有感情的。像电机厂这样的企业如果老是一副烂摊子，国家的现代化将成为画饼。我们搞的这一行是现代化的发动机，而大型骨干企业又是国家的台柱子。搞好了有功，不比打江山的功小；搞不好有罪，也不比叛党卖国的罪小。过去打仗也好，现在搞工业也好，我都不喜欢站在旁边打边鼓，而喜欢当主角，不管我将演的是喜剧还是悲剧。趁现在精力还达得到，赶紧抓挠几年。我想叫自己的一辈子有始有终，虎头豹尾更好，至少要虎头虎尾。我们这一拨的人虎头蛇尾的太多了。"

是惊？是喜？是不安？童贞感慨万端。以前她爱上乔光朴，正是爱他对事业的热爱，以及在工作上表现出来的才能和男子汉特有的雄伟顽强的性格。现在的乔光朴还是以前她爱的那个人，但她却希望他离开他眷恋的事业。难道她爱不上战场的英雄，离开骏马的骑手？她像是自言自语地说："没见过五十多岁的人还这么雄心勃勃。"

"雄心是不取决于年岁的，正像青春不一定就属于黑发人，也不见得会随着白发而消失。"乔光朴从童贞的眼睛里看出她衰老的不光是外表，还有她那棵正在壮年的心苗，她也害上了正在流行的政治衰老症。看来精神上的胆怯给人造成的不幸，比估计到的还要多。这使他突然意识到自己的责任。他几乎用小伙子般的热情抱住童贞的双肩，热烈地说："喂，工程师同志，你以前在我耳边说个没完的那些计划，什么先搞六十万千瓦的，再搞一百万的、一百五十万的，制造国家第一台百万千瓦原子能发电站的设备，我们一定要揽过来。你都忘了？"

童贞心房里那颗工程师的心热起来。

乔光朴继续说："我们必须摸准世界上最先进国家机电工业发展的脉搏。在五十年代、六十年代，我们是面对世界工业的整个棋盘来走我们电机厂这颗棋子的，那时各种资料全能看得到，心里有底，知道怎样才能挤进世界先进行列。现在我心里没有数，你要帮助我。结婚后每天晚上教我一个小时的英语，怎么样？"

她勇敢地、深情地迎着他的目光点点头。在他身边她觉得可靠，安全，连自己似乎也变得坚强而充满了信心。她笑着说："真奇怪，那么多磨难，还没有把你的锐气磨掉。"

他哈哈一笑："本性难移。对于精神萎缩症或者叫政治衰老症也和生其他的病一个道理，体壮人欺病，体弱病欺人。这几年在公司里我可养胖了，精力贮存得太多了。"他狡黠地望望童贞，正利用自己特殊的地位，不放过能够给这个娇小的女人打气的机会。他说："至于说到磨难，这是我们的福气，我们恰好生活在两个时代交替的时候。历史有它的阶段，人活一辈子也有他的阶段，在人生一些重大关头，要敢于充分大胆地正视自己的心愿。俗话说，石头是刀的朋友，障碍是意志的朋友。"

他要她陪他一块到厂里去转转，童贞不大愿意。他用开玩笑的口吻说："你以前骂过我什么话？噢，对，你说我在感情上是粗线条的。现在就让我这个粗线条的人来谈谈爱情。爱情，是一种勇敢而强烈的感情。你以前既是那么大胆地追求过它，当它来了的时候就用不着怕它，更用不着隐瞒它以欺骗自己、苦恼自己。我真怕你像在政治上一样也来个爱情衰老病。趁着我还没有上任，我们还有时间谈谈情说说爱。”

她脸红了：“胡说，爱情的绿苗在一个女人的心里是永远不会衰老的。”做姑娘时的勇气又回到她的身上，她热烈地吻了他一下。

在去厂的路上，她却说服他先不能结婚。她借口说这件事对于她是终生第一次也是最后一次，而且她为这一天比别的女人付出了更多的代价，她要好好准备一下。乔光朴同意了。当然，童贞推延婚期的真正原因根本不是这些。

二

两个人走进电机厂，先拐进了离厂门口最近的八车间。乔光朴只想在上任前冷眼看看工厂的情况。走进了熟悉的车间，他浑身的每一个筋骨眼仿佛都往外涨劲，甚至有一股想亲手摸摸摇把的冲动。他首先想起了“十二把尖刀”。十年前他当厂长时，每一道工序都培养出一两个尖子，全厂共有十二个人，一开表彰先进的大会，这“十二把尖刀”都坐在头一排的金交椅上。童贞告诉他说：“你的尖刀们都离开了生产第一线，什么轻省干什么去了。有的看仓库、守大门，有的当检验员，还有一个当了车间头头。有四把刀在批判大会上不是当面控诉你用物质刺激腐蚀他们，你真的一点不记仇?”

乔光朴一挥手："咳，记仇是弱者的表现。当时批判我的时候，全厂人都举过拳头，呼过口号，要记仇我还回厂干什么？如果那十二个人不行了，我必须另磨尖刀。技术上不出尖子不行，产品不搞出名牌货不行！"

乔光朴一边听童贞介绍情况，一边安然自在地在机床的森林里穿行。他在车间里这样溜达，用行家的眼光打量着这些心爱的机器设备，如果再看到生产状况良好，那对他就是最好的享受了。比任何一对情人在河边公园散步所感到的滋味还要甘美。

外行看热闹，内行看门道。乔光朴在一个青年工人的机床前停住了。那小伙子干活不管不顾，把加工好的叶片随便往地上一丢，嘴里还哼着一支流行的外国歌曲。乔光朴拾起他加工好的零件检查着，大部分都有磕碰。他盯住小伙子，压住火气说："别唱了。"

工人不认识他，流气地朝童贞挤挤眼，声音更大了："哎呀妈妈，请你不要对我生气，年轻人就是这样没出息。"

"别唱了！"乔光朴带命令的口吻，还有那威严的目光使小伙子一惊，猛然停住了歌声。

"你是车工还是捡破烂的？你学过操作规程吗？懂得什么叫磕碰吗？"

小伙子显然也不是省油的灯，可是被乔光朴行家的口吻、凛然的气派给镇住了。乔光朴找童贞要了一条白手绢，在机床上一抹，手绢立刻成黑的了。乔光朴枪口似的目光直瞄着小伙子的脑门子："你就是这样保养设备的？把这个手绢挂在你的床子上，直到下一次我来检查用白毛巾从你床子上擦不下尘土来，再把这条手绢换成白毛巾。"这时已经有一大群车工不知出了什么事围过来看热闹，乔光朴对大伙说："明天我叫设备科给每台机床上挂一条白毛巾，以后检查你们的床子保养情况如何就用白毛巾说话。”

人群里有老工人，认出了乔光朴，悄悄吐吐舌头。那个小伙子脸涨得通红，窘得一句话也没有了，慌乱地把那个黑乎乎的手绢挂在一个不常用的闸把上。这又引起了乔光朴的注意，他看到那个闸把上盖满油灰，似乎从来没有被碰过。他问那个小伙子：“这个闸把是干什么用的？”

“不知道。”

“这上边不是有说明。”

“这是外文，看不懂。”

“你在这个床子上干了几年啦？”

“六年。”

“这么说，六年你没动过这个闸把？”

小伙子点点头。乔光朴左颊上的肌肉又鼓起一道道棱子，他问别的车工：“你们谁能把这个闸把的用处告诉他？”

车工们不知是真的不知道，还是怕说出来使自己的同伴更难堪，因此都没吱声。

乔光朴对童贞说：“工程师，请你告诉他吧。”

童贞也想缓和一下气氛，走过来给那个小伙子讲解英文说明，告诉他那个闸把是给机床打油的，每天操作前都要捺几下。

乔光朴又问：“你叫什么名字？”

“杜兵。”

“杜兵，干活哼小调，六年不给机床膏油，还是鬼怪式操作法的发明者。嗯，我不会忘记你的大名的。”乔光朴的口气由挖苦突然改为严厉的命令，“告诉你们车间主任，这台床子停止使用，立即进行检修保养。我是新来的厂长。”

他俩一转身，听到背后有人小声议论："小杜，你今个算碰上辣的了，他就是咱厂过去的老厂长。"

"真是行家一伸手便知有没有！"

乔光朴直到走出八车间，还愤愤地对童贞说："有这些大爷，就是把世界上最尖端的设备买进来也不行！"

童贞说："你以为杜兵是厂里最坏的工人吗？"

"嗯？"乔光朴看看她，"可气的是他这样干了六年竟没有人发现。可见咱们的管理到了什么水平，一粗二松三马虎。你这位主任工程师也算脸上有光啦。"

"什么？"童贞不满地说，"你们当厂长的不抓管理，倒埋怨下边。我是不在其位不谋其政。"

"在其位就谋其政吗？不见得。"

他俩一边说着话，走进七车间，一台从德国进口的二百六镗床正试车，拨挡试车的是个很年轻的德国人。外国人到中国来还加夜班，这引起了乔光朴的注意。童贞告诉他，镗床的电器部分在安装中出了问题，西德的西门子电子公司派他来解决。这个小伙子叫台尔，只有二十三岁，第一次到东方来，就先飞到日本玩了几天。结果来到我们厂时晚了七天，怕我们向公司里告发他，就特别卖劲。他临来时向公司讲七到十天解决我们的问题，现在还不到三天就处理完了，只等试车了。他的特点就是专、精。下班会玩，玩起来胆子大得很；上班会干，真能干；工作态度也很好。

"二十三岁就派到国外独当一面。"乔光朴看了一会儿台尔工作，叫童贞把七车间值班主任找了来，不容对方寒暄，就直截了当布置任务："把你们车间三十岁以下的青年工人都招呼到这儿来，看看这个台尔是怎么工作的。也叫台尔讲讲他的身世，听听他二十三岁怎么就把技术学得这么精。在他临走之前，我还准备让他给全厂青年工人讲一次。”

值班主任笑笑，没有询问乔光朴以什么身份下这样的指示，就转身去执行。

乔光朴觉得身后有人窃窃私语，他转过身去，原来是八车间的工人听说刚才批评杜兵的就是老厂长，都追出来想瞧瞧他。乔光朴走过去对他们说：“我有什么好值得看的，你们去看看那个二十三岁的西德电子专家，看看他是怎么干活的。”他叫一个面孔比较熟的人回八车间把青年都叫来，特别不要忘了那个鬼怪式——杜兵。

乔光朴布置完，见一个老工人拉他的衣袖，把他拉到一个清静的地方，呜噜呜噜地对他说：“你想拿外国人做你的尖刀？”

天呐，这是石敢。他不知从哪儿搞来一身工作服，还戴顶旧蓝布工作帽，简直就是个极普通的老工人。乔光朴又惊又喜，石敢还是过去的石敢，别看他一开始不答应，一旦答应下来就会全力以赴。这不也是不等上任就憋不住先跑到厂里来了。

石敢的脸色是阴沉的，他心里正后悔。他的确是在厂子里转了一圈，而且凭他的半条舌头，用最节省的语言，和几个不认识他的人谈了话。人家还以为他正害着严重的牙疼病，他却摸到了乔光朴所不能摸到的情况。电机厂工人思想混乱，很大一部分人失去了过去崇拜的偶像，一下子连信仰也失去了，连民族自尊心、社会主义的自豪感都没有了，还有什么比群众在思想上一片散沙更可怕的呢？这些年，工人受了欺骗、愚弄和呵斥，从肉体到灵魂都退化了。而且电机厂的干部几乎是三套班子，十年前的一批，

“文化大革命”起来的一批，冀申到厂后又搞了一套自己的班子。老人心里有气，新人肚里也不平静，石敢担心这种冲突会成为党内新的斗争的震心。等着他和乔光朴的岂止是个烂摊子，还是一个政治斗争的旋涡。往后又得在一夕数惊的局面中过日子了。

石敢对自己很恼火，眼花缭乱的政治战教会了他许多东西，他很少在人前显得激动和失去控制，他对哗众取宠和慷慨激昂之类甚为反感。他曾给自己的感情涂上了一层油漆，自信能抗住一切刺激。为什么上午乔光朴一番真挚的表白就打动了自己的感情呢？岂不知陪他回厂既害自己又害他，乔光朴永远不是个政治家。这不，还没上任就先干上了！他本不想和乔光朴再说什么话，可是看见童贞站在乔光朴身边，心里一震，禁不住想提醒他的朋友。他小声说：“你们两个至少半年内不许结婚。”

“为什么？”乔光朴不明白石敢为什么先提出这个问题。

石敢简单地告诉他，关于他们回厂的消息已经在电机厂传遍了，而且有人说乔光朴回厂的目的就是为了和童贞结婚。乔光朴暴躁地说：“那好，他们越这样说，我越这样干。明天晚上在大礼堂举行婚礼，你当我们的证婚人。”

石敢扭头就走，乔光朴拉住他。他说：“你叫我提醒你，我提醒你又不听。”

乔光朴咬着牙帮骨半天才说：“好吧，这毕竟是私事，我可以让步。你说，上午局党委刚开完会，为什么下午厂里就知道了？”

“这有什么奇怪，小道快于大道，文件证实谣传。现在厂里正开着紧急党委会，我的这根可恶的政治神经提醒我，这个会不和我们回厂无关。”石敢说完又有点后悔，他不该把猜测告诉乔光朴。感情真是坑害人的东西，石敢发觉他跟着乔大个子越陷越深了。

乔光朴心里一激灵，拉着石敢，又招呼了一声童贞，三个人走出七车间，来到办公楼前。一楼的会议室里灯光通明，门窗大开，一团团烟雾从窗口飘出来。有人大声发言，好像是在讨论明天电机厂就要开展一场大会战。这可叫乔光朴着急了，他叫石敢和童贞等一会儿，自己跑到门口传达室给霍大道打了个电话。回来后拉着石敢和童贞走进了会议室。

三

电机厂的头头们很感意外，冀申尖锐的目光盯住童贞，童贞赶紧扭开头，真想退出去。冀申佯装什么也不知道似的说："什么风把你们二位吹来了？"

乔光朴大声说："到厂子来看看，听说你们正开会研究生产，就进来想听听。"

"好，太好了。"冀申瘦骨嶙峋的面孔富于感情，却又像一张复杂的地形图那样变化万端，令人很难琢磨透。他向两个不速之客解释："今天的党委会讨论两项内容，一项是根据群众一再要求，副厂长郗望北同志从明天起停职清理；第二项是研究明天的大会战。这一段时间我抓运动多了点，生产有点顾不过来，但是我们党委的同志有信心，会战一打响被动局面就会扭转。大家还可以再谈具体一点。老乔、老石是电机厂的老领导，一定会帮着我们出些好主意。"

冀申风度老练，从容不迫，他就是要叫乔光朴、石敢看看他主持党委会的水平。下午，当他在电话里听到局党委会决议的时候，猛然醒悟当初他主动要到机电局来是失算了。

这个人确实像他常跟群众表白的那样，受“四人帮”迫害十年之久，但十年间他并没有在市委干校劳动，而是当副校长。早在干校作为新生事物刚筹建的时候，冀申作为市“文革”接待站的联络员就看出了台风的中心是平静的。别看干校里集中了各种不吃香的老干部，反而是最安全的，也是最有发展的，在干校是可以卧薪尝胆的。他利用自己副校长的地位，和许多身份重要的人拉上了关系。这些市委的重要干部以前也许是很难接近的，现在却变成了他的学员，他只要在吃住上、劳动上、请销假上稍微多给点方便，老头子们就很感激他了。加上他很善于处理人事关系，博得了很多人的好感。现在这些人大都已官复原职，因而他也就四面八方都有关系，在全市是个有特殊神通的人了。

两年前，冀申又看准了机电局在国家现代化中所占的重要地位。他一直是搞组织的，缺乏搞工业的经验，就要求先到电机厂干两年。一方面摸点经验，另外“大厂厂长”这块牌子在国家工作重点转移到经济建设上来以后一定是非常用得着的。而后再到公司、到局，到局里就有出国的机会，一出国那天地就宽了。这两年在电机厂，他也不是不卖力气。但他在政治上太精通、太敏感了，反而妨害了行动。他每天翻着报刊、文件提口号，搞中心，开展运动，领导生产。并且有一种特殊的猜谜的酷好，能从报刊文件的字里行间念出另外的意思。他对中央文件又信又不全信，再根据谣言、猜测、小道消息和自己的丰富想象，审时度势，决定自己的工作态度。这必然在行动上迟缓，遇到棘手的问题就采取虚伪的态度。诡谲多诈，处理一切事情都把个人的安全、自己的利益放在第一位。工厂是很实际的，矛盾都很具体，他怎么能抓出成效？在别的单位也许还能对付一气，在机电局，在霍大道眼皮底下却混不过去了。

但是，他相信生活不是凭命运，也不是赶机会，而是需要智慧和斗争的无情逻辑！因此他要采取大会战孤注一掷。大会战一搞起来热热闹闹，总会见点效果，生产一回升，他借台阶就可以离开电机厂。同时在他交印之前把郗望北拿下去，在郗望北和乔光朴这一对老冤家、新仇人之间埋下一根引信，将来他不愁没有戏看。如果乔光朴也没有把电机厂搞好，就证明冀申并不是没有本事。然而，他摆的阵势，石敢从政治上嗅出来了，乔光朴用企业家的眼光从管理的角度也看出了问题。

电机厂的头头们心里都在猜测乔光朴和石敢深夜进厂的来意，没有人再关心本来就不太感兴趣的大会战了。冀申见势不妙，想赶紧结束会议，造成既定事实。他清清嗓子，想拍板定案。局长霍大道又一步走了进来。会场上又是一阵惊奇的唏嘘声。

霍大道没有客套话，简单地问了几句党委会所讨论的内容，就单刀直入地宣布了局党委的决议。最后还补充了一项任命："鉴于你们厂林总工程师长期病休不能上班，任命童贞同志为电机厂副总工程师。同时提请局党委批准童贞同志为电机厂党委常委。"

童贞完全没有想到对她的这项任命，心里很不安。她不明白乔光朴为什么一点信也没透。

冀申不管多么善于应付，这个打击也来得太快了。霍大道简直是霹雳闪电，连对手考虑退却的时间都不给。他极力克制着，并且在脸上堆着笑说："服从局党委的决定，乔、石二位同志是工业战线上的大将，这回真是百闻不如一见。好了，明天我向二位交接工作，对今天大家讨论的两项决定，你二位有什么意见？"

石敢不仅不说话，连眼也眯了起来，因为眼睛也是泄露思想上机密的窗口。

乔光朴却不客气地说："关于郗望北同志停职清理，我不了解情况。"他不禁扫了一眼坐在屋角上的郗望北，意外地碰上了对方挑战的目光。他不容自己分心，赶紧说完他认为必须表态的问题："至于要搞大会战，老冀，听说你有冠心病，你能不能用短跑的速度从办公大楼的一楼跑到七楼，上下跑五个来回？"

冀申不知他是什么意思，漠然一笑没有作答。

乔光朴接着说："我们厂就像一个患高血压冠心病的病人，搞那种跳楼梯式的大会战是会送命的。我不是反对真正必要的大会战。而我们厂现在根本不具备搞大会战的条件，在技术上、管理上、物质上、思想上都没有做好准备，盲目搞会战，只好拼设备，拼材料，拼人力，最后拼出一堆不合格的产品。完不成任务，靠月月搞会战突击，从来就不是搞工业的办法。"

他的话引起了委员们的共鸣，他们也正在猜谜，不明白冀申明知要来新厂长，为什么反而突然热心地要搞大会战。可是冀申嘴边挂着冷笑，正冲着他点火抽烟，似乎有话要说。

本来只想表个态就算的乔光朴，见冀申的神色，把话锋一转，尖锐地说："这几年，我没有看过真正的好戏，不知道我们国家在文艺界是不是出了伟大的导演；但在工业界，我知道是出现了一批政治导演。哪一个单位都有这样的导演，一有运动，工作一碰到难题，就召集群众大会，做报告，来一阵动员，然后游行，呼口号，搞声讨，搞突击，一会这，一会那，把工厂当舞台，把工人当演员，任意调度。这些同志充其量不过是个吃党饭的平庸的政工干部，而不是真正热心搞社会主义现代化的企业家。用这种导演的办法抓生产最容易，最省力，但贻害无穷。这样的导演，我们一个星期，甚至一个早上就可以培养出几十个，要培养一个真正的厂长、车间主任、工段长却要好几年时间。靠大轰大嗡搞一通政治动员，靠热热闹闹搞几场大会战，是搞不好现代化的。我们搞政治运动有很多专家，口号具体，计划详尽，措施有力。但搞经济建设、管理工厂却只会笼统布置，拿不出具体有效的办法……”

乔光朴正说在兴头上，突然感到旁边似有一道弧光在他脸上一烁一闪，他稍一偏头，猛然醒悟了，这是石敢提醒他住嘴的目光。他赶紧止住话头，改口说：“话扯远了，就此打住。最后顺便告诉大伙一声，我和童贞已经结婚了，两个多小时以前刚举行完婚礼，老石是我们的证婚人。因为都是老头子、老婆子了，也没有惊动大伙，喜酒后补。”

今天电机厂这个党委会可真是又“惊”又“喜”，惊和喜又全在意料之外，还没宣布散会，委员们就不住地向乔光朴和童贞开玩笑。

童贞、石敢和郗望北这三个不同身份的人，却都被乔光朴这最后几句话气炸了。童贞气呼呼第一个走出会议室，对乔光朴连看都不看一眼，照直奔厂大门口。

唯有霍大道，似乎早料到了乔光朴会有这一手，并且看出了童贞脸色的变化，趁着刚散会的乱劲，捅捅乔光朴，示意他去追童贞。乔光朴一出门，霍大道笑着向大家摆摆手，拦住了要出门去逗新娘的人，大声说：“老乔耍滑头，喜酒没有后补的道理，我们今天晚上就去喝两杯怎么样??”

乔光朴追上来拉住童贞。童贞气得浑身打颤，声音都变了：“你都胡说些什么？你知道明天厂里的人会说我们什么闲话？”

乔光朴说："我要的正是这个效果。就是要造成既定事实，一下子把脸皮撕破，你可以免除后顾之忧，泼下身子抓工作。不然，你老是嘀嘀咕咕，怕人说这，怕人说那。跟我在一块走，人家看你一眼，你也会多心，你越疑神疑鬼，鬼越缠你，闲话就永远没个完，我们俩老是谣言家们的新闻人物。一个是厂长，一个是总工程师，弄成这种关系还怎么相互合作？现在光明正大地告诉大伙，我们就是夫妻。如果有谁愿意说闲话，叫他们说上三个月，往后连他们自己也觉得没味了。这是我在会上临时决定的，没法跟你商量。"

灯光映照着童贞晶亮的眼睛，在她眼睛的深处似乎正有一道火光在缓缓燃烧。她已经没有多大气了。不管是作为副总工程师的童贞，还是作为女人的童贞，今天都是她生命沸腾的时刻，是她产生力量的时刻。

刚才还是怒气冲冲的石敢也跟着霍大道追上来了，他抢先一步握住童贞的手，冲着她点点头，似乎是以证婚人的身份祝愿她幸福。

童贞被感动了。

霍大道身后跟着两个电机厂党委的女委员。他对她们说："你们二位陪新娘到她娘家，收拾一下东西，换换衣服，然后送她到自己的新家。我们在新郎家里等你们，一起送他们去登记。"

女委员问："你们还要闹洞房？"

霍大道说："也可能要闹一闹，反正喜糖少不了要吃几块的。"

大家笑了。

乔光朴和童贞感激地望着霍局长，也情不自禁地笑了。

主 角

一

你设想吧，当舞台的大幕拉开，紧锣密鼓，音乐骤起，主角威风凛凛地走出台来，却一声不吭，既不说，也不唱，剧场里会是一种什么局面呢？

现在重型电机厂就是这种状况。乔光朴上任半个月了，什么令也没下，什么事也没干，既没召开各种应该召开的会议，也没有认真在办公室坐一坐。这是怎么回事？他以前当厂长可不是这种作风，乔光朴也不是这种脾气。

他整天在下边转，你要找他找不到；你不找他，他也许突然在你眼前冒了出来。按照生产流程一道工序一道工序地摸，正着摸完，倒着摸。谁也猜不透他的心气。更奇怪的是他对厂长的领导权完全放弃了，几十个职能科室完全放任自流，对各车间的领导也不管不问。谁爱怎么干就怎么干，电机厂简直成了没头的苍蝇，生产直线跌下来。

机电局调度处的人戗不住劲了，几次三番催促霍大道赶紧到电机厂去坐镇。谁知霍大道无动于衷，催急了，他反而批评说："你们咋呼什么，老虎往后坐屁股，是为了向前猛扑。连这个道理都不懂？"

本来被乔光朴留在上边坐镇的石敢，终于也坐不住了。他把乔光朴找来，问："怎么样？有眉目没有？"

"有了！"乔光朴胸有成竹地说，"咱们厂像个得了多种疾病的病人，你下这味药，对这一种病有利，对那一种病就有害。不抓准了病情，真不敢动大手术。”

石敢警惕地看看乔光朴，从他的神色上看出来这家伙的确是下了决心啦。石敢对电机厂的现状很担心，可是对乔光朴下狠心给电机厂做大手术，也不放心。

乔光朴却颇有点得意地说：“我这半个月撂挑子下去，还有一个很重要的收获：咱们厂的干部队伍和工人队伍并不像你估计的那样。忧国忧民之士不少，有人找到我提建议，有人还跟我吵架，说我辜负了他们的希望。乱世出英雄，不这么乱一下，真摸不出头绪，也分不出好坏人。我已经选好了几个人。”说着，眯起了双眼，他仿佛已经看见电机厂明天就要大翻个儿。

石敢突然问起了一个和工厂完全不相干的问题：“今天是你的生日？”

“生日？什么生日？”乔光朴脑子一时没转过来，他翻翻办公桌上的台历，忽然记起来了，“对，今天是我的生日。你怎么记得？”

“有人向我打听。你是不是要请客收礼。”

“扯淡。你要去当然会管你酒喝。”

石敢摇摇头。

乔光朴回到家，童贞已经把饭做好，酒瓶、酒杯也在桌子上都摆好了。女人毕竟是女人，虽然刚结婚不久，童贞却记住了乔光朴的生日。乔光朴很高兴，坐下就要吃，童贞笑着拦住了他的筷子：“我通知了望北，等他来了咱们就吃。”

“你没通知别人吧？”

“没有。”童贞是想借这个机会使乔光朴和郗望北坐在一块，和缓两人之间的关系。

乔光朴理解童贞的苦心，但对这做法大不以为然，他认为在酒席宴上建立不了真正的信任和友谊。他心里也根本没有把对方整过自己的事看得太重，倒是觉得，郗望北对过去那些事的记忆比他反倒更深刻。

郗望北还没有来，却来了几个厂里的老中层干部。乔光朴和童贞一面往屋里让客、一面感到很意外。这几个人都是十几年前在科室、车间当头头的，现在有的还是，有的已经不是了。

他们一进门就嬉笑着说："老厂长，给你拜寿来了。"

乔光朴说："别搞这一套，你们想喝酒我有，什么拜寿不拜寿。这是谁告诉你们的？"

其中一个秃头顶的人，过去是行政科长，弦外有音地说："老厂长，别看你把我们忘了，我们可没忘了你。"

"谁说我把你们忘了？"

"还说没忘，从你回厂那一天起我们就盼着，盼了半个月啦，什么也没盼到。你看锅炉厂的刘厂长，回厂的当天晚上，就把老中层干部们全请到楼上，又吃又喝，不在喝多少酒、吃多少饭，而是出出心里的这口闷气。第二天全部恢复原职。这厂长才叫真够意思，也算对得起老部下。"

乔光朴心里烦了，但这是在自己家里，他尽力克制着。反问："'四人帮'打倒都两年多了，你们的气还没出来？"

他们说："'四人帮'倒了，还有帮四人呢。说停职，还没停一个月又要复职……"

不早不晚就在这时候郗望北进来了，那几个人的话头立刻打住了。郗望北听到了他们说的话，但满不在乎地和乔光朴点点头，就在那帮人的对面坐下了。这哪是来拜寿，一场辩论的架势算拉开了。童贞急忙找了一个话题，把郗望北拉到另一间屋里去。

那几个人互相使使眼色也站了起来，还是那个秃顶行政科长说：“看来这满桌酒菜并不是为我们预备的，要不‘火箭干部’解脱那么快，原来已经和老厂长和解了，还是多少沾点亲戚好啊！”

他们说完就要告辞。童贞怕把关系搞僵，一定留他们吃饭。乔光朴一肚子火气，并不挽留，反而冷冷地说：“你们跑这一趟的目的还没有达到，就这么两手空空的回去了？”

“表示了我们的心意，目的已经达到了。”那几个人心里感到不安，秃顶人好像是他们的打头人，赶紧替那几个人解释。

“老王，你们不是想官复原职，或者最好再升一两级吗？”乔光朴盯着秃顶人，尖锐地说，“别着急，咱们厂干部不是太多，而是太少，我是指真正精明能干的干部，真正能把一个工段、一个车间搞好，能把咱们厂搞好的干部。从明天起全厂开始考核，你们既然来了，我就把一些题目向你们透一透。你们都是老同志了，也应该懂得这些，比如：什么是均衡生产？什么是有节奏的生产？为什么要搞标准化、系列化、通用化？现代化的工厂应该怎么布置？你那个车间应该怎么布置？有什么新工艺、新技术？”

那几个人真有点懵了，有些东西他们甚至连听都没有听见过。更叫他们惊奇的是乔光朴不仅要考核工人，对干部还要进行考核。有人小声嘟囔说：“这办法可够新鲜的。”

“这有什么新鲜的，不管工人还是干部，往后光靠混饭吃不行！”乔光朴说，“告诉你们，我也一肚子气，甚至比你们的气还大，厂子弄成这副样子能不气！但气要用在这上面。”

他说完摆摆手，送走那几个人，回到桌前坐下来，陪郗望北喝酒。喝的是闷酒，吃的是哑菜，谁的心里都不痛快。童贞干着急，也只能说几句不咸不淡的家常话。一直到酒喝完，童贞给他们盛饭的时候，乔光朴才问郗望北："让你停职并不是现在这一届党委决定的，为什么老石找你谈，宣布解脱，赶快工作，你还不干？"

郗望北说："我要求党委向全厂职工说清楚，根据什么让我停职清理？现在不是都调查完了吗，我一没搞过打砸抢，二和'四人帮'没有任何个人联系，凭什么整我？就根据我曾经当过造反派的头头？就根据我曾批判过走资派？就因为我是个所谓的新干部？就凭一些人编笆造模的议论？"

乔光朴看到郗望北挥动着筷子如此激动，嘴角闪过一丝冷笑，心想："你现在也知道这种滋味了，当初你不也是根据编笆造模的议论来整别人。"

郗望北看出了乔光朴的心思，转口说："乔厂长，我要求下车间劳动。"

"嗯？"乔光朴感到意外，他认为新干部这时候都不愿意下去，怕被别人说成是由于和"四人帮"有牵连而倒台了。郗望北倒有勇气自己要求下去，不管是真是假，先试试他。就说："你有这种气魄就好，我同意。本来，作为领导和这领导的名义、权力，都不是一张任命通知书所能给予的，而是要靠自己的智慧、经验、才能和胆识到工作中去赢得。世界上有许多飞得高的东西，有的是凭自己的翅膀飞上去的，有的是被一阵风带上去的。你往后不要再指望这种风了。"

郗望北冷冷一笑："我不知道带我上来的是什么风，我只知道我若会投机的话，就不会有今天的被停职。我参加工作二十年，从学徒工当到生产组长，管过一个车间的生产，三十九岁当副厂长，一下子就成了‘火箭干部’。其实火箭这个东西并不坏，要把卫星和飞船送上宇宙空间就得靠火箭一截顶替一截地燃烧。搞现代化也似乎是少不了火箭的。岂不知连外国的总统有不少也是一步登天的‘火箭干部’。我现在宁愿坐火箭再下去，我不像有些人，占了个位子就想一直占到死，别人一旦顶替了他就认为别人爬得太快了，大逆不道了。官瘾大小不取决于年龄。事实是当过官的比没当过官的权力欲和官瘾也许更大些。”

这样谈话太尖锐了，简直就是吃饭前那场谈话的继续。老的埋怨乔光朴袒护新的，新的又把乔光朴当老的来攻。童贞生怕乔光朴的脾气炸了，一个劲地劝菜，想冲淡他们间的紧张气氛。但是乔光朴只是仔细玩味郗望北的话，并没有发火。

郗望北言犹未尽。他知道乔光朴的脾气是吃软不吃硬，但你要真是个松软货，永远也不会得到他的尊敬，他顶多是可怜你。只有硬汉子才能赢得乔光朴的信任，他想以硬碰硬碰到底，接着说：“中国到什么时候才不搞形而上学？‘文化大革命’把老干部一律打倒，现在一边大谈这种怀疑一切的教训，一边又想把新干部全部一勺烩了。当然，新干部中有‘四人帮’分子，那能占多大比例？大多数还不是紧跟党的中心工作，这个运动跟得紧，下个运动就成了牺牲品。照这样看来还是滑头好，什么事不干最安全。运动一来，班组长以上干部都受审批，工厂、车间、班组都搞一朝天子一朝臣，把精力都用在整人上，搞起工作来相互掣肘。长此以往，现代化的口号喊得再响，中央再着急，也是白搭。”

“得了，理论家，我们国家倒霉就倒在批判家多、空谈家多，而实干家和无名英雄又太少。随便什么场合也少不了夸夸其谈的评论家。”乔光朴嘴上这么说，但郗望北表现出来的这股情绪却引起了他的注意。他原以为老干部心里有些气是理所当然的，原来新干部肚里也有气。这两股气要是对干起来那就了不得。这引起了乔光朴的警惕。

二

第二天，乔光朴开始动手了。

他首先把九千多名职工一下子推上了大考核、大评议的比赛场。通过考核评议，不管是干部还是工人，在业务上稀松二五眼的，出工不出力、出力不出汗的，占着茅坑不屙屎的，溜奸滑蹭的，全成了编余人员。留下的都一个萝卜顶一个坑，兵是精兵，将是强将。这样，整顿一个车间就上来一个车间，电机厂劳动生产率立刻提高了一大截。群众中那种懒洋洋、好坏不分的松松垮垮劲儿，一下子变成了有对比、有竞争的热烈紧张气氛。

工人们觉得乔光朴那双很有神采的眼睛里装满了经验，现在已经习惯于服从他，甚至他一开口就服从。因为大伙相信他，他的确一次也没有辜负大伙的信任。他说一不二，敢拍板也敢负责，许了愿必还。他说扩建幼儿园，一座别致的幼儿园小楼已经竣工。他说全面完成任务就实行物质奖励，八月份电机厂工人第一次领到了奖金。黄玉辉小组提前十天完成任务，他写去一封表扬信，里面附了一百五十元钱。凡是那些技术上有一套，生产上肯卖劲，总之是正儿八经的工人，都说乔光朴是再好没有的厂长了。可是被编余的人呢，却恨死了他。因为谁也没想到，乔光朴竟想起了那么一个“绝主意”——把编余的组成了一个服务大队。

谁找道路，谁就会发现道路。乔光朴泼辣大胆，勇于实验和另辟蹊径。他把厂里从农村召用来搞基建和运输的一千多长期“临时工”全部辞掉，代之以服务大队。他派得力的财务科长李干去当大队长，从辞掉临时工省下的钱里拿出一部分作为给服务大队的奖励。编余的人在经济收入上并没有减少，可是有一些小青年却认为栽了跟头，没脸见人。特别是八车间的鬼怪式车工杜兵，被编余后女朋友跟他散了伙，他对乔光朴真有动刀子的心了。

在这条道路上乔光朴为自己树立的“仇敌”何止几个“杜兵”。一批被群众评下来成了“编余”的中层干部恼了。他们找到厂部，要求对厂长也进行考核。由于考核评判小组组长是童贞，怕他们两口子通气，还提出立刻就考。谁知乔光朴高兴得很，当即带着几个副厂长来到了大礼堂。一听说考厂长，下班的工人都来看新鲜，把大礼堂挤满了。任何人都可以提问题，从厂长的职责到现代化工厂的管理，乔光朴滔滔不绝，始终没有被问住。倒是冀申完全被考垮了，甚至对工厂的一些基本常识都搞不清，当场就被工人们称为“编余厂长”。这下可把冀申气炸了，他虽然控制着在考场上没有发作出来，可是心里认为这一切全是乔光朴安排好了来捉弄他的。

当生产副厂长，冀申本来就不胜任，而他对这种助手的地位却又很不习惯，简直不能忍受乔光朴对他的发号施令，尤其是在车间里当着工人的面。现在，经过考核，嫉妒和怨恨使他真的站到了反对乔光朴的那些被编余的人一边，由助手变为敌手了。他那青筋暴露的前额，阴气扑人的眼睛，仿佛是厂里一切祸水的根源。生产上一出事准和他有关，但又抓不住他大的把柄。乔光朴得从四面八方防备他，还得在四面八方给他堵漏洞。这怎么受得了？

乔光朴决定不叫冀申负责生产了，调他去搞基建。搞基建的服务大队像个火药桶，冀申一去非爆炸不可。乔光朴没有从政治角度考虑，石敢替他想到了。可是，乔光朴不仅没有听从石敢的劝告，反而又出人意料地调郗望北上来顶替冀申。郗望北是憋着一股劲下到二车间的，正是这股劲头赢得了乔光朴的好感。谁干得好让谁干，乔光朴毫无犹疑地跨过个人恩怨的障碍，使自己过去的冤家成了今天的助手。但是，正像石敢所预料的，冀申抓基建没有几天，服务大队里对乔光朴不满的那些人，开始活跃起来，甚至放出风，要把乔光朴再次打倒。

千奇百怪的矛盾，五花八门的问题，把乔光朴团团困在中间。他处理问题时拳打脚踢，这些矛盾回敬他时，也免不了会拳打脚踢。但眼下使他最焦心的并不是服务大队要把他打倒，而是明年的生产准备。明年他想把电机厂的产量数字搞到二百万千瓦，而电力部门并不欢迎他这个计划，倒满心希望能从国外多进口一些。还有燃料、材料、锻件的协作等都不落实，因此乔光朴决定亲自出马去打一场外交战。

如果说乔光朴在自己的厂内还从来没有打过大败仗，这回出去搞外交，却是大败而归。他没有料到他的新里程上还有这么多的“雪山草地”，他不知道他的宏伟计划和现实之间还隔着一条组织混乱和作风腐败的鸿沟。厂内的“仇敌”他不在乎，可是厂外的“战友”不跟他合作却使他束手无策。他要求协作厂及早提供大的转子锻件，而且越多越好，但人家不受他指挥，不买他的账。要燃料也好，要材料也好，他不懂得这都是求人的事，协作的背后必须有心照不宣的互通有无，在计划的后面还得有暗地的交易。他这次出去总算长了一条见识：现在当一个厂长重要的不是懂不懂金属学、材料力学，而是看他是不是精通“关系学”。乔光朴恰恰这门学问成绩最差。他一向认为会处关系的人，大都成就不大。他这次出差的成果，恰好为自己的理论得了反证。

而他还不知道，当他十天后扫兴回来的时候，在他的工厂里，又有什么窝火的事在等着他呢！

三

乔光朴回厂先去找石敢。石敢一见是他进了门，慌忙把桌上的一堆材料塞到抽屉里。乔光朴心思全挂在厂里的生产上，没有在意。但和石敢还没有说上几句话，服务大队队长李干急匆匆推门进来，一见乔光朴，又惊又喜：“哎呀，厂长，你可回来了！”

“出了什么事？”乔光朴急问。

“咱们不是要增建宿舍大楼吗，生产队不让动工。郗望北被社员围住了，很可能还要挨两下打。”

“市规划局已经批准，我们已经交完钱啦。”

“生产队提出额外再要五台拖拉机。”

“又是这一套！”乔光朴恼怒地喊起来，“我们是搞电机的，往哪儿去弄拖拉机！”

“冀副厂长以前答应的。”

“扯淡！老冀呢，找他去。”

“他调走了。把服务大队搅了个乱七八糟，拔脚就走了。”李干不满地说。

“嗯？”乔光朴看看石敢。

石敢点点头：“三天前，上午和我打了个招呼，下午就到外贸局上任去了，走的上层路线，并没有征求我们党委的意见。他的人事关系、工资关系还留在我们厂里。”

“叫他把关系转走，我们厂不能白养这种不干活的人。”乔光朴朝李干一挥手，“走，咱俩去看看。”

乔光朴和李十坐车去生产队，在半路就碰上了郗望北骑着自行车正往厂里赶。李干喊住了他：“望北，怎么样?”

“解决完了。”郗望北答了一声，骑上车又跑，好像有什么急事在等着他。

李干冲郗望北赞赏地点点头：“真行，有一套办法。”他叫司机开车追上郗望北，脑袋探出车外喊：“你跑这么急，有什么事?乔厂长回来了。”

郗望北停下自行车，向坐在吉普车里的乔光朴打了招呼，说：“一车间下线出了问题。”

郗望北把自行车交给李干，跳上吉普车奔一车间。李干在后边大声喊：“乔厂长，我找你还有事没说完哩。”

是啊，事儿总是不断的，快到年底了，最紧张也最容易出事。可这会儿乔光朴最担心的是一车间出问题影响全厂的任务。

他和郗望北走进一车间下线工段，只见车间主任正跟副总工程师童贞一个劲讲好话。童贞以她特有的镇静和执拗摇着头。车间主任渐渐耐不住性子了。这种女人，真是从来没见过。她不喊不叫，脸上甚至还挂着甜蜜蜜的笑容，说话温柔好听，可就是在技术问题上一点也不让步。不管你跟她发多大火，她总是那副温柔可亲的样子，但最后你还得按她的意见办。

车间主任正在气头上，一眼看见乔光朴，以为能治住这个女人的人来了，忙迎上去，抢了个原告：“乔厂长，我们计划提前八天完成全年任务，明年一开始就来个开门红。可是这个十万千瓦发电机的下部线圈击穿率只超过百分之一，童贞就非叫我们返工不可。您当然知道，百分之一根本不算什么，上半年我们的线圈超过百分之二十、三十，也都走了。”

乔光朴问：“击穿率超过的原因找到了吗？”

车间主任：“还没有。”

童贞接过来说：“不，找到了，我已经向你说过两次了，是下线时掉进灰尘，再加鞋子踩脏。叫你们搭个塑料棚，把发电机罩起来。工人下线时要换上干净衣服，在线圈上铺橡皮，脚不直接踩线圈。可你们嫌麻烦！”

“噢。嫌麻烦。搞废品省事，可是国家就麻烦了。”乔光朴看看车间主任，嘲讽地说，“为什么要文明生产，什么是质量管理制度，你在考试的时候答得不错呀。原来说是说，做是做呀！好吧，彻底返工。扣除你和给这个电机下线的工人的奖金。”

车间主任愣了。

童贞赶紧求情：“老乔，他们就是返工也能完成任务，不应该扣他们的奖金。”

“这不是你的职责！”乔光朴看也不看童贞，冷冷地说，“因返工而造成的时间和材料的损失呢？”说完他头也不回地拉着郗望北走出了车间。

车间主任苦笑着对童贞说：“服务大队的人反他，我们拼命保他，你看他对我们也是这么狠。”

童贞一句话没说。对技术问题，她一丝不苟，对这种事情，她插不上手。她所能做的，只是设法宽慰车间主任的心。

四

童贞知道乔光朴心情不好，就买了四张《秦香莲》的京剧票，晚上拉着郗望北夫妇一块去看戏。郗望北还没有回家，他们只好把票子留下，先拉上外甥媳妇去了戏院。

三个人要进戏院门口的时候，李干不知从什么地方钻出来。乔光朴一见他那样子，知道有事，便叫童贞她们先进场，自己跟着李干来到戏院后面一个清静的地方。站定以后，乔光朴问："什么事?"

他态度沉着，眼睛里似有一种因挫折而激出来的威光。李干见厂长这副样子，像吞了定心丸，紧张的情绪也缓和下来了，说："服务大队有人要闹事。"

"谁?"

"杜兵挑头，行政科刷下来的王秃子在后边使劲，他们叫嚷冀申也支持他们。杜兵三天没上班，和市里那批静坐示威的人可能挂上钩了。今天下午，他回厂和几个人嘀咕了一阵子，写了几张大字报，说是要贴到市委去，还要到市委门口去绝食。"

乔光朴看看精明能干的李干，问："你有点害怕了?"

李干说："我不怕他们。他们的矛头主要是朝你来的。"

乔光朴笑了："那些你别管，你就严格按制度办事。无故不上班的按旷工论处。不愿干的、想退职的悉听尊便。"

一个领导，要比被他领导的人坚强。乔光朴的态度鼓舞了李干，他也笑了："你散戏回家的道上要留神。我走了。"

乔光朴回到剧场刚坐下，催促观众安静的铃声就响了。像踩着铃声一样，又进来几个很有身份的人，坐在他们前一排的正中间座位上，冀申竟也在其中。他那灵活锐利的目光，显然在刚进场的时候就已经看见这几个人了。他回过头来，先冲童贞点点头，然后亲热地向乔光朴伸出手，说："你回来啦？收获怎么样？你这常胜将军亲自出马，必定会马到成功。"

乔光朴讨厌在公共场合故意旁若无人地高声谈笑，只是摇摇头没吭声。

冀申带着一副俯就的样子，望着乔光朴，说："以后有事到外贸局，一定去找我，千万不要客气。"

乔光朴觉得嗓子眼里像吞了只苍蝇。在人类感情方面，最叫人受不了的就是得意之色。而乔光朴现在从冀申脸上看到的正是这种神色。他怎么也想不通冀申这种得意之情是从哪儿来的。是无缘无故的高升？还是讥笑他乔光朴的吃力不讨好？

冀申的确感到了自己现在比乔光朴地位优越，正像几个月前他感到乔光朴比自己地位优越一样。他曾对乔光朴是那样的妒忌过，但是如果今天让他和乔光朴调换一下，让他付出乔光朴那样的代价去换取电机厂生产面貌的改观，他是不干的。他认为一个人把身家性命押在一场运动上，在政治上是犯忌的，一旦中央政策有变，自己就会成为牺牲品。搞现代化也是一场运动，乔光朴把命都放在这上面了，等于把自己推到了危险的悬崖上，随时都有再被摔下去的可能。电机厂反他的火药似乎已经点着了。冀申选这个时候离开电机厂，很为自己在政治上的远见卓识得意。今晚在这个场合看见了乔光朴，使他十分得意的心情上又加了十分。他悠然自得地看着戏，间或向身边的人发上几句议论。

可是坐在他后边的乔光朴，却无论怎样强制自己集中精神，也看不明白台上在演什么。他正琢磨找个什么借口离开这儿，又不至于伤那两个女人的心。郗望北在服务员手电光的引导下坐在了乔光朴的身边。童贞小声问他为什么来晚了，他的妻子问他吃晚饭没有，他哼哼叽叽只点点头。他坐了一会儿，斜眼瞄瞄乔光朴，轻声说："厂长，您还坐得下去吗？咱们别在这儿受罪了！"

乔光朴一摆脑袋，两个人离开了座位。他们来到剧场前厅，童贞追了出来。郗望北赶忙解释："我来找乔厂长谈出差的事。乔厂长到机械部获得了我们厂可能得到的最大的支持，又到电力部揽了不少大机组。下面就是材料、燃料和各关系户的协作问题。这些问题光靠写在纸面上的合同、部里的文件和乔厂长的果断都是不能解决的。解决这些是副厂长的本分。"

乔光朴没有料到郗望北会自愿请行，自己出去都没办来，不好叫副手再出去。而且，他能办来吗？郗望北显然是看出了乔光朴的难处和疑虑。这一点使他心里很不舒服。

童贞问："这么仓促？明天就走吗？"

"刚才征得党委书记同意，已经叫人去买车票了，也许连夜出发呢。"郗望北望着童贞，实际是说给乔光朴听。他知道乔光朴对他出去并不抱信心，又说："乔厂长作为领导大型企业的厂长，眼下有一个致命的弱点，不了解人的关系的变化。现在人与人之间的关系不同于战争年代，不同于五八年，也不同于'文化大革命'刚开始的那两年。历史在变，人也在变。连外国资本家都懂得人事关系的复杂难处，工业发展到一定程度，就大量搞自动化，使用机器人。机器人有个最大的优点，就是没有血肉，没有感情，但有铁的纪律，铁的原则。人的优点和缺点全在于有思想感情。有好的思想感情，也有坏的，比如偷懒耍滑、投机取巧、走后门等。掌握人的思想感情是世界上最复杂的一门科学。”他突然把目光转向乔光朴，“您精通现代化企业的管理，把您的铁腕、精力要用在厂内。有重大问题要到局里、部里去，您可以亲自出马，您的牌子硬，说话比我们顶用。和兄弟厂、区社队、街道这些关系户打交道，应交给副厂长和科长们。这也可以留有余地，即便下边人捅了娄子，您还可以出来收场。什么事都亲自出头，厂长在外边顶了牛叫下边人怎么办？霍局长不是三令五申，提倡重大任务要敢立军令状吗，我这次出去也可以立军令状。但有一条，我反正要达到咱们的目的，不违犯国家法律，至于用什么办法，您最好别干涉。”

乔光朴左颊上的肉棱子跳动起来，用讥讽的目光瞧着郗望北，没有说话。

这下把郗望北激恼了：“如果有一天社会风气改变了，您可以为我现在办的事狠狠处罚我，我非常乐于接受。但是社会风气一天不改，您就没有权利嘲笑我的理论和实践。因为这一套现在能解决问题。”

“你可以去试一试。”乔光朴说，“但不许你再鼓吹那一套，而且每干一件事总要先发表一通理论。我生平最讨厌编造真理的人。”他要童贞继续陪外甥媳妇看戏，自己去找石敢了。

童贞同情地望着丈夫的背影，乔光朴不失常态，脚步坚定有力。她知道他时常把自己的痛苦和弱点掩藏起来，一个人悄悄地治疗，甚至在她面前也不表示沮丧和无能。有人坚强是因为被自尊心所强制，乔光朴却是被肩上的担子所强制的。电机厂好不容易搞成这个样子，如果他一退坡，立刻就会垮下来，他没有权利在这种时候表示软弱和胆怯。

郗望北却望着乔光朴的背影笑了。

童贞忧虑地说："我一听到你们俩谈话就担心，生怕你们会吵起来。"

"不会的。"郗望北亲热地扶住童贞的胳膊，说，"老姨，我说点使您高兴的话吧，乔厂长是目前咱们国家里不可多得的好厂长。您不见咱们厂好多干部都在学他的样子，学他的铁腕，甚至学他说话的腔调。在这样的厂长手下是会干出成绩来的。我不能说喜欢他，可是他整顿厂子的魄力使我折服。他这套作风，在五八年以前的厂长们身上并不稀少，现在却非常珍贵了。他对我也有一股强大的吸引力，不过我在拼命抵抗，不想完全向他投降。他瞧不起窝囊废。"

他看看手表："哎呀，我得赶紧走了。说实话，给他这样的厂长当副手，也是真辛苦。"说完匆匆走了。

五

石敢在灯下仔细地研究着一封封控告信，这些信有的是直接写给厂党委的，有的是从市委和中央转来的。他的心情是复杂的，有恼怒，有惊怕，也有愧疚。控告信告的全是乔光朴，不仅没有一句控告他这个党委书记的话，甚至把他当作了乔光朴大搞夫妻店，破坏民主，独断专行的一个牺牲品。说乔光朴把他当成了聋子耳朵——摆设，在政治上把他搞成了活哑巴。这本来是他平时惯于装聋作哑的成绩，他应该庆幸自己在政治上的老谋深算。但现在他却异常憎恨自己，他开脱了自己却加重了老乔的罪过，这是他没有料到的。他算一个什么人呢？况且这几个月他的心叫乔光朴撩得已经活泛了。他的感情和理智一直在进行争斗，而且是感情占上风的时候多，在几个重要问题上他不仅是默许，甚至是暗地支持了乔光朴。他想如果干部都像老乔，而不像他石敢，如果工厂都像现在电机厂这么搞，国家也许能很快搞成个样子：党也许能返老还童，机体很快康复起来。可是这些控告信又像一顿冰雹似的撸头盖脸砸下来，可能将要被砸死的是乔光朴，但是却首先狠狠地砸伤了石敢那颗已经创伤累累的心。他真不知道怎样对付这些控告信，他生怕杜兵这些人和社会上那些正在闹事的人串联起来，酿成乱子。

石敢注意力全集中在控告信上，听见外面有人喊他，开开门见是霍大道，赶紧让进屋。

霍大道看看屋子：“老乔没在你这儿?”

“他没来。”

“嗯?”霍大道端起石敢给他沏的茶喝了一口，“我听说他回来了，吃过饭就去看他，碰了锁，我估计他会到你这儿来。”

“他们两口子看戏去了。”石敢说。

“噢，那我就在这儿等吧，今天晚上不管有多好的戏，他也不会看下去。可惜童贞的一片苦心。”霍大道轻轻笑了。

石敢表示怀疑地说：“他可是戏迷。”

“你要不信，咱俩打赌。”霍大道今晚上的情绪非常好，好像根本没注意石敢那愁眉苦脸的样子，又自言自语地说，“他真正迷的是他的专业、他的工厂。”

霍大道扫了一眼石敢桌上的那一堆控告信，好像不经意似的随便问道：“他都知道了吗?”

石敢摇摇头。

“出差的收获怎么样，心情还可以吗?”

石敢又摇摇头。刚想说什么，门忽然开了，乔光朴走进来。

霍大道突然哈哈大笑，使劲拍了一下石敢的肩膀。

这下把乔光朴笑傻了。石敢赶紧收藏控告信。这一回他的神情引起了乔光朴的注意。乔光朴走过去抓起一张纸看起来。

霍大道向石敢示意：“都给他看看吧。”

心里并不畅快的乔光朴，看完一封封控告信，暴怒地把桌子一拍：“混蛋，流氓!”

他急促地在屋里来回走着，左颊上的肌肉不住地颤抖。他没有吱声，嘴里的牙咬得咯嘣咯嘣响。他走到霍大道跟前，霍大道悠闲而专心地看报，没有看他。他问石敢：“你打算怎么办?”

石敢扫一眼乔光朴，说：“现在你可以离开这个厂了，今年的任务肯定能完成，你完全可以回局交令。我一个人留下来，风波不平我不走。”

乔光朴吼起来：“你说什么？叫我溜？电机厂还要不要?”

“你这个人还要不要？你要再完蛋了，要伤一大批人的心，往后谁还干!”石敢实际也是说给霍大道听。

霍大道静静看着他们俩，就是不吭声。

乔光朴怒不可遏，在屋里来回溜达，嘴里嚷着：“我不怕这一套，我当一天厂长，就得这么干!”

石敢终于忍不住走到霍大道跟前，说：“霍局长，你说怎么办?”

霍大道淡淡地说：“几封控告信就把你吓成这个样子。不过你还够朋友，挺讲义气，让老乔先撤，你为他两肋插刀顶上一阵子，然后两人一块上山。嗯，真不错。石敢同志大有进步了。”

石敢的脸腾一下红了。

霍大道含笑对乔光朴说："老乔，你回电机厂这半年，有一条很大的功绩，就是把一个哑巴饲养员培养成了国家的十二级干部。石敢现在变化很大了，说话多了，以前需要别人绑上拖着去上任，现在自己又想当书记又想兼厂长。老石同志，你别脸红，我说的是实话。你现在开始有点像个党委书记了。不过有件事我还得批评你，冀申调动，不符合组织手续，没有通过局党委，你为什么放他走?"

石敢脸一红一白，这么大老头子了，他还没吃过这样的批评。

霍大道站起来走到乔光朴身边，透彻肺腑的目光久久地盯住对方："咬什么牙，不值得。在我们民族的老俗话中，我喜爱这一句：宁叫人打死，不叫人吓死！请问：你的精力怎么分配?"

"百分之四十用在厂内正事上，百分之五十用去应付扯皮，百分之十应付挨骂、挨批。"乔光朴不假思索地说。

"太浪费了。百分之八十要用在厂里的正事上，百分之二十用来研究世界机电工业发展状态。"霍大道突然态度异常严肃起来，"老乔，搞现代化并不单纯是个技术问题，还要得罪人。不干事才最保险，但那是真正的犯罪。什么误解呀，委屈呀，诬告呀，咒骂呀，讥笑呀，悉听尊便。我在台上，就当主角，都得听我这么干。我们要的是实现现代化的'时间和数字'，这才是人民根本的和长远的利益所在。眼下不过是开场，好戏还在后头呢!"

霍大道见两个人的脸色越来越开朗，继续说："昨天我接到部长的电话，他对你在电机厂的搞法很感兴趣，还叫我告诉你，不妨把手脚再放开一点，各种办法都可以试一试，积累点经验，存点问题，明年春天我们到国外去转一圈。中国现代化这个题目还得我们中国人自己做，但考察一下先进国家的做法还是有好处的……”

三个人坐下，一边喝着茶，一边谈起来，越谈兴致越高。霍大道突然对乔光朴说：“听说你学黑头学得不错，来两口叫咱们听听。”

“行。”乔光朴毫不客气，喝了一口水，把脸稍微一侧，用很有点裘派的味道唱起来：

“包龙图，打坐在开封府！
……”

陈奂生上城

高晓声

【关于作家】

高晓声（1928—1999），江苏武进人。1950年起先后在苏南文联、江苏省文化局从事群众文化工作，1951年发表第一篇短篇小说《收田财》，写过小说、诗歌、剧本。高晓声创作的《李顺大造屋》《陈奂生上城》曾分获1979、1980年全国优秀短篇小说奖。他擅长以诙谐幽默的风格书写农村生活，从小切口下笔，展示改革初期农村生活的真实状况，揭露并控诉了曾经的“极左”政策对农村基层造成的破坏，描绘了生产责任制施行后农民的新生活。高晓声的创作，为新时期初期的农村题材创作与改革文学做出了卓越贡献。

【关于作品】

陈奂生是一个地地道道的庄稼汉，他生活困难、负债累累，长期受穷受苦，人送外号“漏斗户主”。十一届三中全会后，农村政策放宽，和广大农民一样，陈奂生的日子逐渐好起来，稻子收好了，口粮柴草也分到了。趁着农闲，陈奂生做了一批油绳进城贩卖，打算赚上两块五，用来买一顶帽子。但贩卖油绳却让他意外感冒，双腿发软，浑身无力，一头躺倒在车站候车室。幸得偶遇熟人吴书记，安排车送他住进招待所休息。第二天醒来后，陈奂生看到从未见过的旅社，好奇又小心，生怕坐坏沙发、弄脏被子，但当得知住一晚需要五元房钱时，他后悔至极：这可是两顶帽子的钱！交上钱后，陈奂生再也不顾房间的干净整洁，“即使房间弄成了猪圈”也无所谓。而因为坐过县委书记的车、住过一晚五元的招待所，返回乡村后的陈奂生有了谈资，在村里的地位一下子提高了。不但村上的人要听他讲非凡经历，连大队干部对他的态度也友好得多，走在街上，背后常有人互相讨论他的“上城故事”。

小说中有三个片段值得深思：

第一，当发觉自己生病后，陈奂生找个位置先坐下，耐性受痛，自我反思，得出结论竟是此番遭遇完全错在忘记带钱先买帽子，农村汉子的朴实让人心头一酸。紧接着他开始乱想了，先惶恐于举目无亲病重死掉，又乐呵于自己一生干净，活着多种几年田有益无害，上天理应为他提供宽裕时间。“想到这里，陈奂生高兴起来，他嘴巴干燥，笑不出声，只是两个嘴角，向左右同时嘻开，露出一个微笑。那扶在椅上的右手，轻轻提了起来，像听到了美妙的乐曲似的，在右腿上赏心地拍了一拍，松松地吐出口气，便一头横躺在椅子上卧倒了。”——如此无理性的心理自我调适，实在令人哭笑不得，但看似的闲笔也是作者的用心良苦。这种因幻想产生的替代性满足，是否也长期渗透着苦难时代里中国人的乐观情绪，并参与着中国人的精神建构？

第二，陈奂生得知一夜房费如此之贵，无奈付上房费后，决定充分享受这个暂时属于自己的房间，衣服也不脱便爬进被子，就算脏了如何，他可付过五元钱呢。阿Q回来了！兜兜转转六十年，阿Q的小农意识在陈奂生身上完美地复活，崭新的被子和整洁的房间不仅包裹着他的肉体，还为他的孱弱的精神提供着一份保守的躯壳。一番短暂的“上城奇遇记”故事清晰明了，很精湛地表现出20世纪七八十年代之交中国广大农民身上所存在的复杂的精神现象，这种复杂性与鲁迅笔下的阿Q相比，也有过之而无不及。

第三，返乡之前，陈奂生早已想好说辞，用处处虚构的方式营造了一个处处非虚构的故事。从失意到得意，他仅仅花了五块钱就买到了精神的满足。而这套说辞在返乡后取得的效果极好，陈奂生不仅一扫此番无所得的“上城”沮丧，还收获了众人的友好与尊敬。在这般自信/自负中，他“一直很神气”了。陈奂生的预判如此之准，陈奂生的说辞如此有效，陈奂生的故事漏洞百出却非常好用，显然，他的虚构联动了更广泛的虚构。凭借鲁迅的精神遗产，陈奂生成为新时期文学史上的经典人物，这真是令治文学史者不知是悲是喜。

一

“漏斗户主”① 陈奂生，今日悠悠上城来。

一次寒潮刚过，天气已经好转，轻风微微吹，太阳暖烘烘，

①意指常年负债的穷苦人家。

陈奂生肚里吃得饱，身上穿得新，手里提着一个装满东西的干干净净的旅行包，也许是气力大，也许是包儿轻，简直像拎了束灯草，晃荡晃荡，全不放在心上。他个儿又高、腿儿又长，上城三十里，经不起他几晃荡；往常挑了重担都不乘车，今天等于是空身，自更不用说，何况太阳还高，到城嫌早，他尽量放慢脚步，一路如游春看风光。

他到城里去干啥？他到城里去做买卖。稻子收好了，麦垄种完了，公粮余粮卖掉了，口粮柴草分到了，趁这个空当，出门活动活动，赚几个活钱买零碎。自由市场开放了，他又不投机倒把，卖一点农副产品，冠冕堂皇。

他去卖什么？卖油绳①。自家的面粉，自家的油，自己动手做成的。今天做好今天卖，格啦嘣脆，又香又酥，比店里的新鲜，比店里的好吃，这旅行包里装的尽是它；还用小塑料袋包装好，有五根一袋的，有十根一袋的，又好看，又干净。一共六斤，卖完了，稳赚三元钱。

赚了钱打算干什么？打算买一顶簇新的、刮刮叫的帽子。说真话，从三岁以后，四十五年来，没买过帽子。解放前是穷，买不起；解放后是正当青年，用不着；“文化大革命”以来，肚子吃不饱，顾不上穿戴，虽说年纪到把，也怕脑后风了。正在无可奈何，幸亏有人送了他一顶“漏斗户主”帽，也就只得戴上，横竖不要钱。七八年决分以后，帽子不翼而飞，当时只觉得头上轻松，竟不曾想到冷。今年好像变娇了，上两趟寒流来，就缩头缩颈，伤风打喷嚏，日子不好过，非买一顶帽子不行。好在这也不是大

①一种油煎的面食。

事情，现在活路大，这几个钱，上一趟城就赚到了。

陈奂生真是无忧无虑，他的精神面貌和去年大不相同了。他是过惯苦日子的，现在开始好起来，又相信会越来越好，他还不满意吗？他满意透了。他身上有了肉，脸上有了笑；有时候半夜里醒过来，想到囤里有米、橱里有衣，总算像家人家了，就兴致勃勃睡不着，禁不住要把老婆推醒了陪他聊天讲闲话。

提到讲话，就触到了陈奂生的短处，对着老婆，他还常能说说，对着别人，往往默默无言。他并非不想说，实在是无话可说。别人能说东道西，扯三拉四，他非常羡慕。他不知道别人怎么会碰到那么多新鲜事儿，怎么会想得出那么多特别的主意，怎么会具备那么多离奇的经历，怎么会记牢那么多怪异的故事，又怎么会讲得那么动听。他毫无办法，简直犯了死症毛病，他从来不会打听什么，上一趟街，回来只会说“今天街上人多”或“人少”“猪行里有猪”“青菜贱得卖不掉”……之类的话。他的经历又和村上大多数人一样，既不特别，又是别人一目了然的，讲起来无非是“小时候娘常打我的屁股，爹倒不凶”“也算上了四年学，早忘光了”“三九年大旱，断了河底，大家捉鱼吃”“四九年改朝换代，共产党打败了国民党”“成亲以后，养了一个儿子、一个小女”……索然无味，等于不说。他又看不懂书；看戏听故事，又记不牢。看了《三打白骨精》，老婆要他讲，他也只会说：“孙行者最凶，都是他打死的。”老婆不满足，又问白骨精是谁，他就说：“是妖怪变的。”还是儿子巧，声明“白骨精不是妖怪变的，是白骨精变成的妖怪”，才算没有错到底。他又想不出新鲜花样来，比如种田，只会讲“种麦要用锄头抨碎泥块”“莳秧一蔸莳六棵”……谁也不要听。再如这卖油绳的行当，也根本不是他发明的，好些人已经做过一阵了，怎样用料？怎样加工？怎样包装？什么价钱？多少利润？什么地方、什么时间买客多、销路好？都是向大家学来的经验。如果他再向大家夸耀，岂不成了笑话！甚至刻薄些的人还会吊他的背筋：“嗳！连‘漏斗户主’也有油、粮卖油绳了，还当新闻哩！”还是不开口也罢。

如今，为了这点，他总觉得比别人矮一头。黄昏空闲时，人们聚拢来聊天，他总只听不说，别人讲话也总不朝他看，因为知道他不会答话，所以就像等于没有他这个人。他只好自卑，他只有羡慕。他不知道世界上有“精神生活”这一个名词，但是生活好转以后，他渴望过精神生活。哪里有听的，他爱去听，哪里有演的，他爱去看，没听没看，他就觉得没趣。有一次大家闲谈，一个问题专家出了个题目：“在本大队你最佩服哪一个？”他忍不住也答了腔，说：“陆龙飞最狠。”人家问：“一个说书的，狠什么？”他说：“就为他能说书，我佩服他一张嘴。”引得众人哈哈大笑。

于是，他又惭愧了，觉得自己总是不会说，又被人家笑，还是不说为好。他总想，要是能碰到一件大家都不曾经过的事情，讲给大家听听就好了，就神气了。

二

当然，陈奂生的这个念头，无关大局，往往蹲在离脑门三四寸的地方，不大跳出来，只是在尴尬时冒一冒尖，让自己存个希望罢了。比如现在上城卖油绳，想着的就只是新帽子。

尽管放慢脚步，走到县城的时候，还只下午六点不到。他不忙做生意，先就着茶摊，出一分钱买了杯热茶，啃了随身带着当晚餐的几块僵饼，填饱了肚子，然后向火车站走去。一路游街看店，遇上百货公司，就弯进去侦察有没有他想买的帽子，要多少价钱。三爿店查下来，他找到了满意的一种。这时候突然一拍屁股，想到没有带钱。原先只想卖了油绳赚了利润再买帽子，没想到油绳未卖之前商店就要打烊；那么，等到赚了钱，这帽子就得明天才能买了。可自己根本不会在城里住夜，一无亲，二无眷，从来是连夜回去的，这一趟分明就买不成，还得光着头冻几天。

受了这点挫折，心情挺不愉快，一路走来，便觉得头上凉飕飕，更加懊恼起来。到火车站时，已过八点了。时间还早，但既然来了，也就选了一块地方，敞开包裹，亮出商品，摆出摊子来。这时车站上人数不少，但陈奂生知道难得会有顾客，因为这些都是吃饱了晚饭来候车的，不会买他的油绳，除非小孩嘴馋吵不过，大人才会买。只有火车上下车的旅客到了，生意才会忙起来。他知道九点四十分、十点半，各有一班车到站，这油绳到那时候才能卖掉，因为时近半夜，店摊收歇，能买到吃的地方不多，旅客又饿了，自然争着买。如果十点半卖不掉，十一点二十分还有一班车，不过太晏了，陈奂生宁可剩点回去也不想等，免得一夜不得睡，须知跑回去也是三十里啊。

果然不错，这些经验很灵，十点半以后，陈奂生的油绳就已经卖光了。下车的旅客一拥而上，七手八脚，伸手来拿，把陈奂生搞得昏头昏脑，卖完一算账，竟少了三角钱，因为头昏，怕算错了，再认真算了一遍，还是缺三角，看来是哪个贪小利拿了油绳未付款。他叹了一口气，自认晦气。本来他也晓得，人家买他的油绳，是不能向公家报销的，那要吃而不肯私人掏腰包的，就会要一点魔术，所以他总是特别当心，可还是丢失了，真是双拳不敌四手，两眼难顾八方。只好认了吧，横竖三块钱赚头，还是有的。

他又叹了口气，想动身凯旋。谁知一站起来，双腿发软，两膝打颤，竟是浑身无力。他不觉大吃一惊，莫非生病了吗？刚才做生意，精神紧张，不曾觉得，现在心定下来，才感浑身不适，原先喉咙嘶哑，以为是讨价还价喊哑的，现在连口腔上爿都像冒烟，鼻气火热；一摸额头，果然滚烫，一阵阵冷风吹得头皮好不难受。他毫无办法，只想先找杯热茶解渴。那时茶摊已无，想起车站上有个茶水供应地方，便强撑着移步过去。到了那里，打开龙头，热水倒有，只是找不到茶杯。原来现在讲究卫生，旅客大都自带茶缸，车站上落得省劲，就把杯子节约掉了。陈奂生也顾不得卫生不卫生，双手捧起龙头里流下的水就喝。那水倒也有点烫，但陈奂生此时手上的热度也高，还忍得住，喝了几口，算是好过一点。但想到回家，竟是千难万难；平常时候，那三十里路，好像经不起脚板一颠，现在看来，真如隔了十万八千里，实难登程。他只得找个位置坐下，耐性受痛，觉得此番遭遇，完全错在忘记了带钱先买帽子，才受凉发病。一着走错，满盘皆输；弄得上不上、下不下，进不得、退不得，卡在这儿，真叫尴尬。万一严重起来，此地举目无亲，耽误就医吃药，岂不要送掉老命！可又一想，他陈奂生是个堂堂男子汉，一生干净，问心无愧，死了也口眼不闭；活在世上多种几年田，有益无害，完全应该提供宽裕的时间，没有任何匆忙的必要。想到这里，陈奂生高兴起来，他嘴巴干燥，笑不出声，只是两个嘴角，向左右同时嘻开，露出一个微笑。那扶在椅上的右手，轻轻提了起来，像听到了美妙的乐曲似的，在右腿上赏心地拍了一拍，松松地吐出口气，便一头横躺在椅子上卧倒了。

三

一觉醒来，天光已经大亮，陈奂生体肢瘫软，头脑不清，眼皮发沉，喉咙痒痒地咳了几声；他懒得睁眼，翻了一个身便又想睡。谁知此身一翻，竟浑身颤了几颤，一颗心像被线穿着吊了几吊，牵肚挂肠。他用手一摸，身下贼软；连忙一个翻身，低头望去，证实自己猜得一点不错，是睡在一张棕绷大床上。陈奂生吃了一惊，连忙平躺端正，闭起眼睛，要弄清楚怎么会到这里来的。他好像有点印象，一时又糊涂难记，只得细细琢磨，好不容易才想出了县委吴书记和他的汽车，一下子理出头绪，把一串细关节脉都拉了出来。

原来陈奂生这一年真交了好运，逢到急难，总有救星。他发高烧昏睡不久，候车室门口就开来一部吉普车，载来了县委书记吴楚。他是要乘十二点一刻那班车到省里去参加明天的会议。到火车站时，刚只十一点四十分，吴楚也就不忙，在候车室徒步起来，那司机一向要等吴楚进了站台才走，免得他临时有事找不到人，这次也照例陪着。因为是半夜，候车室旅客不多，吴楚转过半圈，就发现了睡着的陈奂生。吴楚不禁笑了起来，他今秋在陈奂生的生产队里蹲了两个月，一眼就认出他来，心想这老实肯干的忠厚人，怎么在这儿睡着了？若要乘车，岂不误事。便走去推醒他；推了一推，又发现那屁股底下，垫着个瘪包，心想坏了，莫非东西被偷了？就着紧推他，竟也不醒。这吴楚原和农民玩惯了的，一时调皮起来，就去捏他的鼻子；一摸到皮肤热辣辣的，才晓得他病倒了，连忙把他扶起，总算把他弄醒了。

这些事情，陈奂生当然不晓得。现在能想起来的，是自己看到吴书记之后，就一把抓牢，听到吴书记问他:“你生病了吗?”他点点头。吴书记问他：“你怎么到这里来的?”他就去摸了摸旅行包。吴书记问他：“包里的东西呢?”他就笑了一笑。当时他说了什么？究竟有没有说？他都不记得了；只记得吴书记好像已经完全明白了他的意思，便和驾驶员一同扶他上了车，车子开了一段路，叫开了一家门（机关门诊室)，扶他下车进去，见到了一个穿白衣服的人，晓得是医生了。那医生替他诊断片刻，向吴书记笑着说了几句话（重感冒，不要紧)，倒过半杯水，让他吃了几片药，又包了一点放在他口袋里，也不曾索钱，便代替吴书记把他扶上了车，还关照说:“我这儿没有床，住招待所吧，安排清静一点的地方睡一夜就好了。”车子又开动，又听吴书记说：“还有十三分钟了，先送我上车站，再送他上招待所，给他一个单独房间，就说是我的朋友……”

陈奂生想到这里，听见自己的心扑扑跳得比打钟还响，合上的眼皮，流出晶莹的泪珠，在眼角膛里停留片刻，便一条线挂下来了。这个吴书记真是大好人，竟看得起他陈奂生，把他当朋友，一旦有难，能挺身而出，拔刀相助，救了他一条性命，实在难得。

陈奂生想，他和吴楚之间，其实也谈不上交情，不过认识罢了。要说有什么私人交往，平生只有一次。记得秋天吴楚在大队蹲点，有一天突然闯到他家来吃了一顿便饭，听那话音，像是特地来体验体验“漏斗户”的生活改善到什么程度的。还带来了一斤块块糖，给孩子们吃。细算起来，等于两顿半饭钱。那还算什么交情呢！说来说去，是吴书记做了官不曾忘记老百姓。

陈奂生想罢，心头暖烘烘，眼泪热辣辣，在被口上拭了拭，便睁开来细细打量这住的地方，却又吃了一惊。原来这房里的一切，都新堂堂、亮澄澄，平顶（天花板）白得耀眼，四周的墙，用青漆漆了一人高，再往上就刷刷白，地板暗红闪光，照出人影子来；紫檀色五斗橱，嫩黄色写字台，更有两张出奇的矮凳，比太师椅还大，里外包着皮，也叫不出它的名字来。再看床上，垫的是花床单，盖的是新被子，雪白的被底，崭新的绸面，刮刮叫三层新。陈奂生不由自主地立刻在被窝里缩成一团，他知道自己身上（特别是脚）不大干净，生怕弄脏了被子……随即悄悄起身，悄悄穿好了衣服，不敢弄出一点声音来，好像做了偷儿，被人发现就会抓住似的。他下了床，把鞋子拎在手里，光着脚跑出去；又眷顾着那两张大皮椅，走近去摸一摸，轻轻捺了捺，知道里边有弹簧，却不敢坐，怕压瘪了弹不饱。然后才真的悄悄开门，走出去了。

到了走廊里，脚底已冻得冰冷，一瞧别人是穿了鞋走路的，知道不碍，也套上了鞋。心想吴书记照顾得太好了，这哪儿是我该住的地方！一向听说招待所的住宿费贵，我又没处报销，这样好的房间，不知要多少钱，闹不好，一夜天把顶帽子钱住掉了，才算不来呢。

他心里不安，赶忙要弄清楚。横竖他要走了，去付了钱吧。

他走到门口柜台处，朝里面正在看报的大姑娘说：“同志，算账。”

“几号房间？”那大姑娘恋着报纸说，并未看他。

“几号不知道。我住在最东那一间。”

那姑娘连忙丢了报纸，朝他看看，甜甜地笑着说：“是吴书记汽车送来的？你身体好了吗？”

“不要紧，我要回去了。”

“何必急，你和吴书记是老战友吗？你现在在哪里工作？”大姑娘一面软款款地寻话说，一面就把开好的发票交给他，笑得甜极了。陈奂生看看她，真是绝色！

但是，接到发票，低头一看，陈奂生便像给火钳烫着了手。他认识那几个字，却不肯相信。“多少？”他忍不住问，浑身燥热起来。

“五元。”

“一夜天？”他冒汗了。

“是一夜五元。”

陈奂生的心，忐忐忑忑大跳。“我的天！”他想，“我还怕困掉一顶帽子，谁知竟要两顶！”

“你的病还没有好，还正在出汗呢！”大姑娘惊怪地说。

千不该，万不该，陈奂生竟说了一句这样的外行语：“我是半夜里来的呀！”

大姑娘立刻看出他不是一个人物，她不笑了，话也不甜了，像菜刀剁着砧板似的嘟嘟响着说：“不管你什么时候来，横竖到今午十二点为止，都收一天钱。”这还是客气的，没有嘲笑他，是看了吴书记的面子。

陈奂生看着那冷若冰霜的脸，知道自己说错了话，得罪了人，哪里还敢再开口，只得抖着手伸进袋里去摸钞票，然后细细数了三遍，数定了五元；交给大姑娘时，那外面一张人民币，已经半湿了，尽是汗。

这时大姑娘已在看报，见递来的钞票太零碎，更皱了眉头。但她还有点涵养，并不曾说什么，收进去了。

陈奂生出了大价钱，不曾讨得大姑娘欢喜，心里也有点忿忿然。本想一走了之，想到旅行包还丢在房间里，就又回过来。

推开房间，看看照出人影的地板，又站住犹豫："脱不脱鞋？"一转念，忿忿想道："出了五块钱呢！"再也不怕弄脏，大摇大摆走了进去，往弹簧太师椅上一坐："管它，坐瘪了不关我事，出了五元钱呢。"

他饿了，摸摸袋里还剩一块僵饼，拿出来啃了一口，看见了热水瓶，便去倒一杯开水和着饼吃。回头看刚才坐的皮凳，竟没有瘪，便故意立直身子，扑通坐下去……试了三次，也没有坏，才相信果然是好家伙，便安心坐着啃饼，觉得很舒服。头脑清爽，热度退尽了，分明是刚才出了一身大汗的功劳。他是个看得穿的人，这时就有了兴头，想道："这等于出晦气钱——譬如买药吃掉！"

啃完饼，想想又肉痛起来，究竟是五元钱哪！他昨晚上在百货店看中的帽子，实实在在是二元五一顶，为什么睡一夜要出两顶帽钱呢？连沈万山都要住穷的；他一个农业社员，去年工分单价七角，困一夜做七天还要倒贴一角，这不是开了大玩笑！从昨半夜到现在，总共不过七八个钟头，几乎一个钟头要做一天工，贵死人！真是阴错阳差，他这副骨头能在那种床上躺尸吗！现在别的便宜拾不着，大姑娘说可以住到十二点，那就再困吧，困到足十二点走，这也是捞着多少算多少。对，就是这个主意。

这陈奂生确是个向前看的人，认准了自然就干，但刚才出了汗，吃了东西，脸上嘴上，都不惬意，想找块毛巾洗脸，却没有。

心一横，便把提花枕巾捞起来干擦了一阵，然后衣服也不脱，就盖上被头困了，这一次再也不怕弄脏了什么，他出了五元钱呢。——即使房间弄成了猪圈，也不值！

可是他睡不着，他想起了吴书记。这个好人，大概只想到关心他，不曾想到他这个人经不起这样高级的关心。不过人家忙着赶火车，哪能想得周全！千怪万怪，只怪自己不曾先买帽子，才伤了风，才走不动，才碰着吴书记，才住招待所，才把油绳的利润搞光，连本钱也蚀掉一块多……那么，帽子还买不买呢？他一狠心：买，不买还要倒霉的！

想到油绳，又觉得肚皮饿了。那一块僵饼，本来就填不饱，可惜昨夜生意太好，油绳全卖光了，能剩几袋倒好；现在懊悔已晚，再在这床上困下去，会越来越饿，身上没有粮票，中饭到哪里去吃！到时候饿得走不动，难道再在这儿住一夜吗？他慌了，两脚一蹦，把被头踢开，拎了旅行包，开门就走。此地虽好，不是久恋之所，虽然还剩得有两三个钟点，又带不走，忍痛放弃算了。

他出得门来，再无别的念头，直奔百货公司，把剩下来的油绳本钱，买了一顶帽子，立即戴在头上，飘然而去。

一路上看看野景，倒也容易走过；眼看离家不远，忽然想到这次出门，连本搭利，几乎全部搞光，马上要见老婆，交不出账，少不得又要受气，得想个主意对付她。怎么说呢？就说输掉了；不对，自己从不赌。就说吃掉了；不对，自己从不死吃。就说被扒掉了；不对，自己不当心，照样挨骂。就说做好事救济了别人；不对，自己都要别人救济。就说送给一个大姑娘了，不对，老婆要犯疑……那怎么办？

陈奂生自问自答，左思右想，总是不妥。忽然心里一亮，拍着大腿，高兴地叫道：“有了。”他想到此趟上城，有此一番动人的经历，这五块钱花得值透。他总算有点自豪的东西可以讲讲了。试问，全大队的干部、社员，有谁坐过吴书记的汽车？有谁住过五元钱一夜的高级房间？他可要讲给大家听听，看谁还能说他没有什么讲的！看谁还能说他没见过世面？看谁还能瞧不起他，唔！……他精神陡增，顿时好像高大了许多。老婆已不在他眼里了；他有办法对付，只要一提到吴书记，说这五块钱还是吴书记看得起他，才让他用掉的，老婆保证服帖。哈，人总有得意的时候，他仅仅花了五块钱就买到了精神的满足，真是拾到了非常的便宜货，他愉快地划着快步，像一阵清风荡到了家门……

果然，从此以后，陈奂生的身份显著提高了，不但村上的人要听他讲，连大队干部对他的态度也友好得多，而且，上街的时候，背后也常有人指点着他告诉别人说“他坐过吴书记的汽车”或者“他住过五块钱一夜的高级房间”……公社农机厂的采购员有一次碰着他，也拍拍他的肩胛说：“我就没有那个运气，三天两头住招待所，也住不进那样的房间。”

从此，陈奂生一直很神气，做起事来，更比以前有劲得多了。

乡场上

何士光

【关于作家】

何士光，1942 年生，贵州贵阳人。1964 年毕业于贵州大学中文系，毕业后分配至县城与山区任中学教师，这使他对农民的生活与命运感受颇深。1977 年开始发表作品。主要作品有短篇小说集《故乡事》，中短篇小说集《梨花屯客店一夜》，长篇小说《似水流年》。其短篇小说《乡场上》《种包谷的老人》《远行》曾获全国优秀短篇小说奖。何士光的作品聚焦于黔北山区农民的日常生活与精神状态，擅于将时代的巨变与心底的波澜寄寓于山川乡场之中。

【关于作品】

梨花屯乡场上，食品购销站会计的老婆罗二娘跟民办教师任老大的女人当街吵架，罗二娘说任老大的儿子诬陷她儿子拾物不还。曹支书请来了目睹事件的冯幺爸作证，但曹支书本人其实是偏袒罗二娘的，因为他们都属于梨花屯的“上层社会”。冯幺爸对罗二娘的无理心知肚明，但不敢说出本来情况，因为他一直是穷汉，得罪了曹支书则买不到返销粮，得罪了罗二娘则买不到肉——他不敢得罪利益集团。但几经思考下，冯幺爸终于一改往日沉默，敞开嗓子说话了。他把曹支书和罗二娘的虚伪大声戳破，因为自由的时代已经到来，“庄稼人的脊梁，正在挺直起来……”

《乡场上》与同时期其他作品的不同之处，在于主人公性格改变的直接动因不在精神内在，而在物质外在。冯幺爸这样的底层农民，之所以敢直面乡间权贵，是因为国家政策给予农民生活保障的希望，也提供了小康富裕的未来远景。有了一份政策带来的物质保障，冯幺爸再也不需要为了“返销粮”的购买权而低三下四了，物质启蒙的合法性得到了公开的承认。而小说中对精神改观的侧面书写也很精彩。随着冯幺爸的挺身而出、反诘逼问，围观群众的笑声也随之而来。在多年的压抑之后，不断复苏的精神力量在一场笑声中爆破开来，如天雷一般炸裂的笑声，预示着解放与狂欢将至的强大势能。

文中所写的场景高度日常生活化，对此作者有着诚挚的解释：“我也不打算编一个波澜起伏的故事，因为和芸芸众生日复一日的刻板生活相比，那样的故事毕竟过于五光十色”，日常生活“严峻揪心的程度，都绝不在英雄血、美人泪之下”。在这种思想架构下，《乡场上》的语言朴素平白，充满了乡土气息：小说中“呦”“咦”的语气词恰到好处，惊疑、感叹的神情被表达得淋漓尽致；“哎”“啰”“呢”等词语的出现也往往与场景气氛高度融洽，甚至能够代替情节暗喻褒贬。

在我们梨花屯乡场，这条乌蒙山乡里的小街上，冯幺爸，这个四十多岁的、高高大大的汉子，是一个出了名的醉鬼，一个破产了的、顶没价值的庄稼人。这些年来，只有鬼才知道，一年三百六十五天，他是怎样过来的，在乡场上不值一提。现在呢，却不知道被人把他从哪儿找来，咧着嘴笑着，站在两个女人的中间，等候大队支书问话，为两个女人的纠纷作见证，一时间变得像一个宝贝似的，这就引人好笑得不行！

"冯幺爸！刚才，吃早饭——就是小学放早学的时候，你是不是牵着牛从场口走过？"

支书曹福贵这样问。事情是在乡场上发生的，那么当然，找他这个支书也行，找乡场上的宋书记也行，裁决一回是应该的；但所有在场的人没有一个不明白，曹支书是偏袒罗二娘这一方的。别看这位年纪和冯幺爸不相上下的支书，也是一副庄稼人模样，穿着对襟衣裳，包着一圈白布帕，他呀，板眼深沉得很！梨花屯就这么一条一眼就能望穿的小街，人们在这儿聚族而居似的，谁还不清楚谁的底细？

冯幺爸眨着眼，伸手搔着乱蓬蓬的头发，像平时那样嬉皮笑脸的，说：

"一条街上住着，吵哪样哟！"

人们哄的一声笑了。这时正逢早饭过后的一刻空闲，小小的街子上已聚着差不多半条街的人，好比一粒石子就能惊动一个水塘，搅乱那些仿佛一动不动的倒影一样，乡场上的一点点事情，都会引起大家的关心。这一半是因为街太小，事情往往说不定和自己有牵连，一半呢，乡场上可让人们一看的东西，也确实太少！这冯幺爸不明明在耍花招？他作证，就未必会是好见证！

“哎——你说，走过没有！”

“你是说……吃早饭?”

“放早饭学的时候！”

“唔，牵着牛?”

“是呀！”

他又伸手摸他的头，自己也不由得好笑起来，咧着那大嘴，好像他害羞，这就又引起一阵笑声。

这时候，他身旁那个矮胖的女人，就是罗二娘，冷笑起来了——她这是向着她对面那个瘦弱的女人来的，说：

“冯幺爸，别人硬说你当时在场，全看见的呀！看见我罗家的人下贱，连别人两分钱的东西也眼红，该打……”

这女人一开口，冯幺爸带来的快活的气氛就淡薄了，大家又把事情记起来，变得烦闷。这些年来，一听见她的声音，人们的心里就像被雨水湿透了的、只留下包谷残梗的田野那样抑郁、寂寥。你看她那妇人家的样子，又邋遢又好笑是不是?三十多岁，头发和脸好像从来也没有洗过，两件灯芯绒衣裳叠着穿在一起，上面有好些油迹，换一个场合肯定要贻笑大方；但谁知道呢，在这儿，在梨花屯乡场上，她却仿佛一个贵妇人了，因为她男人是乡场上食品购销站的会计，是一个卖肉的……没有人相信那瘦弱的女人，或是她的娃儿，敢招惹这罗家。她男人任老大，在乡场的小学校里教书，是一位多年的、老实巴巴的民办教师，同罗家咋相比呢?大家才从乡场上那些凄凉的日子里过来，都知道这小街上的宠辱对这两个女人是怎样的不同——这虽说像噩梦一样怪诞，却又如石头一样真实——知道明明是罗二娘在欺侮人，因此都为任老大女人不平和担心……

“请你说一句好话，冯幺爸！我那娃儿，实在是没有……”

任老大女人怯生生地望着冯幺爸，恳求他。苦命的女人嫁给一个教书的，在乡场上从来都做不起人。一身衣裳，就和她家那间愁苦地立在场口的房子一样，总是补缀不尽；一张脸也憔悴得只见一个尖尖的下巴，和着一双黯淡无光的大眼睛。她从来就孱弱，本分，如其不是万分不得已，是不会牵扯冯幺爸的。

罗二娘一下子就把话接过来了：

“没有！——没有把人打够是不是？我罗家的娃儿，在这街上就抬不起头？呸！除非狗都不啃骨头了，还差不多！——你呀，你差得远……”

她早就这样在任老大家门前骂了半天。这个女人一天若是不骂街，就好像失了体面。她要任老大女人领娃娃去找乡场上那个医生，去开处方，去付药费，要是在梨花屯医不好，就上县城，上地区，上省！她那妇人家的心肠，是动辄就要整治人。这不能说不毒辣；果真这样，事情就大了，穷女人咋经得起？

“吵，是吵不出一个名堂来的，罗二娘！”曹支书止住了她，不慌不忙地说。他当然比罗二娘有算计。他说：“既然任老大家说冯幺爸在场，就还是让冯幺爸来说；事情搞清楚了，解决起来就容易了。冯幺爸，你说！”

“今天早上呢，”冯幺爸有些慌了，说，“我倒是在犁田……今年是责任田！”

他又咧了咧嘴，想笑，但没有笑出来。

看样子，他当时是在场的，他是不敢说。本来，作为一个庄稼人，这些年来，撇开表面的恭维不说，在这乡场上就低人一等，他呢，偏偏又还比谁都更无出息。他有女人，有大小六个娃儿，做活路却不在意。“做哪样哟!”他惯常是摇头晃脑地说,“做,不做,还不是差不多?就收那么几颗,不够鸦雀啄的;除了这样粮,又除那样粮,到头来还不是和我冯幺爸一样精打光?”他无心做活路,又没别的手艺,猪儿生意啦,赶场天转手倒卖啦,他不仅没有本钱,还说那是“伤天害理”。到秋天,分了那么一点点,他还要卖这么一升两升,打一斤酒,分一半猪杂碎,大醉酩酊地喝一回。“怎么?”他反问规劝他的人说,“只有你们才行?我冯幺爸就不是人,只该喝清水?”一醉,就唏唏嘘嘘地哭,醒了,又依旧嬉皮笑脸的。还不到春天,就缠着曹支书要回销粮,以后呢,就涎着脸找人接济,借半升包谷,或是一碗碎米。他给你跑腿,给你抬病人,比方罗二娘家请客的时候,他就去搬桌凳,然后就在那儿吃一顿。他要伸手,要求告人,他咋敢随便得罪人呢?罗二娘这尊神,他得罪不起;但要害任老大这样可怜的人,一个人若不是丧尽天良,也就未必忍心。一时间,你叫他选哪一头好呢?

“你在,就说你在;”曹支书正告他说,“如若不在,就不说在!”

“我……倒是犁田回来……”

“哟,冯幺爸,”罗二娘叫起来,“你真在?那就好得很!——你说,你真看见了?真像任家说的那样?”

冯幺爸其实还没有说他在,这罗二娘就受不住了,一步向冯幺爸逼过来。她才不相信这个冯幺爸敢不站在她这一边呢!在她的眼里,冯幺爸在乡场上不过像一条狗,只有朝她摇尾巴的份。有一次,给了他一挂猪肠子,他不是半夜三更也肯下乡去扶她喝醉了酒的男人?冷天不是她亲自打发人去找他来的?慢说只是要他打一回圆场,就是要他去咬人,也不过是几斤骨头的生意——安排一个娃儿进工厂,不也才半条猪的买卖?这个冯幺爸算老几呢?

冯幺爸忙说："我是说……"

……唉，他确实是不敢说，这多叫人烦闷啊！

人们同情冯幺爸了。你以为，得罪罗二娘，就只是得罪她一家是不是？要只是这样，好像也就不需要太多的勇气了；不，事情远远不这样简单呢！你得罪了一尊神，也就是对所有的神明的不敬；得罪了姓罗的一家，也就得罪了梨花屯整个的上层！瞧，我们这乡场，是这样的狭小、偏僻、边远，四下里是漠漠的水田，不远的地方就横着大山青黛的脊梁，但对于我们梨花屯的男男女女来说，这仿佛就是整个的人世：比方说，要是你没有从街上那爿唯一的店子里买好半瓶煤油、一块肥皂，那你就不用指望再到哪儿去弄到了！……但是，如果你得罪了罗二娘的话，你就会发觉商店的老陈也会对你冷冷的，于是你夜里会没有光亮，也不知道该用些什么来洗你的衣裳；更不要说，在二月里，曹支书还会一笔勾掉该发给你的回销粮，使你难度春荒；你慌慌张张的，想在第二天去找一找乡场上那位姓宋的书记，但就在当晚，你无意中听人说起，宋书记刚用麻袋不知从罗二娘家里装走了什么东西！不，这小小的乡场，好似由这些各执一股的人儿合股经营的，好多叫你意想不到、叫你一筹莫展的事情，还在后头呢！那么，你还要不要在这儿过下去？这是你想离开也无法离开的乡土，你的儿辈晚生多半也还得在这儿生长，你又怎样呢？许多顶天立地的好汉，不也一时间在几个鬼蜮的面前忍气吞声？既如此，在这小小的乡场上，我们也难苛求他冯幺爸，说他没骨气……

罗二娘哼了一声："就看你说……"

冯幺爸艰难地笑着，真慌张了，空长成一条堂堂的汉子，在一个女人的眼光的威逼下，竟是这样气馁，像小姑娘一样扭捏。

他换了一回脚，站好，仿佛原来那样子妨碍他似的，但也还是说不出话来。这正是春日载阳、有鸣仓庚的好天气，阳光把乡场照得明晃晃的，他好像热得厉害，耳鬓有一股细细的汗水，顺着他又方又宽的脸腮淌下来……

罗二娘不耐烦了："是好是歹，你倒是说一句话呀！……照你这样子，好像还真是姓罗的不是？"

"冯幺爸！"曹支书这时已卷好了一支叶子烟，点燃了，上前一步说，"说你在场，这是任家的娃儿说出来的。你真在场，就说在场；要是不在，就说不在！就是说，要向人民负责：对任老大家，你要负责；对罗二娘呢，你当然也要负责！你听清楚了？"

曹支书说话是很懂得一点儿分寸的，但正是因为有分寸，人们也就不会听不出来，这是暗示，是不露声色地向冯幺爸施加压力。冯幺爸又换了一回脚，越来越不知道怎样站才好了。

这样下去，事情难免要弄坏的。出于不平，人们有些耐不住了，一句两句地岔起话来：

"冯幺爸，你就说！"

"这有好大一回事？说说有哪样要紧？"

"说就说嘛，说了好去做活路，春工忙忙的……"

这当然也和曹支书一样，说得很有分寸，但这人心所向，对冯幺爸同样也是压力。

再推挪，是过不去的了。冯幺爸干脆不开口，不知怎样一来，竟叹了一口气，往旁边走了几步，在一处房檐下蹲下来，抱着双手，闷着，眼光直愣愣的。往常他也老像这样蹲在门前晒太阳，那就眯着眼，甜甜美美的；今天呢，却实在一点也不惬意，仿佛是一个终于被人找到了的欠账的人，该当场拿出来的数目是偌大一笔，而他有的又不过是空手一双，只好耸着两个肩头任人发落了……唉，一个人千万别落到这步田地，无非是境况不如人罢了，就一点小事也如负重载，一句真话也说不起！

小小的街头一时间沉寂了；只见乡场的上空正划过去一朵圆圆的白云；燕子低飞着，不住地啁啾……远处还清楚地传来一声声布谷鸟的啼叫。

稍一停，罗二娘就扯开嗓子骂起来。这回她是冒火了。即便冯幺爸一声不吭，不也意味她理亏？这就等于在一街人的面前丢了她的脸，而这人又竟然是连狗也不如的冯幺爸，这咋得了？

“咦！冯幺爸，你说你还叫不叫人？你哑啦？我罗二娘有哪一点对你不起？是一条狗呢，也还要叫几声！”

接下去就是一连串不堪入耳的骂人的话了，她好像已经把任老大女人撇在一边，认冯幺爸才是冤家。

“不要骂哟！”

“……是请人家来作证……”

有人这样插嘴说，许多人实在听不下去了。

“就要骂！我话说在前头，这不关哪一个的相干！哪一个脑壳大就站出来说，就不要怪我罗二娘不认人啦！”

冯幺爸呢，他的头低下去、低下去，还是一声不吭。唉，这冯幺爸真是让人捏死了啊，大家都替他难过。

罗二娘直是骂。这个恶鸡婆一会双手叉腰，一会又顿足，拍腿，还一声接一声地“呸”，往冯幺爸面前吐口水。

“依我说呢，”曹支书又开口了，“冯幺爸，你就实事求是地讲！‘四人帮’都粉碎四年了，要讲个实事求是才行……”

他劝呀劝的，冯幺爸终于动了一动，站起来了。

“对嘛，”支书说，“本来又不关你的事……”

冯幺爸一声不响地点点头，拖着步子走回来，那样子好像要哭似的，好不蹊跷。常言说，昧良心出于无奈，莫非他真要害那又穷又懦弱的教书匠一家？

“曹支书，”他的声音也很奇怪，像在发抖，“你……要我说？”

“等你半天哪！”

冯幺爸又点头，站住了。

“我冯幺爸，大家知道的，”他心里不好过，向着大家，说得慢吞吞的，“在这街上算不得一个人……不消哪个说，像一条狗！我穷得无法——我没有办法呀！大家是看见的……脸是丢尽了……”

他这是怎么啦？人们很诧异，都静下来，望着他。

“去年呢，”他接下去说，“……谷子和包谷合在一起，我多分了几百斤，算来一家人吃得到端阳。有几十斤糯谷，我女人说今年给娃娃们包几个粽子吧。那时呢，洋芋也出来了……那几块菜籽，国家要奖售大米，自留地还有一些麦子要收……去年没有硬喊我们把烂田放了水来种小季，田里的水是满当当的，这责任落实到人，打田栽秧算来也容易！只要秧子栽得下去，往后有谷子打，有包谷掰……”

罗二娘打断他说：“冯幺爸，你扯南山盖北海，你要扯好远呀！”

万没料到，冯幺爸猛地转过身，也把脚一跺，眼都红了，敞开声音吼起来：

“曹支书！这回销粮，有——也由你；没有——也由你，我冯幺爸今年不要也照样过下去！”

人们从来没有看见冯幺爸这样凶过，一时都愣住了！他那宽大的脸突然沉下来，铁青着，又咬着牙，真有几分叫人畏惧。

“我冯幺爸要吃二两肉不?”他自己拍着胸膛回答，“要吃！——这又怎样?买！等卖了菜籽，就买几斤来给娃娃们吃一顿，保证不找你姓罗的就是！反正现在赶场天乡下人照样有猪杀，这回就不光包给你食品站一家，敞开的，就多这么一角几分钱，要肥要瘦随你选！……跟你说清楚，比不得前几年啰，哪个再要这也不卖，那也不卖，这也藏在柜台下，那也藏在门后头，我看他那营业任务还完不成呢！老子今年……”

“冯幺爸！你嘴巴放干净点，你是哪个的老子?”

“你又怎样?——未必你敢摸我一下?要动手今天就试一回！……老子前几年人不人鬼不鬼的，气算是受够了！——幸得好，国家这两年放开了我们庄稼人的手脚，哪个敢跟我再骂一句，我今天就不客气!”

曹支书插进来说：“吔，冯幺爸——”

冯幺爸一下子就打断了他：“不要跟我来这一手！你那些鬼名堂哟，收拾起走远点！——送我进管训班?支派我大年三十去修水利?不行啰！你那一套本钱吃不通啰！……你当你的官，你当十年官我冯幺爸十年不偷牛。做活路——国家这回是准的，我看你又把我咋个办?”

“你、你……”

“你什么！——你不是要我当见证?我就是一直在场！莫非罗家的娃儿才算得是人养的?捡了任老大家娃儿的东西，不但说不还，别人问他一句，他还一凶二恶的，来不来就开口骂！哪个打他啦?任家的娃儿不仅没有动手，连骂也没有还一句！——这回你听清楚了没有?!”

这一切是这样突如其来，大家先是一怔，跟着，男男女女的笑声像旱天雷一样，一下子在街面上炸开，整整一条街都晃荡起来。这雷声又化为久久的喧哗和纷纷的议论，像随之而来的哗啦啦的雨水一样，在乡场上闹个不停。换一个比方，又好比今年正月里玩龙灯，小小的乡场是一片喜庆的爆竹！……冯幺爸这家伙蹲在那儿大半天，原来还有这么一通盘算，平日里真把他错看了！就是这样，就该这样，这像栽完了满满一坝秧子一样畅快……

只见他又回过头来，一本正经地对任老大女人说："跟任老师讲：没有打！——我冯幺爸亲眼看见的！我们庄稼人不像那些龟儿子……"

罗二娘嘶哑着声音叫道："好哇，冯幺爸，你记着……"

但她那一点点声音在人们的一片喧嚣之中就算不得什么了，倒是只听得冯幺爸的声音才吼得那么响：

"……只要国家的政策不像前些年那样，不三天两头变，不再跟我们这些做庄稼的过不去，我冯幺爸有的是力气，怕哪样？"

这样，他迈着他那一双大脚，说是没有工夫陪着，头也不回地走了。望着他那宽大的背影，大家又一一想起来，不错，从去年起，冯幺爸是不同了，他不大喝酒了，也勤快了。他那一双大码数的解放鞋，不就是去年冬天才新买的？这才叫"手里有粮，心里不慌，脚踏实地，喜气洋洋"！穿上了解放鞋，这就解放了，不公正的日子有如烟尘，早在一天天散开，乡场上也有如阳光透射灰雾，正在一刻刻改变模样，庄稼人的脊梁，正在挺直起来……

这一场说来寻常到极点的纠纷，使梨花屯的人们好不开心。再不管罗二娘怎样吵闹，大家笑着，心满意足，很快就散开了。确实是春工忙忙啊，正有好多好多要做的事情，全体，男男女女，都步履匆匆的……

卖驴

赵本夫

【关于作家】

赵本夫，1947 年生，江苏丰县人。1986 年毕业于中国作家协会文学讲习所（现鲁迅文学院），同年考入北京大学作家班，次年转入南京大学中文系。1981 年发表处女作《卖驴》，同年，该作品获得当年的全国优秀短篇小说奖。其作品《天下无贼》被改编为同名电影，获得巨大反响。赵本夫创作不断，陆续有《刀客和女人》《混沌世界》《黑蚂蚁蓝眼睛》《天地月亮地》《无土时代》等长篇小说作品出版。近年来，其长篇新作《天漏邑》《荒漠里有一条鱼》也获得了广泛关注。

【关于作品】

孙三老汉坐在驴车上睡着了，睁眼一看，竟被自家驴子跟着拉死尸的母驴拉到了火葬场。这真是个不祥征兆！于是孙三老汉决定，要把这驴子卖了。他想要卖驴的想法由来已久：在曾经的岁月里，收购站的老脚力孙三老汉被定为“自发分子”，落实生产责任制后，政策放宽，这才恢复了老本行。但近来传闻政策又要变化，他害怕再次“吃尽苦头”，犹豫要把驴子卖掉，过一点清清静静的日子。火葬场事件发生后，孙三老汉越想越生气，照准大青驴，举鞭就打，驴子受惊尥起蹄子，把孙三老汉踢得头破血流，驴也栽进路沟，摔脱了右胯。这一下，孙三老汉卖驴铁了心。在兽医站，刘站长一番折腾也没把驴治好，孙三老汉只好带着脱胯的大青驴来到牲口市。在市场上，他看到赶集的庄稼人们竞相寻求发家之路，大家脸上流露出的坚定神态与自信气魄令他动容，就连孙三老汉最怕事的连襟也买了一口骡子，准备大干一场。他又开始怀疑：自己的卖驴的决定是否真的妥当？政策是否真的会再次变糟？直到被贬的老兽医王老尚出现，一计“神鞭”轻快利落地治好了大青驴，面对争抢驴子的人们，孙三老汉终于决定：“我不卖了！”

作为作家处女作，《卖驴》的情节并不复杂，故事也相对简单，在单线索的叙事中，赵本夫向读者展示了改革开放之初农民对于政策的犹豫心理，一种普遍性的彷徨与矛盾通过孙三老汉卖又不卖的故事展开。《卖驴》告诉人们，任何时期的任何改革，首先都应该且必须是人们心理的变革——而这种内在的变化，又是多么的复杂和不易。回顾少作时，赵本夫对这篇作品并不满意，他在后续的多次创作谈中都认为《卖驴》主题浅显，写得一般。

成熟作家的“悔其少作”，代表了其后期已具备更高的文学水准与艺术判断力，但《卖驴》在同期的改革文学作品中仍是可圈可点的佳作。小说在喜剧的风格中附带荒诞色彩，这种写法在20世纪80年代初期还较为少见。驴的自行走向与老兽医的“神鞭疗法”也为文本蒙上了一层传奇色彩，对传统文化中谶纬学的不自觉感知，从侧面体现了动荡历史给农民内心造成的政治阴影之深重。而“传奇性”也在赵本夫的后续作品中继续发扬，他通过传奇性的人物与故事沟通了中国古代叙事文学的传统，不徐不疾地展开了有关历史、文明和性别的文学想象。

大千世界，无奇不有。一件意想不到的事，促使孙三老汉最终下了决心：“卖驴!”

那天，他给收购站往县城送货。交完货，又给人代买了东西，便赶着大青驴急忙往回返，离家还有六十里，一会儿也松不得。

毕竟是上了岁数的人，四更起床，五更上路，加上刚才买东西爬了几个楼，没出城，就觉有些困顿。他迷迷糊糊往前赶，出了城，路上行人锐减。他想，离下路还有好远，反正是轻车熟路，索性睡上一阵，于是跳上车，怀抱鞭子，和衣躺下，任凭大青驴嗒嗒地踩着路面往前走。

说来巧，前头不远，有人赶一头草灰驴，拉一辆躺着死人的平板车，奔郊区火葬场。车两旁，几个护葬的男女正哽哽咽咽。

大青驴看见异性同族，顿生痴情，也不管去得去不得，加快步子一路尾随，直奔火葬场去。此时，孙三老汉大梦沉沉，睡意正浓。

火葬场院子里，已有几位死者，分别躺在软床、担架、平板车一类物件上，排队静候。死者的亲属们面色阴郁，三三两两，或蹲或站，冷冰冰地看着这一簇新来的人马。

大青驴拉着孙三老汉，紧挨灰草驴那辆车，也规规矩矩地挨上了号。

大约是两辆车同时来到，使人误解一家死了两个人。于是，一些人同情而又好奇地围上来，先是用探询的目光看着，而后终于有人发话：“一家的？”

前车有人摇摇头，冲大青驴这边一努嘴巴：“半道跟来的。”

大伙更觉稀奇：后一辆车既无赶车的，又无护丧的。有几个人壮起胆子，悄悄围上了孙三老汉，探头细看：此人面色红润，神态安详，哪里像个死人？再一听，鼻孔呼呼有声……霎时，人们像大白日见鬼，毛骨悚然！咂着舌纷纷退后，真不知眼前出了什么事。

大青驴不知是被惊吓，还是责怪人们轻薄了自己的主人，于是不平则鸣，一耸鼻子，“啊哈啊哈”地大叫起来，引得另外几头毛驴一齐共鸣。一时驴声大作，静穆的火葬场仿佛成了驴市。

孙三老汉猝然惊坐起来，不知出了什么事。他揉眼一看，这是哪里？一群人围着自己：惊、窘、奇、怕，一人一态，有人手拿架势，好像随时准备逃跑。他定定神再看，这才发现是到了火葬场。孙三老汉激灵打个寒战：我的爹！可拉到好地方来了，一圈人这么看，是当我“诈尸还魂”哩！

孙三勃然大怒！跳下车就要打驴，又想：不妥！还是先离开这块晦地。他圈过牲口，头也没抬，打一鞭冲出门去！

这种事要放在别人身上，不过是个笑谈，但孙三老汉却把它看重了。他认定，这件事正好应验了自己多少天来的一桩心事，是个极不吉利的征兆！

要说孙三有心事，一般人不会相信，大伙都知道，这两年他给收购站当脚力，挣了一笔钱，加上队里实行责任制，老伴做家务，儿子闺女顶趟干活，分配好转。两下一凑合，光景大变，但问题也就出在这里。因为他至今不敢断定，家里富了是福还是祸！

尽管一家人挣的全是血汗钱。

单说孙三老汉当脚力吃的苦，就绝非常人可比。

孙三的家在老黄河沿上。这一带是三省交界的穷乡僻壤，上级管顾不周全，庄稼没种好。倒是一种叫“沙打旺”的茅草特别茂盛，黄河故道里里外外全是，一望无边。庄稼人也像这耐贫瘠的茅草一样，具有在困境中求生的能力，家家都养了许多羊。人们除了种地，就是放牧。每逢夏秋季节，蓝天之下，风吹草低见牛羊，颇有塞外风光。养羊所得，成了农家生活的重要来源。

上级在这里设了收购站。收购的羊皮、羊毛等农副产品，积攒多了让汽车拉走。可是收购的活羊却不能存留。每日五至七头，上级派汽车不值得，很需要雇个脚力，随收随往县城送。这叫公家运输的一种补充。

按说，脚力挣钱较多，应当好找，其实却不然。一来往县城一趟往返百多里，起五更睡半夜，天天如是，一般人吃不了这个苦；二来庄户日子琐碎，极少有人能脱开家务常年外出；还有条更头疼，这里偏僻，买东西不方便。有人进城，东家要扯几尺布，西家要捎几斤糖，生产队买水泵、化肥等物资，有时也让代捎。一二百户人家的村子，这类事天天都有。干脆，不挣这份钱，也不劳这个神。尤其前几年“大批促大干”的时候，收购站的老脚力孙三老汉，被定为“自发分子”后，更没人敢接这个活了。有力气哪儿不能使！

老脚力孙三被折腾了半年多，那因常年奔波而隐积的风寒症，一下子迸发啦。大病一场后，左腿成了残疾，走起路来光打颤。原本好说好笑的一个老汉，也变得痴痴呆呆。谁见了谁想掉泪。

庄稼地里多了这么个半瘫半痴的老汉，生产并没有上去，收购站和村子里少了这么个脚力和“代办”，却显得处处不方便。收购的活羊不能及时外运，瘦、病、死都来啦，收购站由盈利变成亏损。村里人要买什么东西，以往本可以让孙三老汉在县城代办的，现在却不得不亲自跑一趟，反倒无形中浪费了许多劳力。日子久了，都希望再有一个人干，却又没谁出头。于是又有人把目光投向孙三老汉。意思很明白，不过谁也没出口，怕的是戳痛老人家尚未平复的创伤。

但孙三老汉生就一副热心肠。他从那些期待的目光里，感受到了乡亲们对自己的信任，一颗僵冷的心重新激荡起来。前年春天，政策刚一放宽，他立刻借钱买来大青驴，二次当了脚力。这一下，大伙全乐了。

说真的，孙三老汉重操鞭子，并不是没有顾虑。前几年吃尽苦头，大难不死，现在政策放宽，谁又敢担保这不是一股风呢？但他思之再三，这件事对国家、对大伙、对自己都有益处，不亏心！这才壮着胆子干了两年。两年间，他一个六十多岁的老汉，拖着一条半瘫的腿，伏天能热个昏，数九能冻个僵，付出比常人多数倍的血汗，终于使日子有了转机。三十岁的儿子说上了媳妇，原准备给儿子换亲的闺女也有了中意的婆家，还筹备扒旧屋盖新房。

正当他踌躇满志、重整家业的时候，最近忽然听传，政策要“收”。天天晚上，都有一些人围在孙三家里闲唠，议题都是：庄稼人啥时候才能清清静静地过日子呢？结果谁也回答不了。当然，这些都是小道消息。至于上级要“收”要“管”的是哪些事，拉脚是否犯禁，孙三老汉并不清楚，也无从判断。因为多年来政策好变，昨天是允许的事，今天也可能会禁止。因此，只这一个

“变”字，已使他先有三分惊慌。

那天，又听队长报信，公社将要调来的新书记，正是当年抓他“自发”的县委韩副部长。这一惊更是非同小可。事隔数年，如今这位姓韩的领导是否还会干那种“大批促大干”的蠢事，孙三老汉更是无从打听。那次挨批时，有人发言说孙三忘本。老汉不服，韩副部长当场表态：“你走的是资本主义道路，顽固坚持，只有死路一条!”这话通过大喇叭轰的一声传出来，把老汉吓坏了。此后，他像中了魔法一样，曾把“死路一条”几个字念叨了半年。如今回想起来，仍然头皮发紧。现在，他又要回来了，孙三老汉越想越害怕。至此，心里已有七分恐惧。

这几天，孙三老汉一直惊魂不定，疑神疑鬼。正在这当口，平空出了这么个晦气事：让大青驴拉进火葬场，差点给“活化”了，可不正应在“死路一条”上！迷信，在人们不能掌握自己的命运时，最容易复活。此时，孙三老汉犹如“伤弓之鸟，落于虚发”，经不得一点风吹草动了！

孙三老汉把大青驴赶出火葬场，重新拐到正路上。他越想越恼，把车停在路旁，照准大青驴，举鞭就打。孙三老汉一肚子窝囊气全都倾泻到驴身上了。大青驴暴跳不止，一会儿便乱了绠套。孙三一身臭汗，松开手喘息了一阵，便转到驴腚后头，倒过鞭杆，敲了敲驴蹄子，说声：“提起来!”那意思本想整好绠套赶路，大青驴却以为又要打它，尥起一蹄子，正踢在孙三左额上。他惨叫一声，忙用手捂住，血却顺指缝直流出来。孙三恼上加恼，照头一鞭，大青驴一下子惊了，拉起平车就跑。平车横冲直撞，不上百十步，便轰隆一声栽到路沟里去了。等别人帮着拉上来，大青驴也摔脱了右胯。

回到家里，孙三老汉躺倒三天，长吁短叹。他思前想后，连头发梢那么细的事也没落下，一种被命运捉弄的悲哀苦苦地缠绕着他。最后，终于得出一个老掉牙的结论：死生由命，穷富在天，不由你不信！想到此处，他忽然觉得大青驴是个“恩物”，多亏它提前报个凶信，现在收摊子，还算有惊无失！

孙三老汉卖驴铁了心，可是这么卖得折大钱，这怎么行。待他头上的伤口刚好，便牵着脱了胯的大青驴，上了公社兽医站。

兽医站的刘站长人倒热情，可惜医术不高。十年前，老站长王老尚，因为在军阀张作霖的军队里当过马医，被清除回家。那是这一方有名的神医。要是他还在，多好啊！

刘站长围着大青驴转了一圈，叫孙三把大青驴拴绑到桩架上。刘站长抱着脱胯的右腿，一下又一下地往上顶，吭哧了半天，也没对上，末了甩一把汗珠子说：“没治，宰了吧！”说着，就要批条子。

“宰？”孙三舍不得。他记着大青驴的许多好处，人和驴共局，也不能不讲良心！还是到柳镇庙会上碰碰运气吧，说不定有个能人买去，调理好，也算救它一命哇！至于折钱不折钱，孙三老汉就不去管它了。

孙三老汉四更起床，喂饱牲口，自己稍吃了一点饭，便牵着大青驴，一颠一颠地上了路。等他十多里路赶到时，赶会的人已从镇里溢出镇外。

孙三无心也无法进入镇里，便牵着大青驴，直奔镇北的牲口市。

牲口市设在一片乌压压的柳林里，里面拴着近千头牲畜，牛、马、驴、骡，一应俱全。相比之下，这里却安静得多。除牲畜不时发出的一声声鸣叫，大多数人都在默默地转悠、相看和等待，完全没有街里市场上那种令人头晕的喧嚣。须知，在牲口市上，无论卖主还是买主，都是些沉稳而有心计的庄稼人。多年形成的习惯，在这里搞交易，主要靠眼神和五个指头捏码子。

孙三选择了一棵弯柳树，把大青驴拴上，便拧了一袋烟点着，蹲在一旁静候起来。

庄稼人对牲畜像对土地一样，具有特殊的感情。自从准许私人养牲畜，柳镇庙会上的牲口市，就成了最引人的地方。如果调查一下，私人买牲口真正拉脚、跑运输的极少，一般都是家用。庄稼人手头有钱，宁愿买牲畜，不愿买自行车。因为自行车作用狭窄，而且越骑越折钱。如果买头毛驴，作用就大啦，出门可以骑上，在这处处有黄沙的土路上，速度并不比自行车慢。当然，主要还是干活用。这一带村庄稀少，有的大田离家十里八里，运粪拉庄稼，套上毛驴，犹如水乡轻舟，便当极了。此外，牲畜还能厩粪；毛驴、小牛犊喂两年长大了，价钱能成倍地翻。这些好处都是自行车无法比拟的。老实说，就是真正的经济学家，也未必能盘算得这样精细！

孙三老汉往周围打量了一下，今天卖主多，买主更多。心想，行情倒好。

不大一会儿，一个精瘦的老头子直朝大青驴走来，到跟前看着驴问孙三：“喂！老伙计，这牲口是卖的吗？”

其实孙三早看见他了，却佯装不知，只管抽烟。听到问话，才朝他乜了一眼，微微点点头。他准备拉点硬弓。他懂得，买和卖是心计和意志的较量，热乎了倒不好。这在兵书上叫欲擒放纵。若认真考据起来，孙三是孙武子的后裔，也未可知！

对手并不外行，掰开驴嘴：“哟！四岁口。”听话音，显然相中了大青驴，正捋着山羊胡子端相骨架，忽然发现了那条吊着的后腿：“哎——瘸啦?”

“掉胯。小毛病。一整就好。”孙三老汉三句话只用了九个字。他要让对方相信：这根本不算一回事！可是睁眼一看，瘦老头已走了。他呼地站起来，冲那人脊背大声嚷道：“嘿！算你瞎了眼。不敢吹，我这驴干活气死马!”瘦老头并不为其所动，头也没扭。

后来，又陆续来了几个人，可一看是头瘸驴，全都走开了。庄户人买头牲口，图的是当儿子用，谁愿意买个老爷伺候！

天已近午，牲口市上已进入成交阶段。多数买主不再转悠，只拣相中的牲口，和卖主讨价还价。经纪人忙着从中撮合，这边打个码子，那边勾勾指头，三五个来回，就能成交一桩买卖。经纪人自己的腰包也渐渐鼓胀起来。已经有许多人牵着牲口，心满意足地离开了市场。

孙三老汉烦躁不安，一开始那种漫不经心的样子没了，只盼有个买主来，便立刻黏住他。

又等了一阵，仍不见有人来。孙三让邻近相识的照看着牲口，自己倒背着手在柳林里转了一圈。他看看听听，心里估摸，今天上市的牲口不下七百头，成交的不会少于四百头。买牛、驴的居多，也有一些买大骡马的，这有点出乎孙三的意料。看起来，庄稼人自信得很，社会上关于政策变化的传言，并没有引起多大骚动。也许，他们压根就不信政策会往孬处变！孙三老汉被这庙会上庄稼人的阵势和气魄振奋了！他开始怀疑这些天自己的神经是否正常。

孙三正在发愣，猛听一片喝彩声。他循声左望，十几步开外，一群人围着一匹高大的黑骡子叫好，一个又矮又胖的老汉正拉着往外挤，脸上兴奋得放红光。咦！这不是小孩他大姨父吗？孙三心里一动，怎么？这个胆小鬼也买下大骡子啦！那年孙三挨批判，他只在晚上来看过一次，大约是怕株连。平时，孙三有点瞧不起他，可此时此地，却觉得自己远不如这位襟兄光彩、体面！这么多人围着看，好神气呀！在乡下庙会上，这要算最叫人眼热心动的镜头了。孙三使劲咽了一口唾沫，压住满肚子醋意，别转脸就走。他真不愿在这种时候和他打招呼。

孙三怀着迷乱的心情回来时，大青驴已被一群人围住。他心里一热，卖驴的劲头又上来啦，忙挤进去，打量了一遍说道："哪个要买？这驴是我的。"

众人一齐把目光投来。孙三镇定了一下，正埋怨自己沉不住气，对面一个约有七十岁的老者凑了上来。他疏眉朗目，左腮下一颗黑痣，胸前飘着半尺长的白须，右肩上搭一根长竿竹节烟袋。孙三顿生三分敬重，又感到此人面善，却一时记不起来了。

那人显然已对大青驴相看过了，走过来和善地问道："老弟，你要多少钱？"

"你出多少？"

"哎——"那人微微笑了，"讨价还价，哪有不讨价便还价的道理？"

孙三一时语塞："这个……我是这个价买的。"他先伸出一个指头，又伸出五个指头。

"这么好一头驴，你卖它何故？"老者也并不急于问价，稳稳沉沉只打唠。

这话正触在孙三的心病上。他只好将实情隐瞒了，支吾道："这驴……嗳……这驴性太烈了。"说着摸摸左额的伤疤，引得众人都笑起来。孙三立刻又正色道："当真！这牲口活路没说的。"

"是啰！怪牲口都出好活路。"那位老者很同意地点点头，又转到大青驴身后，很随便地搭讪，"掉胯喽！"

"小毛病，驴先生一整就好。"孙三忙解释。围看的又有人笑起来，老者也拈须笑了笑，然后说："那可难说哟！别看掉胯，会整治不过一鞭，不会整治吭哧半天，也未必能看好。"

这话说得玄妙！不是内行人决然说不出来的。孙三一个念头猛然间涌出来，忙问道："敢问老先生是——"

"我叫王老尚。"

"嗨！"孙三证实了自己刚才刹那间的猜想，这正是十年前被清除回家的老神医！怪不得一见面就觉面熟。他想起先前当着人家面说"驴先生"，很觉失言，连忙上前抓住王老尚的手歉意地说："看我这记性，十年不见，硬是认不得了！王先生，你一向可好哇?"

王老尚连忙作了回答。原来，他回家后不准行医，一直闲居，去年才平了反，因年事已高，便当退休处理。最近身体好转，心性又开动了，就在家开个门诊。他又想，万一外村牲口病重，出诊也是少不了的，便打算买一头走驴。今天赶会，就为此事。另外，在牲口市上露个面，也算开张。他刚买下一头善相的毛驴，又有几个熟人托他买牲口。王老尚满口答应，带一伙人转着转着，就瞅上了这头大青驴。

寒暄过后，王老尚指指身后三四个五六十岁的老汉，很客气地向孙三说："我是为人代买的，你就出个价吧。"

此时，孙三脑子里摆开了战场。他见今天私人买牲口的这么多，卖驴的决心早已动摇，而且他越想越觉这事办得荒唐，它和柳镇庙会上的热闹景象无论如何也合不起拍来。现在听说王老尚也开了私诊，心里越发扑腾得欢了：这才叫人尽其才！我孙三不够大材料，一根鞭子六条腿，总能为国家为大伙办点事！老怕政策变了自己吃亏，头二年政策不变我敢买驴？我能给儿子说上媳妇？眼下别听风就是雨！

孙三老汉忽然来了劲头：他奶奶的，不卖啦！可是事到此处，已经骑虎难下。有言在先，怎好说不卖？

他沉吟半晌，脑瓜里一转：有了！先前本打算一百块钱就卖的，现在，他转轴了，冲王老尚伸出两个指头说："这个数！"心想，我多要了一半钱，还不把他吓跑？

"二百块！"围观的有人惊叫起来，心想，这老小子漫天要价，不是诚实买卖。

这时，外圈挤进一个人，粗喉大嗓地咋呼道："多少？二百块！就凭这头烂驴？吓！你掂个棍抢人家去吧，不怕牙碜！"这是屠户胡二的愤愤之声。

"咦？不买拉倒！"孙三硬邦邦地顶道，解开缰绳就走。

"好！就依你。"这当口，王老尚突然上前拦住，抓过缰绳，回头冲着托他买牲口的："你们谁要？"

……

几十人没一个搭腔的，你推我拥，自己尽往后缩，意思都嫌不值。孙三暗自高兴。

王老尚心里明白，笑笑说："看这副样子，价钱是高。治好腿，价钱可就低了。值这个数。"说着，他直直地伸出三个指头。

"三百？"又有人喊出声来。那几个买驴的老汉仍然犹豫不决。

王老尚收住笑容，突然挽起袖口，向周围看热闹的拱一拱手：

“请各位退几步，闪个空。”说罢，向正在发蒙的孙三要过鞭子，藏在背后，又让他一手扶正大青驴悬着的右腿，自己慢慢踱到大青驴左前方。围观的人越来越多，谁也不知王老尚要变什么戏法，忙闪开场子，一圈人鸦雀无声。

王老尚静静地站在大青驴左对面，和眉善目地看着它，足有半分钟。等它完全丧失警惕了，突然圆睁二目，暴喝一声：“呔!”同时向大青驴左耳朵尖唰地就是一鞭！大青驴猝不及防，猛然惊跳起来，整个身子全压在右后方，只听“呱哒”一声脆响。等大青驴前腿着地，右后方那条腿也不再吊着，四条腿轮番踩动着地面。这一着远近闻名，叫“神鬼鞭”。就是在突然的打击下，利用牲畜自身的力气接胯复位，这比抱着驴腿捋高明得多。

王老尚上前交过鞭子，接过缰绳在人圈内走了两遭。大青驴仅有微颠，那是余痛未消，腿骨显然已复了位！周围的人这才想起喝彩，一时间掌声、叫声响成一片。

响声未停，那几个买驴的一窝蜂抢上来：“我要!”

“我先托王先生的!”

“我买!”

“……”

几个人正争得不可开交，孙三突然大叫一声：“我不卖了!”

只这一声，里里外外的人全都愣住了。大伙一看，卖驴的老汉脸红得像个下蛋的鸡，噌噌噌！一连三步，从王老尚手中夺过缰绳，拉着大青驴扭身就走。

卖主突然变卦，使整个气氛为之一变！人们把目光在卖主和买主之间投来投去，不知事态会怎样发展。

在买主中有一个精瘦的老头子，正是孙三的第一个买主。一愣神，他立刻带头叫起来：

“讲好的价钱不卖，说话算放屁？”

其余几个也一哄而起：

“不卖不行！让大伙评评理。”

“不卖就揍他老小子！”

“先把牲口夺过来！”

一声呐喊，几个人抢过来要夺驴。

王老尚急忙从中调解，向几个买驴的劝说道：“莫让人笑话，会上有的是牲口，再买，再买。”说完，和解地笑起来，众人也跟着劝说。

孙三老汉如愿以偿，决定不再纠缠。他装聋作哑，拉着大青驴冲出人群，翻身爬上驴背，吆喝一声：“嘚！——驾！”大青驴立刻翻动四蹄，一溜烟跑走了。

阵痛

邓刚

【关于作家】

邓刚，1945 年生，原名马全理，山东牟平人。邓刚中学辍学后便进工厂当学徒。1979 年开始发表作品。他的小说充满浑雄自然的笔力，兼具“海味”与“铁味”，前者多半写海，后者多指他的工业题材小说与改革文学。其短篇小说《阵痛》获得 1983 年全国优秀短篇小说奖，《迷人的海》获得 1983—1984 年全国优秀中篇小说奖。

【关于作品】

阵痛，原指新生儿分娩时母亲因子宫收缩而引起的疼痛，小说中取比喻义，喻指新事物产生过程中出现的暂时困难与人的不适感。

改革的脚步走进工厂，原先旱涝保收的铁饭碗工人们也开始多劳多得，以组为单位包干盈利，平时常挂病号、调皮捣蛋、偷奸耍滑的“混子”们，自然受到了大家的排挤，郭大柱亦在此列。可大柱并非“混子”，在过去的日子里他被安排做宣传员，政治思想极好，可技术水平极差，开始包产经营后，大家自然不要他。生活与社会地位的急转直下，对于郭大柱个体来说，是难以言明的痛苦，但对于整个时代与社会来说，这份痛苦来之不易、值得庆幸。

郭大柱的“阵痛”自然不是他的专属感受，这份阵痛横亘在新时期所有人的面前。但小说并没有到此为止。作品着重反映的并非郭大柱的落差感，而是他面对新环境、新情况时愤然改变自己、重新生活的积极态度。郭大柱自知技不如人，却不愿放长假回家混吃等死，反而转化心态，从力所能及的杂务做起，为大家端茶送水，赢得了工友们的尊重。起初，他觉得浑身不自在，但很快发现并没有人注意他，大家在工地上奔忙疾走、各司其职。和实打实的工作比起来，自己多年来所喊的口号、贴的标语竟是那样空洞！郭大柱终于获得了人生中真正的也是珍贵的觉醒，想必他的“阵痛”很快便会消失。

开天辟地，铆工班的师傅们没有了笑脸，一张张沾着灰渣油渍的嘴铁闸般合紧，似乎万分痛苦。但你只要细细瞅去，却会发现，在这些佯装痛苦的表情后面，有一股掩饰不住的喜悦！这喜悦顶得他们眉骨一阵阵耸动，但暂时还不敢表露出来。

班长刚刚从车间主任那儿订包工签合同——这一个新车间，五百吨钢材，煨、打、焊、割，十个工匠，两个月包干，一吨钢材净得六块四。六五三千，四五二百，每人每月拿一百六十块。哈，顶得上两个科长的工资，天大的美事！包工单摊在大家面前，白纸黑字大红戳儿，两不反悔，一辈子的事儿，这回来真格的了！好——锤砸铁砧出声，汗珠摔地有响，出多少力，换多少钱，谁不打心眼儿里乐！但先别高兴，铆工班十二个人，明摆着，要开掉两个。开掉谁呢？当然，先捡孬的。第一个，不用说是焊工李月英。才生完孩子两个月，浑身皮肉松弛，整天低眉顺眼，当闺女时的青春朝气已荡然无存，上下工只惦记着一件事，回家给孩子吃奶。焊枪在手里刚攥两分钟，累了，需要休息，管你任务急不急，身子往旁边的工件上一倚，先歇半个点，谁能奈何？累坏了身子你负责！再说，挣你的钱吗？——现在不行了，搞包工包干，对不起，挣我们的钱了，不管不行，干不了，就请远点吧！但李月英毫不在乎，咱是社会主义，不会让她失业喝西北风的。上级有规定，不能坚持正常生产的孩子妈妈放长假，百分之七十开支。一个月少挣十来块钱算什么，雇保姆看孩子，一个月连工钱加情礼，三十多块。细算一下，里外里自己还多赚十来块，合算！李月英还巴望着赶快撵回家呢！

但是第二个却困难了，谁呢？当然大家心里都有数，却又不好意思开口，人总还有个面子，所以个个装出这副难看的模样。但第二个人自己心里明白，他倚在墙角里耷拉着脑袋，面孔赤红，紧锁眉头，他是铆工郭大柱。啊！郭大柱！这个立起像座塔，蹲下赛铁砧的汉子，要被大家开掉？别说笑话了！但这不是笑话，他就要被无情地开掉，只差人们把手指到他鼻尖上就是了！

从档案的表格里看：郭大柱，三十三岁，五级铆工，政治思想好，常年先进生产者……十全十美，端端正正。但是没用，人们不愿要他，因为他什么也不会干！五级铆工匠什么也不会干？是的，拿起图纸，郭大柱就眼花缭乱，被那些纵横交错的线弄得不知所措，甚至看不出倒正来；抡起大锤，他纵是千斤力气，也打不到点上，明明看得准，一锤砸下去，却偏砸在掌钳的钳柄上，震得人家虎口肿裂，骂他草包。他几乎成了废物，只好给二级工打下手，帮着搬搬抬抬，即使这样，人家还嫌他碍事绊脚。吃大锅饭时，大家还可以嘻嘻哈哈地在一起混，现在包工包干了，好枪好马都往一起抱团儿，谁要他！

郭大柱为什么没有技术？唉，怨天怨地生日时辰不对，但怨谁也晚喽！三十三岁，日过午了！

他默默地站起来，在四周人那种既怜悯又无可奈何的难堪表情下，困难地走出休息室。班长从后面撵上来，叫道："大柱！……"下面的话有些难说了。郭大柱慢慢回过头来，咬了咬嘴唇："别说了，我明白……"

一等郭大柱离开，铆工班的人马立即欢声笑语地谈开了："咱们大家都拿出真本事，这次干好了，下次包他一千吨！哈哈！……"但班长小声地说："够大柱受的。"有人立刻接话说："哼，可怜他？他也该倒点霉了！"

一滴热泪险些涌出郭大柱的眼眶，他踉踉跄跄地朝车间办公室走去。

厂部规定，凡是包工以后挤出的剩余劳动力，一律重新安排。于是，车间主任的办公室挤得满满的，一片怨声怨气。郭大柱偷偷地将目光扫去，天哪，这全是些平常泡病号、迟到早退、不正经干活、调皮捣蛋分子。一个"包"字"突"地砍将下来，把他们从那些真正有本事的人群中齐刷刷地砍开，全现出原形了。郭大柱，这个头脑聪明、性格刚强的汉子，竟要同这些五马六混的人为伍了！做梦也想不到呀！他赶紧找个角落蹲下来，脸上呼呼地发烧。四周闹嚷嚷的声音却一个劲地朝他两耳里灌：

"他们不要我更好，哥们早就不愿干了！"

“咱天天到这儿坐着，照样开工资，更不错，科长也不换！”

哈哈哈！几个小青年不以为耻，反以为荣，竟张着嘴乐开了。还有几个人，踏到办公桌上面，凑伙打起扑克来，一片“大王小王”“二鼻子调主”的呼喊，好像参加庆功会似的。李月英不知什么时候也到了，还把孩子抱来，正敞着怀给孩子喂奶。旁边几个妇女正抓紧时间织毛衣，其中一个正给李月英的孩子相面，叽叽嘎嘎地笑着说：“两耳贴脑，福气不小，将来能当大官呢！”李月英丧鼻丧脸地说：“只要不当倒霉的工人，管干什么都行！”

但大多数人的表情是愁眉苦脸，忧心忡忡的。他们同郭大柱一样，感到自己是筛出来的渣滓，甩出来的劣货，正红着脸等候重新发配。但是郭大柱却又发现，在这群人里，也有些平常日子名声显赫的面孔，例如钳工副班长刘钢炮，还是厂里的标兵呢！多少次在全厂职工大会上发言，他都是声若洪钟，慷慨激昂，念出的决心书激动人心，谁听了都得热血沸腾，为钳工工匠们挣得了多少光彩！可现在也被撵出来了。是啊，真刀真枪，凭技术和气力的包工，再好的嘴又有什么用呢？顺着刘钢炮望去，郭大柱更是吃了一惊，全厂有名的“红管家”老阮头也在场！这个勤勤恳恳的老阮头呀，你怎么也给塞进这支丢脸的队伍里呢？不论是风雨阴晴，不论是春夏秋冬，你都会看到老阮头那弯弓一样的身影，在车间，在仓库，在马路上转悠，每一寸木材，每一根铁钉，每一片破布，每一滴机油，他都小心地积攒起来。有一次老阮头为了在冻硬的冰雪层里挖一个螺丝帽，整整用铁镐和手锤扒了一个下午呢！有人说这是得不偿失，但领导说这种精神值千金。后来老阮头为此手指冻成了冻疮，还坚持上班，多感人的事迹！天长日久，日久天长，老阮头捡的那些东西，装了好几个节约箱。

每当记者下厂时，领导就把这些节约箱摆出来，挣得多少荣誉！每年年末，老阮头都捧一张“节约标兵”的奖状回家去。那奖状挂了整整一山墙！可就这么个光荣的红管家，也被撵出来了！人心啊……细想一下，人家要他干什么？干活顶不上半拉人使用，就会拣废铜烂铁摆节约展览，顶屁用！小伙子们背后都叫他“捡破烂的”。此时，老阮头正委屈万分地倚在墙根，小声小气地嘟哝着：“这年头，认钱不认人呀！……”

“哼！千不怪，万不怪，就怪咱太听官的话了！”刘钢炮愤愤不平地说，“早知有今天，当初宁肯当落后分子！”

郭大柱浑身猛地一震，不由得有些心惊。他自己不也这样想过吗？郭大柱沉重地埋下头。

厂里早就吵吵要实行合同包干，大家都兴高采烈，纷纷说这下可好了，多干多挣，不干不挣，那些松松垮垮、蹭蹭滑滑的现象会一扫而光的。你郭大柱却与众不同，预感到一阵阵不安，现在终于兑现了！一个“包”字推下来，人们都瞪起眼，好马强将都往怀里抢，弱兵劣马全往外面推，什么感情、友谊、面子，全不讲了！当然，那些不正经工作的人应该剔出去，但你郭大柱属于这一类的吗？不，他压根儿就不是这个队伍里的人！但是——啊，但是什么呢？

隔壁车间支部办公室，头头们正叽叽咕咕地在紧张地讨论什么。看来他们对包工包干以后的形势估计不足。过去下面常常喊缺人力呀，缺物力呀，大会小会总是这样表决心：我们在人工少、任务重的情况下如何如何。可没想到一个“包”字行下去，卤水点豆腐，会出这么多水分，会挤出这么一大堆闲人来。原来想成立一个清扫队，一个技术学习班，现在看来远远容纳不了这么多的闲人。郭大柱头贴着墙，时时听到那边高书记尖刻的声调，好像是什么路线正不正的意思。一听到高书记的声音，他就涌上来一股说不出来的滋味儿，唉，他难道不是像刘钢炮发牢骚说的那样，“太听官的话了”吗？

刚进厂时，郭大柱和刘钢炮都是不到二十岁的小伙子，脑瓜聪明，浑身是劲儿，学什么会什么，师傅们都说他俩将来是了不得的铆工匠。谁知那时厂里三天两头开会，誓师会、批判会、决心会接二连三。郭大柱会写一手漂亮的字和文章，把班里的决心书、批判稿写得一摞一摞的。刘钢炮也显出了才华，他会朗诵，会念发言稿，嗓音像半导体收音机似的又亮又响，听起来有力气。大家乐坏了，把他们两个捧得宝贝似的，很快就成了人们公认的秀才，不管上面来多少政治任务，你说写还是讲，我们有秀才顶着呢！但是钳工班提意见，这样两个难得的人才不能放在一个班使用，于是连借加赖，把刘钢炮抢去了。后来领导上发现了，便以上级需要的名义，把他俩全弄到办公室搞革命。高书记郑重地向他们宣布，革命的需要就是一个人的理想。当然，他们毫不犹豫地扔掉了还没在手心里握热的锤枪刀铲，去整天地写，整天地讲了。师傅们也都羡慕地说：“走吧，这里水浅，养不住大鱼！”后来，如果不是每月回班组开一次工资，他们简直就忘了自己是工人。十来年过去了，他们一直打着“以工代干”的名义在办公室里奔忙着。有多少工作要干呀，政工组托他写稿，工代会求他画宣传画，保卫部门找他搞外调，计划生育办公室又叫他去画“一对夫妻一个孩”的宣传橱窗，车间工段请他下去画“决心栏”“批判栏”“学习栏”……真是一块香饽饽八下抢，郭大柱红遍全厂。刘钢炮更闲不住，加入巡回批判分队，批了这个批那个，堪称应接不暇。当他们望着开工资的单子上写着“铆工”“钳工”时，自己都觉得可笑了。涨工资时，高书记在大会上大声宣布：“像郭大柱、刘钢炮这样的青年应优先升级，他们任劳任怨，党叫干啥就干啥，对革命的贡献最大！”而那些在下面出力干活的伙伴们却远不如他们，一到涨工资时，就诚惶诚恐地跑到郭大柱这儿听信，求他在领导面前美言几句。这样，一天锤没打的郭大柱，一步一个台阶，毫不费事地晋升到五级铆工。

可是今天，他们这些“以工代干”的人突然成了废物，生活开了个多么可怕的玩笑！当“整顿”和“改革”的风头刚刚吹来时，首先遭难的是这些“以工代干”的人员。国家正式干部都“泥菩萨过河”，谁能保住他们！他们有些气不过，找高书记诉苦：“我们一心一意为革命做贡献，到头来一点正经技术也没学到手，就这么撒手推下去不管，合乎党的政策吗?”然而，高书记更痛苦：“……怪谁呢? 怪‘四人帮’吧！”刘钢炮火了：“现在谁都是事后诸葛亮，什么‘四人帮’，说得轻巧，当年你怎么说的?‘紧跟党中央’，不是成天挂在你们嘴上吗?!”然而有什么法子，全车间、全厂、全市、全国，像他们这样“以工代干”的人多如牛毛，难道都能转成国家干部吗? 再说，长眼珠的谁都看得见，干部们多得要把办公室胀裂了！精简机构确实是对的。好在高书记对他们毕竟是有感情的，在大会上宣布：这些“以工代干”的同志下去，是为了充实各生产班组的政治力量，一句虚话，给了他们一个光彩的面子下去了。但这些年整顿和改革的步子越来越大，事到如今，真枪实弹地包工，终于无情地把他们弄得一文不值了。

一直到中午，头头们还不露面。小伙子们说笑够了，扑克也打厌了，纷纷跳下办公桌，喊着到厂外下饭馆。他们一点愁意也没有，真令人羡慕！桌面上的计划纸被弄得满地都是。老阮头走过去捡起来，又吹又拍地一张张掸灰，并连连嘟哝：“这么白的纸，多可惜！”旁边有人说：“这老头，凤凰落坡了，还瞎积极！”

李月英的孩子从来没经过这么多人的场面，可能受了惊吓，屙了一泡稀屎。她正喊旁边的人拿纸给孩子擦屁股：“要那份软乎的计划纸，软乎的！”简直就像在这里住家过日子了。

虽然是初春季节，郭大柱却觉得燥热起来，他赶紧走出这个乱嚷嚷的办公室。

车间门口矗立着一座巨大的牌坊，这灰白色的水刷石建筑高高地向蓝空耸立着。当年，这里有郭大柱的功绩和骄傲呀！当全市各单位的领袖像、语录板此起彼竖的时候，他们厂也不甘示弱，将建食堂的水泥沙子一股脑儿拉来，干部、工人们苦战三天三宿，刘钢炮助战的嗓子都喊哑了，终于竖起了这个威风凛凛的大牌坊。离厂二里地，就能看见这雄伟的建筑。高书记立即给郭大柱一个光荣的政治任务：在上面画“庐山仙人洞”。郭大柱难住了，画个太阳、葵花、黑板报刊头什么的，还将就一气，要画大幅油画，那可是画家的事。什么画家，工农兵就是最好的画家！革命谁也不是天生就会！高书记一下批了一千块，买油彩，买画笔，需用物品，一应俱全！画一次不行两次，两次不行，三次，革命路程千难万险么！郭大柱一心干好这项工作，完成这一光荣而伟大的任务。他踏破鞋底，跑遍全城，拜师求教，终于学到了一点本领。全厂最大的叉车交付他全天使用。他脚踏在叉板上，手一挥，司机就赶紧随着他的手势开，一会儿升，一会儿降，他在半空里腾跃、挥洒，飞墨走彩，好不气派！全厂的人都纷纷跑来观光，啧啧赞羡之声不断。就在那时，他现在的妻子——全厂最拔尖的俊姑娘爱上了他。郭大柱现在还能清楚地体会当时的心情：他从半空里朝下面黑压压的人群一望，无数双倾慕的眼睛朝他仰望着，他总是在这些眼睛里面寻找最明亮的那一双……他那时多幸运，多幸福啊！更使他激动的是，每当高书记领着全车间的工人，在这牌坊下面排着整齐的队伍，朝油彩闪闪的画面表决心时，他的心情是何等兴奋！这人人虔诚崇拜的画像，是他郭大柱亲手敬画呀！那时，谁不说他郭大柱是出类拔萃的能干小伙子。可现在，自己倒像成了个窝囊废！

郭大柱叹了一口气，抬起头望望这高高的牌坊。一般各厂矿单位，这种类似的建筑早推倒了，可高书记对这座牌坊有着深厚的感情，始终坚持不拆。现在，倒有了新的用处，成了厂里的产品广告栏了。从美术学校分到厂里来的一个学生（当然画得比郭大柱强多了），在上面画了一个长发大美人，两只鸡蛋大的眼睛朝路人卖弄风骚，而那细柳般的纤臂正朝旁边指着：本厂新产品，美观大方，经久耐用，实行三包……

在这神圣得必须排着队伍瞻仰的画面上，换上一个飘飘洒洒的广告大美人。啊！谁敢想象！

刘钢炮摇摇晃晃地走过来，看来他是在厂外小馆里喝酒了，两眼赤红。最近刘钢炮常喝酒，好几次下班的路上，郭大柱看到他歪在路边墙根下呕吐。谁能想到当年英姿勃勃的小伙子，能变成这个熊样！刘钢炮晃到郭大柱跟前，说道：“在这里发什么呆，还想画仙人洞？哦——”他打了一个饱嗝，喷出一股难闻的酒气，郭大柱不由得把身子往旁一斜。刘钢炮又咕噜了句什么，听不清楚，他的嗓子沙哑了，像有毛病的半导体出现了杂音。老阮头一颠一颠地跑过来，对刘钢炮喊：“高书记叫你去朗读社论，组织大家学习！”

“叫我念……念报……”刘钢炮歪咧着嘴，“哈！包工吗……念一张多少钱？……”

刘钢炮第一次不听话了，郭大柱目送着他和老阮头一颠一晃地走远了。心想，难怪啊！反正是这么个熊样了！

通往厂大门的路上，走着一群群刚吃过饭的工人，他们脸上喜气洋洋地放着光，正在兴高采烈地谈论着包工包干的新鲜事，一个个声调放得很响。他们是认识郭大柱的，也许是故意大声说给他听。人们脸上的那种得意神情，使他很不舒服，也许，当年他曾在批判稿上、漫画上、那些步步紧跟的工作上，伤害过他们的感情吧！能怪人家记仇吗？是的，他曾背后听到工人骂他这样的人是混子、舔腚的，当时他是那样气愤；现在则感到悲哀了，如今，任何一次政治运动的受害者，都受到广大人民群众的同情，唯独他这一批受害者，群众却恨他们！

他不知不觉走到汽车站，脚步突地收住了，这不是要旷工回家吗？但他又苦笑了，笑话，他还有工可旷吗？汽车开来了，却见李月英急匆匆地从车上下来，大概她回家送孩子了。看到郭大柱，她惊奇地瞪着眼睛：“怎么，下午自由了吗？”

“下午学习。”郭大柱无精打采地说。

“哎哟，当官的点没点名？”李月英竟紧张起来，也不等他回答，就朝厂大门跑开了。郭大柱笑了，这个老娘们儿，真怪，工作时间懒懒散散，上下班时间倒抓得挺紧。他也稀里糊涂地跟在李月英后面往回走。进到车间，他习惯地向铆工班休息室走去，刚要推门，却听到高书记的声音：“……你们不能为了一个‘包’字就红了眼，把阶级弟兄推出去不管！”

“既然讲究包，我们就得实打实……”班长分辩着。

“这样吧，你们得收回去一个。这样可以使上面缓冲一下，一下推出这么多闲人，领导也难办。”原来，车间主任也在场。

“本来十个人干的活，非要我们十一个人干，这算什么包!”班长还在叽叽咕咕地顶。

郭大柱气愤地抬腿要走，心里话，你叫我回去，我还不回去呢！我是要饭的吗，看你们的下巴说话？我郭大柱回家捡废纸、扒垃圾，也能养活自己！可是他却听到班长又说道：“领导既然非要让我们收回一个，那就叫……李月英回来吧!”

啊——郭大柱差点儿一屁股坐在地上，原来在人们的心目中，他还不及一个懒婆娘！

“为什么不要郭大柱?”高书记有点儿火了，“真是怪事，政治思想好的人你们不愿要!”

“咱这儿没有写写画画的活儿，大柱能干什么?”四周很多人插嘴了，“李月英再干得少，总还有焊接技术!”

“不行，你们一定得留郭大柱！李月英好处理，放长假回家。可郭大柱，你们不要不行!”书记和主任同时严厉地说。

郭大柱像挨了一锤似的，一蹦高跑了，胸口里涌上一股酸溜溜的味儿，顶得他一阵阵难受。我这是怎么了？像个没娘的孩子，竟叫领导哀求人家收留！我郭大柱什么时候这么窝囊过！也许由于跑得急，泪珠从郭大柱的眼眶里甩出来。他茫然地跑了一阵，渐渐冷静了。他不知怎么跑到厂部医院来了，那刷着白油的大门出出进进，人来人往。对，何不到大夫那儿看看病，开几天诊断书。他此刻浑身热乎乎的，血压准升高。在早，郭大柱体检时，发现自己的血压不稳定，忽高忽低。但他从不借此去泡诊断书休息。而且他对那些无病装病、长期泡病号的人，有一种本能上的反感，从来都是瞧不起他们的，现在却要和他们走一条道了！

医院楼道里窜来窜去的人，大都是他们那支丢脸队伍里的成员。他们和大夫们嘻眯嘻眯地打着哈哈：“我们都是废物了，给点营养药补补吧！”

李月英也混在人群里看病，她似乎很痛苦地对大夫说：“我肚子不好，突然屙稀了，有痢特灵吗？”说着佯装肚子痛的样子，用手轻轻揉着腹部。郭大柱一阵厌恶，他想起了李月英的孩子上午屙稀，她这是装病给孩子要药，赚国家便宜。看她煞有介事地在那里表演装相，也不脸红，郭大柱真恨不得当场揭穿她的丑剧。但是他却痛苦地摇晃了一下，赶紧转过身去。要知道，在人们的心目中，你堂堂六尺高的汉子，连这样的人也不如呀！

郭大柱又从医院里逃了出来。

郭大柱一天没吃饭，却早早地躺到床上。妻子最近脱产念业大，住业大宿舍。她倒生活得蛮有劲头，准备考什么文凭，要回车间当技术员。为了学习好，忙得连星期天都不回家。唉，她要知道这件事会怎么想呢？郭大柱心烦意乱地翻转着身子，弄得床身咯吱咯吱响。九岁的儿子在写作文，小嘴竟朗朗有声地念着：“我长大要像爸爸那样，勤劳地建设祖国……”郭大柱突然觉得有些感情冲动，只有在孩子的眼里，他还有着光荣的身份。是的，他小时候也曾这样高声朗诵过：“长大了，建设我们美好的祖国……”他终于长大了，而且在建设祖国的岗位上干了十三四年。十三四年啊，他出了多少力，做了多少事？他掐算了一阵，却渐渐地空虚了。他这十几年都干了什么呢？写了成百上千份批判稿；画了无数幅仙人洞、领袖像、葵花向太阳；描了一处又一处摆形式用的批判栏、学习栏、决心栏和标语口号……扪心自问，这一切对祖国建设和人民生活有什么作用？有什么意义？他猛地坐起来。他十几年，挣了国家六七千块工资，耗费了那么多资金和费用，实际上却没给国家和人民带来一分钱的好处！不，这样说怕是过分了。他还画过“一对夫妻一个孩”的宣传画：这两年回班组还帮帮抬抬地干了些杂活。但这些不是太微不足道了吗？十几年呀，你所有的贡献只是干了两年的杂活，只是画了几张宣传画，不觉得脸红吗？你对得起孩子作文里的那句话吗？他想到刘钢炮，想到另一些“以工代干”的人，如果冷静地坐下来算算，他们所做的一切究竟对国家和人民有多少好处？大概不感到脸红，也会感到吃惊吧？——不，不，这怪我们吗？一个充满怨气和愤怒的问号从头脑里闪出来，使他感到一丝安慰，并重新躺下去。是的，不怪我们，是怪那个倒霉的年代。如果我是今年才进厂，刚二十岁，三年五载照样能学成一身本事，争个“技术尖子”当当。想到这儿他嘴角浮起了嘲讽的笑容，“你们要认清革命形势，不要执迷不悟……”当初这样的词句无数次地在他写的批判稿中出现过，没想到多少年来，真正执迷不悟的正是他自己呀，是他这个被人家开出来的废物郭大柱！

郭大柱从来看不起厂里那些调皮捣蛋、软磨硬泡的家伙，他可从没旷一天工，没泡一天病号，没干一件调皮捣蛋的事，他从不怀疑自己整天忙忙碌碌，是在一心一意干好工作，一心一意为了革命。万没想到，他现在倒和这些人成了“一路货”，成了一条线上的伙伴了，郭大柱苦笑了。咳！这支队伍的人数还真不少哇！他整整一宿，就这样矛盾来矛盾去地折腾着。

郭大柱终于没有回班组去，而是坚决要求重新安排工作，管干什么都行，只要他能干。高书记和车间主任专门同他商量了一阵，说是下一步要建一个新厂房，各车间技术力量大部分开到工地上去，厂部决定成立一个工地临时宣传组，刘钢炮当广播员，他当宣传员，只是写一些标语口号布置工地，活是比较轻松的。除此之外，就只能进后勤组干杂活，再没有其他的工作可供选择了，看来，这个临时宣传组也是领导为他和刘钢炮苦心安排的。郭大柱沉吟了一会儿，轻轻地说："我去后勤组干杂活。"两个头头愣了，怎么，闹情绪啦？现在政策变化太快，领导上也往往被动，这是尽量想办法来解决你的困难啊！郭大柱又平静地补了一句："让我去干点实际工作吧，苦点累点都不要紧，我不能再执迷不悟了。"

郭大柱在后勤组的工作是往工地送开水。他像过去饭馆跑堂的那样，扎着白围裙，拎着一串茶碗，挑着两只水桶，在坑坑洼洼的工地上走来走去。五级工匠下来送水、打杂，谁的脸皮能受得了！他每迈一步，心里都感到那么艰难、吃力。尤其从热热闹闹的工作场地穿越，总觉得有一万只眼睛在盯着他，浑身都不自在。但送过几趟热水后，心情稍稍沉静下来了，他发现，根本没人理会他，大家都在忙着干自己的活儿，推土机隆隆地吼叫着，对着一堆堆乱石土块轮番冲击；大吊车的长臂在频频摆动，一会儿提一根沉重的钢梁，一会儿拽一捆铁筋！焊花从耸立着的支架上飞撒下来，撞击在纵横交错的铁柱钢梁上，又迸出万道流金溢彩。郭大柱也看到自己那个班了，大家都在热火朝天地忙着。班长正把一张张图纸摊在地上，用石子儿压住四角，朝着他的手下人比比画画讲解着。可能是有人提出问题了，只见他们全体又弯下腰身，重去看那图纸。再往上看，就见有几个人手提大锤、焊枪，顺着钢梁级级地往上爬去，咚！咚！咚！他们身立半空，舞动双臂，那亮闪闪的锤头，在初春的阳光下划出一道道银色的弧线。

"第七号筋板是A向！是A向！……"

“钢梁垂直度误差四毫米！……”

“再高一点儿！再高一点儿！保持三十度……”

人们在相互喊着，应着，指挥着。无数双粗壮而又灵巧的手在不停地工作，在这荒凉的土地上奇迹般地托起一座巨大的钢铁建筑。远远听去，各种机械的摩擦撞击，各种音调的呼喊，此起彼伏。乍听似乎很乱，但你只要听一会儿，却又觉得那么有规律，有乐感，那么悦耳动听！做一个局外人，从旁看去，郭大柱才真真地感到，他们是技术人，说的是技术话，干的是技术活，这种充满技术性的劳动，给他一种娴熟、热烈、欢乐而又优美的感觉。他从心里羡慕他们，或者说是对他们的劳动有一种全新的肃然起敬的感情。过去，他端坐在办公室里的时候，劳动从来没有对他引起过这么大的兴趣和激动。正相反，在烈日当空或寒风呼啸的时候，远远地听到那沉重的劳动号子，常常觉得自己是优越的，幸运的。但是今天，当命运的突然变化，把他降为一个打杂的挑水工时，他的眼睛从下面往上看了，他才感觉到了这支劳动队伍的分量。从平面图纸抽象的线条，到立体结构的车间厂房；从一堆堆平淡无奇的钢材，到精工巧造、闪闪发光的机器设备，这需要智慧，需要力量，需要技术。他的怨恨像水桶上的热气一样渐渐消散了，羞愧立时涌到全身。他被这支队伍无情地开出来，是因为他无能！他羞愧的是不仅没有资格待在这支队伍里，也没有资格拿五级铆工的工资！

郭大柱挑起水桶，悄悄地回到烧水房，倚在墙角里发呆。烧水的是老阮头，他的身影老是佝偻在灰腾腾的烟气中。这老头真行，还是保持“红管家”的本色。不知从哪弄一个破柳筐，满工地捡碎木屑破油纸烧火，倒真成了个捡破烂的了！门口堆着好几吨供烧水热饭用的大块煤，他压根就没动一点儿。

“多可惜，就这么扔了！”老阮头把一筐碎木头倒在水房中间，涌起一股呛鼻子的尘烟，郭大柱赶紧屏住呼吸。

“这是钱哪！”老阮头用羊角锤咯咯吱吱地从木头里往外拔锈钉子。

刘钢炮一阵风似的撞进来，立即又退回好几步。他被屋里的烟气顶得直皱眉头，只得在外面叫喊着：“大柱，你傻啦，干这玩意儿，像个劳改犯！”

大柱没吱声。

刘钢炮小心地往屋里跨进半步，看清了倚在墙角的郭大柱，便又抬高声音说：

“上边定下来了，凡是进工地的，不管干什么，都跟着包工超额的部分提成，咱们也能一样挣钱！走——”他抢过去拽住郭大柱，“咱俩还去搞宣传吧！”

“以后呢？”郭大柱纹丝没动。

“以后？——管它呢！社会主义还能对不起你？”刘钢炮又压低声音说，“听说‘以工代干’的超过多少年以上，一律可以转为国家干部，有文件呢！”

广播喇叭里喊刘钢炮回去。他一边往外走一边回头说：“别死心眼儿！”一溜风地跑走了。住一会儿，广播喇叭里传出刘钢炮的声音：“……铆工班的师傅们猛打猛冲，一天完成过去三天才能完成的任务。为什么他们干劲这样高呢？工人师傅们回答得好，这是合同承包调动了大家建设四化的积极性……”

不知怎么，郭大柱发现那熟悉的声调并不悦耳，堂堂五级大工匠光有动嘴皮子的本事，不是很可怜吗？那些顶替进厂的毛丫头，哪个的嗓音不像播音员似的。

郭大柱挑着热气腾腾的水桶，在工地上一趟又一趟走着。他觉得刘钢炮刚才广播的那段话在理。紧张而奔忙的工地上没有像过去那样到处去贴“苦干实干加巧干，大干再大干!”之类的口号，也没有三天两头开什么誓师会、决心会、大干会；工人们倒一个个确实像在冲锋陷阵，猛打猛干。就在这刮着冷风的初春，有人干得热汗蒸腾，脱得浑身只剩下小背心。“包”字在他们心里使劲呢!

这时，刘钢炮的声音又在广播喇叭里响开了，郭大柱无心去听他说些什么。他想：社会主义是对得起我们的，可我们对得起社会主义吗?

郭大柱把水桶放在一块钢板上，不知怎么也涌上来一点情绪，竟张开嘴喊了声：“喝水呀，热乎的!”这怯生生的喊声似乎与这闹哄哄的工地不合辙，立即就消失了，就像根本没喊过似的。铆工班长和几个人跑过来了，端起碗，咕嘟嘟就往肚里灌，喝完用袖子一抹嘴，这才细瞅了一下郭大柱。大家似乎有些不好意思了，班长说：“大柱，有空闲常过来吧，学点玩意儿，我教你!”旁边的师傅们也立即跟着说：“对对，过来吧，现场学东西快，我们都帮你!”

郭大柱盖上水桶盖，突地觉得自己刚才也喝了一大碗开水似的，浑身热乎乎的。这些日子，他的心沉浸在不可名状的痛苦里，这是一种阵痛，一种新事物诞生前的阵痛。他挑起水桶，抬头望着这雷鸣电闪、腾烟喷火的工地，不由得放大喉咙：“喝水呀，热乎的！……”这一次也许使足了力气，那响亮的喊声久久地在工地上回荡。终于同吊车的起动声、汽车的尖叫声、机器的轰鸣声、劳动的号子声，渐渐融在一起，有些和谐了……

一九八三年二月四日于大连刘家桥

鲁班的子孙

王润滋

【关于作家】

王润滋（1946—2002），山东文登人。1967年毕业于文登师范学校，曾在小学任教，也从事过宣传报道工作，20世纪60年代后期开始文学创作。其代表作有中篇小说《鲁班的子孙》，短篇小说《内当家》《卖蟹》，戏本《海盗的女儿》等。王润滋的作品主要描写改革时期的农民生活，善于在日常细节中展现人物内心，反映农村地区的改革变化。在他的作品中，传统道德与时代发展的冲突是常见的主题。

【关于作品】

老亮是黄家沟的木匠头儿，手艺精湛，常对家人徒弟讲述祖师鲁班的故事。凭一身好手艺，他在困难年代独力将女儿秀枝和养子秀川抚养成人。但坎坷一辈子后，他苦撑二十多年的黄家沟木匠铺最终还是倒闭了，这对他来说无疑是致命的一击。秀川是老亮一手培养的接班人，早前去城里闯荡，正巧在木匠铺倒闭时归来，老亮本指望儿子能助他一臂之力重启木匠铺生意，没想到被新思想改造的小木匠要自立门户发财致富。很快，黄秀川木匠铺开张了，红火热闹的机械化工作场面让老木匠慢慢接受了儿子大胆的单干行为，他也开始反思自己思想的保守与落后。新的木匠铺里，主事的是小木匠，老木匠心甘情愿给儿子打下手。老亮想让之前的徒弟富宽来新铺帮忙，但小木匠一心想着自家发财，不念旧情，断然拒绝了父亲的提议，这让老亮心里很不是滋味。类似的龃龉还有很多，而在看到儿子明码标价的高价家具标牌后，老亮终于气得病倒了。手艺人凭手艺吃饭，小木匠的家具虽然价高，但外形好看、质量过硬，供不应求。但在老亮生病期间，小木匠只顾赚钱，偷工减料，打出的家具遭到退货。闯祸后，秀川把钱留下，人却一走了之，留给了尚未痊愈的老亮一个烂摊子。老亮只好重拾家伙什儿，全力弥补儿子犯下的错。秀川杳无音讯，老亮日日盼望着儿子归来，最后只等到了儿子的生母。而秀川究竟去了哪？鲁班的故事由谁继续讲下去？作者留下了开放式的结局。

老木匠明明看到了儿子身上的朝气和社会发展的方向，为什么还会如此生气，以致病倒？尽管小说中借父子俩之口频繁讨论了“姓资姓社”的社会走向问题，但作品的核心仍然在于金钱与传统道德的关系。在老亮看来，儿子所开办的新木匠铺破坏了他所熟悉、信仰的互相帮扶的集体主义精神，也有违重义轻利的民间美德，这和“鲁班的故事”大相径庭。小说中频频出现的鲁班，在一定程度上代表着信义和温情，是一个被高度儒家化的道德楷模。

有趣的是，作者王润滋的姿态非常持中，他对新潮流所带来的商品拜物教保持警惕，也未站在保守派的立场上哭天抢地，相反，他认为小木匠“只不过顺从改革的潮流，做了一件改革的事，他的灵魂深处还是一个落后的王国”。

与之匹配的是小说中几个作为配角的“鲁班子孙”，老亮曾经的几个徒弟，或废工废料，或干活不尽力，或手艺不到家，他们自知能力不足，也逐步顺应新的生活方式。这种思想也体现在作品的结构上，结局的开放式风格在这一时期的小说中较为少有，给读者留下了无尽的想象。但无论秀川如何归来抑或消失不返，鲁班的子孙们都已经在改革的大潮下展开了新的生活。

陈年旧话

很多很多年以前，中国出了个有名的木匠叫鲁班。据说，是他发明了木作工具，以后才有了木匠这个行当。世世代代以来，凡干木匠这一行的，都尊他为祖师。

黄家沟的木匠似鲁班。

黄志亮是黄家沟的木匠头儿。他学徒的时候，师傅给他上的第一课是讲鲁班的故事。他教徒弟的时候，第一课讲的也是鲁班的故事。他说要成个好木匠得有两条，一条是良心，一条是手艺，少了哪一条都不成。旧社会出门要手艺，身边总是带一尊椿木[①]雕刻的鲁师像。过年过节烧支香供一供，磕个头，以示崇拜和尊敬。解放以后说这是迷信，就不再供了，却舍不得丢掉，藏在箱子

①传说椿为百木之祖。

底下。

说起黄志亮的手艺，那可是方圆百里没个敢比的。他打出的家具，传三辈儿，木头烂了榫不开。年轻的时候他有个外号叫“黄老磨”，只是这几年才没人叫了。问问村里上去点岁数的人，谁都会给你讲一个“黄老磨”的故事，不过免不了有点演义。说的是邻村一个财主，愿出高价请木匠做女儿出阁的嫁妆。不过必得让他满意，不满意分文不给。别人不敢登门，老亮敢。谁知无论怎么下功夫，那财主总是不满意，总是嫌柜面粗，说得像他的手杖那样光滑才行。老亮笑道：“中！”就把推刨什么的都放到一边去，专心致志地用手磨起来。一直磨了三年，硬是把财主的闺女磨老了。财主草鸡[①]了，付给他三年的工钱打发他走，他依然嘿嘿笑道：“还早着呢，你的拐杖都磨了三十年了。”从那时候起黄老亮的软性子脾气算是出了名。他做出的那大立柜，不用装镜子就照得出影儿来。

一晃，大半辈子过去了，凭着一身好手艺，硬是没过上个富裕日子。老亮知足，说人哪，八尺的命难求一丈。只是有一件不顺心：没个儿子。

六〇年上，老婆得了水肿病，一伸腿去了，只留下个五岁的丫子跟他做伴儿。他骑一辆除铃铛不响、浑身都响的破自行车，走村串户打营生做。车前架上装个小木座，把丫子放上去，丫子手里摇个拨浪鼓，南庄北畈响个遍。那年月，三尺肠子空着二尺半，谁还有心思打箱做柜？可一听见拨浪鼓响，都你争我抢地把老亮往屋里拖，不是叫他修修小板凳，就是叫他勒勒风箱里的鸡

①方言，认输之意。

毛。其实谁心里都明白，那是乡亲们可怜父女俩，有意留他吃顿饭。在那些好年月里，老亮不也是这样：这家里修修小板凳，那家里钉钉锅盖、勒勒风箱，谁曾听他说收过乡亲们一分钱的工钱！

好心总有好报！人在落难的时候，最品得出人情的滋味。

有一天，在邻村的大街上，一群人围着一个外乡孩子唉声叹气。正好黄老亮走这里看见了，便停下车问个究竟。原来这孩子是跟他妈出来要饭的，妈妈狠心去了，把孩子留下了，留给这儿的乡亲们了。老亮心里好难受。罢，罢，罢！领下吧，一头牛是牵，两头牛也是牵。丫她妈活着的时候，就巴望着有个儿，好接他的木匠家什，可老天爷不睁眼，四十岁上才开怀，还是个丫头。这，就顶了吧！于是，在黄老亮的后车座上，又多了一个五岁的男孩子。两个拨浪鼓一齐摇。摇过山，摇过水；摇过春，摇过秋。摇得老亮心里悲一程，喜一程，坎坎坷坷总算过来了。他老了，两个孩子也长大成人。丫子秀枝水灵灵的一朵花，惹得小伙子们蜜蜂似的围着转；儿子秀川翠生生的一棵苗，姑娘们都想攀他做女婿。黄老亮嘴里不说心里道："你们这些傻闺女、愣小子，谁也别想在俺秀川秀枝身上动心思，不见人家俩儿好成了一个头？白天里照面红红脸儿，黑夜里说话不论钟点儿。嘿!"老木匠乐得心都醉。最称他心的，是秀川这孩子心灵手巧，二十岁头儿上，就把这木匠行里的十八般武艺学了个八九不离十。小伙子性高，要自个挑旗子开个木匠铺。爹说别犯资本主义，他不怕，硬是开了张。结果是三天没到黑就叫大队封了门，还开了批判会。书记官在会上指名道姓把他好批一通，连老木匠也挂上了，说是黑后台。批得老头子大半年不敢在人眼前里露脸儿。亏得他手艺高，不然的话还要把他从大队木匠铺里开除呢！小木匠气得三天没吃饭，光是骂。老木匠对小木匠说："孩子，出去躲躲，窝在家里抃锄把子，别荒了手艺。古语说得好，名师出高徒。爹是个土木匠，不想把你掖在翅膀底下，出去闯荡吧！别恋秀枝，别恋家，回来就给你们成亲。那工夫，俺就是死了，也闭得上这双眼……"说着，老木匠眼里涌出泪水来。小木匠扑通跪下了："爹，俺这辈子忘不了你的恩！混不出个样儿来，俺不回来见你！……"那天晚上，老木匠让秀枝炒几个菜，他要破例地跟儿子喝几盅。一盅烈酒下肚，老木匠又给儿子讲起鲁班的故事来……

第二天，下着雪。老木匠和女儿到村头的停车点去送他。他穿一件老式布扣棉袄，是秀枝一针一线亲手做的；戴一顶新崭崭的"三片瓦"式棉帽，是爹借钱刚从供销社买来的。他不嫌冷，帽耳朵冲天挽着，让风吹得直忽闪，像两只鹰翅膀。雪花落在脸上，立时就化了，化成热腾腾的水汽。当他背起那只沉重的祖传三代的工具箱挤进车门的时候，老木匠的眼窝又热了。他后悔不该叫儿子一个人走，他还年轻，筋骨还嫩，自小没离开过山沟旮旯，世上的路又这么不平……可当他看到儿子把头探出车窗，坚定、自信地向他招手时，他放心了。十五岁的时候，他自个儿不是已经走上了这条路吗？……

儿子走了，在离家很远很远的省城里干临时工。不断地寄信来，寄钱来，只是一直不肯回家来。老木匠照旧在大队木匠铺里干，秀枝照旧在家里绣花。天复一天，年复一年。工分虽说不值钱，日子还凑凑合合过得下去，只是觉得生活中少了许多什么。这些，都在心里，谁都不肯说出口。那是思念，是担忧，是希望啊。终于秀枝憋不住，开口了："爹，写封信给俺哥，叫他回来吧。”老木匠说：“别，别分他的心，别扯他的腿，该回来的时候，他就回来了。”秀枝噙泪花儿点点头。

秀川离家的这几年，世道翻了好几个个儿。翻得又叫庄稼人高兴，又叫庄稼人担心。就在今年的腊月头上，秀川突然捎信来，说是要回来过小年。老木匠和秀枝自然是欢喜得不得了。也就在这时候，大队木匠铺倒闭了。这对老木匠来说，真是致命的一棒子。那个木匠铺是入社时他一手创办起来的，风里雨里苦撑了二十多个年头，如今终于倒闭了！……

好！陈年旧话不去说它，我们的故事就从黄家沟木匠铺倒闭说起吧。

倒 闭

进了腊月的门儿就下雪，纷纷扬扬不开天。

炉里的火快要熄灭了，这是一盘用土坯和黄泥抹成的土炉，用来熬胶的，现在胶锅子放在一边，锅子里的胶凝成了冰一样坚硬的固体。不再需要用它来胶合板隙和榫缝了。三间草屋，四面土墙，一地散乱的木头木屑，几条工作凳，几只属于个人的已经收拾好了的工具箱……这些，便是远近闻名的黄家沟木匠铺剩下的全部财产了。二十多年，什么也没留下。风卷着雪从破碎了的窗棂间吹进来，落在老木匠的脊背上。他蹲在窗台下边，一动不动地抽着旱烟袋。

“师傅，那边冷。”

富宽老汉抬抬屁股，腾出一块小木墩。他是个矮矮瘦瘦的老头，只小老亮三岁，跟着学了二十年木匠活儿，至今也没多大长进，不敢自己动手打只柜。人笨心可诚，老了也不肯离开他的师傅，鞍前马后地干下手活儿。他逢人就说："跟着俺师傅干，没亏吃！"老亮说："都一大把岁数的人了，别师傅师傅地叫，往后叫俺老亮哥。"他急得直摇头："哪能呢？哪能呢？一日为师，终身为父……"眼下要散伙了，他像个没娘的孩子，更觉得师傅是靠山了。砸了饭碗，一家六口子上哪儿去打食儿呀！……

雪沫从背后扬进来。老亮觉得冷得厉害，胸口憋得厉害。一到冬天就犯的老咳嗽病又顶上来了，爆发出一连串的难以忍受的咳嗽声，像涌上来的一股潮水，好一阵工夫才平息下来。他伸出一只大手，在地上划拉了一把碎木块，塞进炉膛里。先闷了一会儿，残存的火星渐渐引上了，才冒出一股黑色的浓烟，一直升到屋顶，又弥漫开来；突然，呼呼几声响，火终于又燃烧起来；炉口是敞开着的，火苗蹿起来老高，给这阴暗、寒冷的小屋带来几分光明和温暖。老亮抬起头，依次看着他的几个伙计，眸子里闪着异样的光：大个子李忠，你一身的牛力气，为咱这木匠铺，硬是把背给累驼了。这工夫，怎么黑着脸一句话不说呢？你有啥章程能叫咱的木匠铺起死回生？黄兴，你又在眯着眼想什么鬼点子？这里边数你手艺高，也数你刁，白天上班来歇身子，晚上回家去干私活儿。你够不上好木匠，凭天地良心说，够不上！小金子，你是咱木匠铺里的小秀才，心灵手巧，再有半年就能出徒了。可你年轻啊，还不知道做一个好手艺人有多难。富宽哪富宽，这里边就苦了你了，散了伙你可怎么办？一个八十岁的老爹，一个病恹恹的老婆，一个上大学的儿子，一家六口要你养活，不累断你筋骨才怪呢！……唉唉，明儿是腊月二十三，过小年了，今儿是咱们一个锅里磨勺子的最后一天了，也算不上是开什么会，一块掏掏心里话吧！咳咳咳咳……老木匠忍着心里的酸楚，把早就灭了的烟灰磕掉，从口袋里掏出一盒带嘴儿的“大前门”香烟，挑开封条，分给他们每人一支：

“抽吧，抽吧。俺请客。”

他自己也点着一支，狠命地抽着，都吞下了。

天近黄昏，屋子里落下黑影了。外面的风雪还没有刹下来的意思。不知是谁家屋顶上的草被揪落了，撒到这边院子里。屋后的电线呜呜地尖啸着，好像立刻就会断裂开来。五个人都默默地抽着烟，谁也不肯说一句话，仿佛一开口这小屋子就会立时塌下来。

“都怨俺。”老木匠终于说，“俺没本事，没后门儿，买不来便宜木料，打不出时兴的家具，年年赔本儿，大队受损失，社员分不到钱。这不，连大伙的饭碗也给毁了。咳咳咳咳……都怨俺，怨俺……”老木匠眼里淌下浑浊的老泪。他抬起袖子擦，擦也擦不干。

富宽慌了：“师傅，你这是怎的？怎么能把刀子往自个儿心头剜！问问黄家沟的老少爷儿们，谁敢说你对木匠铺不上心，俺黄富宽撕他的嘴！要说怨，怨俺！俺熊，他娘的驴百岁干不出一手好活计！是俺拖了大伙的腿，怨俺！……”富宽也哭了，孩子般地哭出了声。

“也怨俺。”李忠瓮声瓮气地说，“干活光知道出死牛劲，没点心计，费工费料。”

“也怨俺，干活不尽力。”黄兴使劲低着头，小声说。

“也怨俺。”小金子说。

老木匠激动起来，心里像烧起一把火。他又掏烟，可手哆哆嗦嗦没个准头儿了：“这些天，俺心里就憋着句话，俺想去求求支书，再宽限咱一年，过了年好好干个样儿给大伙看看！这么大个村子，没个木匠铺怎么成呢？家里家外，地里场上，离不了砍砍锯锯，推推凿凿，咱散了伙，大伙再找谁呢？伙计们，得挺起骨子干哪！”

“要再干，俺他娘的豁上不吃饭、不睡觉！”富宽第一个响应。

小金子说：“那，咱得交给大队五千块钱呀！不然就得罚咱。”

老亮说。“咱们拼上劲儿，兴许交得上。”

“亮叔，”黄兴开口了，“现在办事得讲究点实际性儿，五千块钱不是吹口气吹出来的。巧妇难为无米之炊，上面不批给咱木料，——别说咱，连公社木器厂都背着海参海米出去求爷爷拜奶奶，咱有啥？撅屁股给人家踏？上市场去买，五六百块一立方，贵疯了，你手艺天高，也得赔血本儿！再说，现时人家开木匠铺，都机器化了，锯料刨平打眼儿，电钮一按就中，咱凭两只手，挣屎吃也没屙的！”

“求求书记官，也给咱置一套。”小金子说。

“美得你！”李忠顶上了，“置不置对人家有啥益处？人家儿子结婚，从县里拉回一套洋式箱柜，听说是后门货，便宜着呢！”

李忠话音一落，黄兴接上了：“亮叔，今儿当侄儿的劝你几句话，听由你，不听也由你。凭着你的名声，你的手艺，哪儿捧不上个金饭碗？何苦还揽这摊子烂瓷器！这年月，亲娘顾不上热舅了，还顾什么集体！咱也赚大钱去，上东北，俺有个朋友在那儿干上了，一天十好几块，还有三顿酒菜伺候。你想去，过了年咱一起走，光打你的牌子，年底保你腰包满！”

“兴哥，领着俺！”小金子说。

“领着！”黄兴慷慨激昂。

这边，富宽眼巴巴地看着黄兴的脸，嘴张了几张也没吐出句话来。黄兴却并不看富宽：

“亮叔，帮头儿大了可不好办哪！”

“师傅……”富宽有点儿急。

老亮低着头，什么也没有说。雪在他背后落着，整个脊梁已是冰冷的一片了。

这一回，黄兴划拉一把木块，把炉火又一次烧旺了：“忠大个儿，你呢？也去吧！”

“俺？不去！穷死不离黄家沟。俺爷闯关东，死在那里；俺爹闯关东，要着饭回来的，大雪天，十个脚趾头冻掉九个。发财的梦，俺没做。爬上崂山顶看看，中国人多得像蟹子爬，就那么一湾子水，就那么几条小鱼崽子，都去争，都去抢，还不知是谁嘴里的肉呢！咱个老实虾，趁早别去凑那号热闹，啃咱的乌泥算了。木匠铺倒了，俺下庄稼地，凭力气，饿不死！”李忠站起来，把一副沉重的工具箱轻轻地背在肩上，走到老亮跟前：

“师傅，俺走了。”

老亮没有抬头。

李忠的心颤抖了，声音压得很低很低：“师傅，俺走了，明儿过小年，平儿他妈叫俺早点回去挑几担水。”

老亮抬起头，哆哆嗦嗦递给他一支烟，又哆哆嗦嗦给他点着了。李忠不敢看师傅的脸，背转身去，心一横，推开门，一头扑进风雪中去，止不住的泪水雨点般地落了下来……

黄兴也背起了工具箱：“亮叔，俺也走了。”

都走了，只剩下老亮和富宽。天黑下来，谁也看不清谁的脸，谁也没有说话，就这么默默地坐着。

“富宽，你知道咱木匠行里的祖宗是谁？”老亮突然问。

富宽不明白他的意思：“是鲁班，学徒的时候你就给俺说过。师傅，你？……”

老亮徐徐地讲起鲁班的故事来：“鲁班年轻的时候，上终南山求师学艺，老师傅提出一个问题考他：有两个徒弟学成了手艺。师傅给他们每人拿把斧子，大徒弟拿这把斧子挣一座金山，二徒弟拿这把斧子把名字刻在人们心中。老师傅问鲁班，你跟哪个徒弟学？鲁班说，跟二徒弟学。老师傅高兴地哈哈大笑，就把鲁班收下了，后来把什么手艺都教给他了……”他只是说，像是说给富宽听，也像是自言自语。连他自己都不明白，为什么在这个时候又讲起他讲过几百遍的这个古老的故事。讲着，心境似乎平静了些。他站起来，摸摸索索从泥墙上摘下那只生了锈的冰冷的大锁：

“富宽，记着，天底下最金贵的不是钱，是良心！走，咱也走。”

他锁上门，又开了，不放心火，进去摸了摸。火灭了，炉壁还是热的。

风雪搅动着，旋转着，怒吼着，铺天盖地而来，仿佛要把小小的黄家沟填满、扫平。家家户户都掌起灯来。在这样的夜晚，那些亮光显得那么微弱而且摇动不定，却是扑不灭的。

走到街心该分手的地方，师徒俩不约而同地站住了，背着风，谁也不肯离去。

“师傅，听说川侄儿要回来了。”

“来信了，说是明儿。”

“回来就好，你有这么个儿子，年轻力壮，又有一身好手艺，不怕了。”

老木匠心中顿时涌起一股不可遏制的热潮。是啊，儿子成人了，还怕什么呢！

“俺不怕，你也甭怕！”

他把一包什么东西塞进富宽手里，顶风冒雪地走去了。

“师傅！”富宽大声喊着。

师傅塞给他的，是那盒没有抽完的烟。

盼　子

第二天，雪还没有停。

黄老亮坐在热炕头上，吧嗒着旱烟袋，眯着眼睛望窗外，这腊月雪，层层叠叠压满他心头。耍了一辈子手艺，跑了一辈子外，年年都是腊月里往家走。遇上大雪封山，常常隔到年关那边去。那工夫，家里有个女人火烧火燎地等他、盼他，这阵子轮到他等别人、盼别人了……

昨天晚上，他一宿都没睡好。思前虑后，老是觉得黄家沟这个木匠铺不能倒，自己二十多年的心血不能白花，社会主义不能半途而废。共产党领着呼隆了这么好几十年，莫非真的叫大风刮跑了？后半夜他做了一个梦：许多许多人把一辆车子往大沟里推，他在前面顶着，顶啊顶啊，终于顶不住，连人带车一起翻进沟里去了。他出了一身冷汗，醒来了，眨眨眼睛一想，心里倒得到些安慰。都说后半夜的梦是反着的，木匠铺还有救！……他想到儿子。他巴望着儿子快点回来，回来扛木匠铺的大梁。黄兴走了，小金子跟去了，自己老了，富宽是个埋汰人，儿子一回来，再把李忠拖出来，就去找支书，签字画押，订合同，五千块就五千块！照说也该给大伙挣几个钱了，社会主义也不能光吃柞树不绣茧儿！像以前那样开木匠铺，也没劲……

“秀枝，上官道看看，汽车通吗？”

正在拌饺子馅儿的秀枝不知想什么，发着呆呢，听见爹喊她，脸腾地红了：“爹，你说啥哩？”

老木匠说：“上官道接接你哥。”

秀枝说：“俺去两回了，兴许是下晌那班车。”

“怕不通了吧？泊石那个坡儿，刀切似的陡，当年俺就是在那儿……”他本想说当年在那摔断过手腕子骨，可嫌过年过节不吉利，就把下半句吞回去了。

秀枝说：“俺早看过了，汽车轱辘上缠着铁链子，连冰碴子都碾得咔嚓咔嚓响，俺哥只要是能坐上车，跑一千里地也不怕！”

“唔……”老木匠似乎放心了。他嘱咐闺女：“不切那水白菜，多下些葱花儿，多剁些肉，包囫囵馅饺子。包好了，放着，先别煮。”然后，又眯起眼望那窗外的大雪。

下晌，老木匠坐不住热炕头了。他穿上光了板子的老羊皮袄（那还是秀枝妈活着的时候给他吊的），没跟闺女说一声，就悄悄地出了门，朝离村三里路远的停车点走去。怕脚底下不牢靠，拄着根一人来高的辣木棍。路上雪很厚。没人扫，脚落下去没过小腿肚子。路面有人踩下一行脚窝，不然连个道眼儿也看不清。

老木匠埋着头往前走，雪进裤腿子也顾不上了。快到停车点时，他打个眼罩朝前边看，只见那块歪斜的站牌下面站着一个人，呵着手，跺着脚，不时朝远处看，全身都成白色的了，像一个会动弹的雪人。老木匠抹抹眉毛上的雪沫仔细看，原来是秀枝，不由得心里一阵痛惜：这闺女，只寻思不叫她来受这场罪，却走在了俺前边。唉，也难怪，想她川哥呢！这些天早晨，睁开眼就趴在窗上，看外面雪住没住。这痴心的样，多像她妈……

一想起下世的老伴儿，老木匠心里就酸溜溜的不是个滋味。可看看眼前水灵灵的秀枝，就又觉得对得起下面的人了。秀枝妈死的时候求他两件事。一是别饿着别冻着孩子（她自己便是饿死的啊），二是秀枝要给她寻下个好主儿。他流着泪应下，流着汗去做。两个孩子他是有点偏心眼儿的，偏谁？偏儿子。两口吃的，分开，一人一口；只一口，给秀川！他还有脑筋，觉得接他木匠家什、支撑门头过日子的，还得指望男子汉。他这样做，还有另外一层只可装心里、不能说出口的意思，他不愿听那些吃饱没事干的人，在背后里咬耳朵根子、嚼舌头尖子。夜里睡不着，他黑天里对老伴说："枝他妈，原谅俺，你活着也得这么做不是吗？……"孩子长大了，哥知道疼妹，妹知道疼哥，哥妹都知道孝顺爹，老木匠欢喜得抹眼泪呀！

飘飘扬扬的雪，不知什么时候把老木匠的脚盖上了。再看时，闺女还站在那里朝远处望。他咳嗽了一声。

秀枝转过脸，一看是她爹，就赶紧跑过来扶住他，怨道："爹，你怎么也来？不知道你那老咳嗽病这会儿又犯！"她冻得脸儿红了，嘴唇青，说话都咬不清音了。

老木匠抬起手，头上脚下地扑打着闺女身上的雪，边扑打边说："看看，成个雪娘娘了！你家去烧水煮饺子……"

秀枝委屈极了："俺烧开两遍，又都凉了，谁知什么时候来！"

老木匠哄孩子似的说："再烧开锅他就来了，三为满么！当初你妈等俺都七遍八遍哩!”

秀枝有点不好意思:“爹! ……”

老木匠嘿嘿笑着推秀枝走。秀枝不肯，硬要叫他走。父女俩推推搡搡在雪地上打起转儿来了:

“爹，你走!”

“秀枝，听话!”

一阵风卷起一团雪，劈头盖脸地扑向他们。老木匠有点站立不稳，秀枝赶紧去扶他。父女俩抱在一起抵抗着。风过去了，他们摇摇头上的雪，睁开眼，你看我，我看你，禁不住都笑了……

不再争讲了，闺女扶着爹走到站牌下了。一会儿工夫又是两尊雪人……

很少看见走路的人。偶尔过几个骑自行车的也都下面推着，低着头，顶着风雪朝前拱。走一气儿停下来避避风头，将大口罩捋到下巴底下，喘儿口再捂上，再朝前面走。他们都是些急于回家过年的客儿，货架上大包小卷地载着猪头、羊杂之类的年货。看着他们在风雪中跋涉、搏斗，老木匠忽然有些激动，他想了年轻的时候……

“哦! ——伙计，加把劲，别落下过年的饺子! ……”他用手卷个喇叭筒，放开粗犷的嗓门儿喊起来。

秀枝忙用胳膊肘碰碰他:“爹，你看……”

他眯着眼，一直目送过路人隐进风雪弥漫的路尽头，“老了，俺老了……”他摇着头叹息。

远处，隐隐约约传来汽车马达声。

秀枝惊喜地喊起来:“爹，你听!”

老木匠侧过耳朵，用手掌遮住风，大气不喘地听。渐渐地，他脸上层层叠叠的皱纹间堆起了笑容："嗯，嗯，听见了，听见！嗯，过马石口了，两袋烟的工夫就到了……"

父女俩急盼盼等来的：是一辆卡车。它老牛般地吼叫着，慢吞吞地开过去。车轮甩出的雪沫子，打得他们睁不开眼。

砰——叭！

村子里传来脆生生的"二踢脚子"（炮仗）的响声。俱乐部那伙小青年们，仿佛非要把锣鼓敲破才过瘾不可。你听，咚咚锵！咚咚锵！火爆透了。家家户户都坐在热炕头上吃年饺子了。过小年虽说比不上过大年，可是年关的开始呀！一年一度，入了腊月二十三，生产队住了工，庄稼人就过起福日子来了。杀猪，宰羊，蒸饽饽，做豆腐，缝新衣裳，排新戏……一气儿闹腾到正月初十，过了拾掇日①才换上粑粑地瓜，才扶起锄把子，撅着屁股再干下一年……

这样的好日子，谁不盼着出外的亲人回来团个圆啊！

老木匠站不安稳了。他拄着棍子，转了一圈儿又一圈儿，把四周的雪都踩平了一片。他不由得在心里嘀咕起秀川来："这小子，硬了翅膀忘了家？不，不！看想到哪儿去了，自个儿一手拉把起来的孩子，沙里淘出来的金豆子，还有个啥不放心的！要不，是遭到啥难处了？手头没钱了？粮票不足了？受城里人欺负了？这都难说呀！一个乡小子进了城，走路怕都转不过向来呢！刚去的那一年可苦孩子了，干临时工都没人要，只得走门串户，给人家打家具。白天干活，夜里花五角钱宿在澡堂的湿铺上，天没亮就得把铺盖卷起来，免得妨碍人家营业。头几个月挣下点钱，还

①按地方习俗，正月初十要将过年剩下的节食全部吃完，故称拾掇日。

让那可恶的小偷掏包了……噢，不会的，不会的！那为啥说回来还不回来呢？这鬼天气，真叫人不放心，泊石那个坡儿刀切似的陡，会不会……”

“爹，来了！……”秀枝呼叫起来。

老木匠抬头一看，一辆大篷车，铁甲虫似的爬来了，车身上下裹着冰雪，像个冻僵了的白馒头。它跑得太累，哼哧哼哧喘着粗气，慢慢停在站牌下。

老木匠和秀枝不眨眼儿地等在车门旁。

车门“吱”地打开了，提大包小卷的旅客们一个挨一个地挤下车来。可是没有秀川。

车门“吱”地又关上了。

老木匠急了，丢下棍子去扒那车门。可怎么扒得开呢？扒不开，也扣住不放！秀枝去拖他，拖也不放！他腾出一只手使劲拍打着门玻璃，拍得积雪唰唰落……

“开门！开门！……”他大声地喊着。

驾驶室窗口的玻璃落下了，探出一张气凶凶的脸吼骂着：“你找死啊！”

老木匠松开手，磕磕绊绊走到驾驶室窗口下，赔着笑脸道：“师傅，俺秀川没坐这班车？”

司机愣了：“什么？……”

“秀川，俺儿，在外面做木匠营生，捎信说来家过年，可这时候还没、没……”

窗玻璃吱吱往上拧，末了拧出三个字：“老疯子！”

老木匠呆住了，张了张嘴巴说不出话。

汽车开动了。车轮上的铁链哗啦啦响着，碾碎着冰雪，驶向远处去了。老木匠摇摇头，自我解嘲地笑了：“俺是疯了，疯了……”

雪还在下着。已是黄昏时分。爷儿俩最后失望了，都不说话，默默地往回走。唉！这个年过的，木匠铺的事还等着儿子回来定呢！……

忽然背后响起汽车的喇叭声。回头看，一辆130型小卡车树叶似的刮到他们跟前，吱——刹住了。还没等他们转过向儿来，驾驶室的门“咔”地打开了，一闪身跳下个虎生生的小伙子，奔上前来抓住他们每人一只手，热乎乎地喊了声：“爹！妹！……”

老木匠傻眼了：“……”

还是秀枝先喊起来：“哥哥！……”她眼里闪着又惊又喜的泪花儿，一颤一颤都快掉下来了。

老木匠仰起脸，好长工夫端详着儿子，像认不出来似的摇着头。他记得，在这个小车站送他走的时候，没这么高、没这么胖、没这么体面。现在儿子回来了，不再是那个土里土气的乡巴佬，是条体体面面、威威武武的汉子了！大翻领的蓝涤卡制服棉袄，新锃锃的呢料鸭舌帽，腕子上的手表闪着亮光，大冷天脸上红扑扑的冒着热气儿……好小子，抖起来了，算你有种，混出个人样了，是你爹个争气的儿！……

老木匠光是笑，光是哆哆嗦嗦摸儿子那只热乎乎的大手掌，竟没有一句话说。

小木匠问：“爹，你那老咳嗽病，今冬没犯？”

老木匠心里一热，直觉得嗓子眼里有股又甜又咸的水流儿往上涌。他咽咽喉咙吞下去。大老头子了，不愿在孩子们前面动感情。这真是，儿女一句贴心话，暖透父母半世心。

秀枝说：“爹吃了你捎的药方，见强多了！”

小木匠热辣辣地看着秀枝，看得她怪不好意思，忙低下头。

又一阵风雪扑向他们，老木匠这才意识到，还站在雪地里，忙道："秀枝，快回家下年饺子！"

儿子说："爹，上车吧！林局长怕我耽误了过年，给县里挂了电话，一下火车县里就派车来送我。"

老木匠连连后退："不不不，俺走，走……"

儿子笑了，上前扶住爹，硬是把他拥进驾驶室里。那根辣木棍子长，放不下，小木匠将它一把扔到外面雪地上，老木匠生气地瞪他一眼："你这孩子。好好的一根镢柄材料，就撂了？"说着，非要下车去捡不可，小木匠不肯惹爹生气，自己下车去捡来，扔到车厢里，老木匠这才露了笑脸。

司机笑着发动了车子……

路不熟，车子开得很慢。秀川指点着，左拐右转。老木匠父女肩挨肩坐在旁边，挺直着身子，一动也不动。软绵绵的沙发，轻悠悠颤动。风雪隔到外面去了。散热器散发的暖气扑面而来，使他们冷透的身子热起来。一直到家门外，秀枝都紧紧地抱住爹的一只胳膊，怎么颠也不松开。

发财了

家里有手艺人，不愁没酒喝。

老木匠酒量不大，可爱淋两盅。只是这几年上岁数了，常犯咳嗽病，加上儿女们又夺瓶子抢盅的，就咬咬牙忌了。有时候帮乡亲们干点零星八碎的活儿，都知道他不肯收工钱，就送些烟酒来答情。他不收。硬倒下的叫秀枝再送回去。管它南酿还是北曲，人家的东西不馋。

回家打点走司机，老木匠去开碗柜门：“秀枝，过八月十五待客那瓶酒，还剩下不?”

秀枝埋头在锅下烧火说：“俺五爷来，拿给他喝了。”

老木匠咂咂嘴，笑眯眯地摇摇头，表示出一点儿小惋惜。

秀川说：“爹，俺带的酒，俺陪你喝两盅!”在家时爹管得挺严，平日不准他沾烟沾酒，说要管他到娶媳妇。

秀枝埋怨道：“你也沾上了?”

老木匠打断秀枝的话：“手艺人出门在外，喝点儿就喝点儿，只要别过量、别耽误干活就中。”

秀川胜利地朝秀枝眨眨眼。

秀枝一噘嘴：“爹，就你惯着他!”

老木匠嘿嘿笑着:“川，拿酒来，俺今儿心里欢喜，秀枝，炒几个菜！……”

说话间，秀川已经把一个重重的木箱搬到炕沿上，拿钳子撬开封箱的铁片。盖子打开了，露出各式装潢的一箱酒来，金帖子银帖子的、长瓶子短瓶子的……

老木匠看得眼花缭乱。

秀川问：“爹，喝哪一种？兰陵呢？还是景芝的？这威海二锅头，挺冲；这即墨老酒，舒筋活血……”

老木匠沉了脸：“买这么多酒，得花多少钱!”

小木匠说：“没花一个子儿，人家送的。”

“送的？咱城里头没亲没故，谁肯送!”

“俺给人家干活呀!”

“干活不给你工钱?”

“给工钱也给这！现时，兴。”

“哼，兴！这年头儿，净兴坏规矩。城里乡下都兴吃‘小匠儿’[①]！是俺，就不送给你，看你能怎的！能抢？能夺？”

“不抢，不夺，锯子下面见分寸！”

老木匠眉头一皱：“川哪，可不兴学那一套！咱家老辈子都是安分守己的手艺人，你爹，你爷，你老爷……”

小木匠笑了：“爹，过去，咱太老实了，吃了没鼻子的亏！你看，送给咱的不过是些杂牌子货，可送给林局长是啥？是茅台，是老窖……”他拿出一瓶子酒，“咔嚓”一下用牙咬开瓶盖：“爹，你尝尝！”说着，就把瓶口往爹嘴上凑，老木匠躲不过，喝了一小口，呛得直咳嗽。秀川慌了，放下瓶子给爹捶脊背，捶了好一会儿才息下来。

老木匠抬起涨红的脸，亲昵地笑了：“咳咳，你这小子！……”

酒满上了，菜端上了，爷俩你一盅，我一盅，喝得有滋有味。小木匠讲着在外面的事儿，滔滔不绝，唾沫星子直飞，老木匠心里惦着木匠铺，几次想开口都找不到插话的缝儿。秀枝做好了菜，坐在炕前的凳子上，不插言不搭语儿，安安静静地听，听得高兴的时候，就一抿嘴笑笑，只笑不出声。她是个温柔的姑娘，像她死去的妈，知里知外，知厚知薄，长这么大没跟爹红过脸儿，哥性子强，她从来都谦，都让，拌舌头吵嘴的事儿没有过。邻居们谁不说，黄老亮的两个孩子是可着心捏出来的，小子龙睛虎眼，是他的撑门棍，闺女贤贤慧慧，是他的小棉袄儿……

不知不觉，小木匠有三分醉意了。

---

①方言，吃请受贿。

老木匠说："川哪，咱大队的木匠铺……倒了。"

"倒了好，省得你……操心！"小木匠脸儿红成个小关公，"妹，你……你也喝一盅！"

妹妹按住哥的盅，眼望着求他："哥，别喝了，你都醉了！"

哥望着妹，笑："哥没醉！哥在局长家喝八九两都没醉！……"

老木匠嘴里不说，心里却好一阵不舒服。可看看儿子那高兴样子，也就没再往心里去。他端起盅，把满满一盅酒都喝下去了："秀枝，给你哥再炒个豆腐干儿，他爱吃这……这一口，咳咳……"

秀枝夺过了老木匠的盅："爹，看你又咳嗽……"

老木匠嘿嘿笑："俺也没醉，俺心里欢喜呀！你们都长成人了。要是你妈能活到今天……咳咳，秀枝，给你妈倒一盅酒，俺替她喝……"

秀枝眼泪汪汪擎过盅，让秀川倒满了酒，双手放到爹面前："爹，你慢喝。"

老木匠端起杯，看看女儿，看看儿子，止不住的老泪唰唰落："枝她妈，今儿过年，孩子们敬你一盅酒，俺替你喝……"说罢，一仰脖全喝下去了，呛得他又是一阵咳嗽。

秀枝下去炒豆腐干儿了。

秀川说："爹，为拉把我和妹妹，你吃苦受累，俺知情。往后的日子再也不用你操心了，俺长大了，有手艺了，能挣钱了！俺要回来开个木匠铺，置上电锯、电刨子，做大衣柜，五斗橱，都是新式的，都卖顶高的价码儿！"他嫌热，把帽子摘了，棉衣脱了，只穿件棉背心。他发红的眼里闪着自信的光，将满满的一盅一饮而尽，酒滴在嘴角。

老木匠摇着头，笑："孩子心儿，净想高的！爹干了一辈子没……没发过财……”

“俺太老实了！局长说，现在是新时期、新政策，八仙过海，各显其能！”

老木匠摇着头笑：“你个毛孩子，会有啥能耐？”

“俺有手艺！不是吹，俺的手艺在城里是、是这个！——”他挑起大拇指头，在自己眼前晃着。老木匠也有几分醉意了，不眨眼地望着儿子，望着那一只晃来晃去的指头。

秀枝在外间屋递进来一句话：“哥，你小点声儿，都经宿半夜了。”

小木匠故意大声说：“你怕啥？不再是‘文化大革命’的时候了。看看谁还敢斗咱？妹，上炕来，喝、喝一盅……”

锅里滋滋啦啦响起来。

小木匠忽然把嘴凑到老木匠耳边，压低声说：“爹，实话跟你说，俺在城里有……靠山！”

“谁？”

“林局长！权硬着呢！”

“嗨！人家在朝为官的，认得咱是老几？”

“咱凭手艺他凭权，半斤八两地换呗！”小木匠得意得很，“刚上城，谁瞧得起俺？后来俺给他儿子、闺女打了三套家具，捷克式的，日本式的，全是新图纸，没要他一个子儿！往后他就……就按公价批木料给俺干私活儿，嘻，一张纸条就是一个立方……”

老木匠醉中有醒：“川哪，咱吃饭靠力气，做人凭志气，用不着出去求爷爷拜奶奶！”

“爹，你也太……”

“太怎的？咱家老辈儿这规矩！”

小木匠只笑笑。

老木匠沉了脸："笑啥？爹不能叫你背个屎罐子出去做人！"

小木匠依然笑："爹……"

热腾腾的炒豆腐干儿端上来了。不管秀枝怎么阻拦，又是几盅烈酒下肚。

"川哪，咱那木匠铺倒了，倒了……"

"爹，俺敬，敬，敬你这一盅……"

细心的秀枝觉察得出来，刚才还明朗朗的天，这会儿飘来几缕乌云，洒下几颗雨星儿。只是一阵儿的工夫就过去了。欢乐依然在酒花儿间澎湃。外面，断断续续的鞭炮声终于消逝了，嘶叫的风雪似乎也累了，歇息下来。小木匠腕子上的表针，不知不觉间跑到了年那边儿。爷儿俩都"探着湿泥儿"[①] 了……

小木匠说："爹，俺忘不了你的恩，你净等着跟俺享……享福……"

老木匠道："川哪，俺待你又当儿郎，又当女，女婿！等俺有个孙子，不，外孙，还叫他学木匠……"

"爹！"秀枝羞得脸儿通红，上去夺了酒瓶，到外屋下饺子了。

秀川摇摇晃晃地下了炕，拿过一个大提包，刺啦开了，掏出一张皮货料子，抖了抖说："爹，把你那光板子老皮袄扔了，穿这！"

老木匠接过来抱在怀里，一抚过来摸过去，高兴得不知说啥好。要知道，这是儿子头一回用自己挣的钱买东西来孝奉他呀！为人做父母的谁能不欢喜。

---

①快要醉了。

“秀枝，秀枝!”老木匠喊起来。

“爹，等等，饺子刚下锅!”

老木匠等不及，还是喊：“你来呀！看看你哥给爹买的皮袄，快、快来呀！……”

秀枝带着一身水气跑进来。

老木匠把皮料擎到眼前，鼓起嘴巴吹着：“看看这毛儿，多光滑，多密扎，多细软，多、多……”

秀枝避开爹嘴里喷出的酒气，笑着瞟了秀川一眼：“看把爹高兴的。”秀川也笑得合不拢嘴：“这是上、上等的新疆货，走后门买、买的!”

秀枝说：“爹，俺给你吊起来穿上过年。”

老木匠把皮料翻过来覆过去，轻轻揉摸着：“看看这板儿，多软和，俺这辈子穿不烂……”

秀川还要从提包里往外掏什么，可两只手已经有点不听使唤了。他急了，扯着包底“哗啦”倒了一炕头：处理胶鞋，减价布料，尼龙袜，花枕巾，爹的帽子，妹的围脖儿，过滤嘴香烟，雪花膏瓶子……哈，成了百货摊了！老木匠跑了一辈子，从根儿没置办上这么多花哨东西。秀枝只是看，只是笑：“哥，你买这么多东西，要花多少钱？一百块够吗?”她的一双好看的杏儿眼里，闪动着惊讶、欣悦的光亮。

在一个乡闺女心目中，一百元是个多么大的数字呀!

秀川热辣辣的目光直盯着她：“还、还有你的呢！……”他从裤前腰带下那个小口袋里，摸出个什么东西，握在手里，嘻嘻笑：“妹，你猜，猜着了，就给你。”

秀枝抿嘴一笑说：“俺猜不上来。”

“那你，伸出手。”

秀枝看看爹。爹从那一摊子里挑了一本新出版的家具书，凑在灯底下看。

秀枝畏畏缩缩把手伸出去，脸扭到一边。她觉得手被握住了，握得那么热烈。随着，一个冰凉的东西滑落在手腕上。她忍不住回眼看，竟是一只亮闪闪的手表！她吓了一跳，像戴了烧红的铁环，冷不丁把手伸回来，将手表塞进哥的手里：“俺不戴，俺不戴！……”

秀川傻眼了：“咋？……”

秀枝捂住那一只被“烧”痛了的手腕：“俺不戴！俺怕人家笑话，说俺‘烧包’①；俺怕下地弄脏了；俺怕掉地下跌坏了……”

秀川哈哈大笑，笑得东歪西扭，站不稳脚跟了。秀枝要去扶他，他却将那手平伸出来，一松，表“叭”地落在地上了。秀枝惊叫着抢过来，小心抹去表蒙上的泥尘，擎在眼前看，凑到耳朵上听……

老木匠在一边也大气儿不敢透一口。

渐渐地，秀枝脸上露出了惊喜的笑容。表里面嘀嘀嗒嗒跑得正欢呢！

小木匠扶往炕沿，歪着头，得意地看着秀枝：“妹，你戴、戴呀！城里的姑娘都、都戴呢！还有这些，都给你！”他拿过纱巾，拿过雪花膏，拿过花枕巾……“城里的姑娘都、都……”他舌头有些拿不过弯儿来了。

老木匠说：“枝，你哥买了就戴！戴给俺看看。”

①方言，显示自己富有，穿戴美的意思。

秀枝喜爱地看着表，只是不肯戴。突然她惊呼了一声：“哎呀饺子！”放下表，就朝外屋跑……

老木匠拿过表擎在手心里，看那带红点子的秒钟跑了一圈又一圈儿：“这小玩意儿，恐怕也得好几十块钱吧？”

“一百八，进……口货，不、不贵……”

“你也舍得？一套箱柜价儿！”

小木匠“哗”地扯开棉背心的纽扣：“爹，俺有钱，在这儿，俺挣、挣的，都给你，俺忘不了爹的恩……”他哭了，呜呜号啕，泪珠下雨般地落。他埋下脸，“嗤”地咬破了背心里儿，里面落下几张纸来。老木匠抓起来一看，分明是几张揉折了的十元钱票子！他愣了地看着儿子：“川，你……”

小木匠一手擦着泪，一手抖着背心。票子雪片般地掉下来，落在地下、炕上，落到老木匠怀里……

“两千元……元哩，都给……爹！……”

秀枝端着一碗饺子进屋来，一见眼前的情景吓呆了，手一松，碗落下来摔碎了。她急忙弯腰去捡……

老木匠唰地出了一身冷汗，像从水里捞出来。就在这一刹那间，他从醉中醒了。他感到浑身瘫软无力，止不住地爆发出一长串的咳嗽。他抓起两手票子擎到眼前看。这真的是钱，是儿子挣回来的钱，这不是梦！“噢噢，俺又喝酒了，又喝醉了……”

儿子倒在他的身边，睡着了。他把他扯开的怀掩上，又给他盖一床补丁摞补丁的、他小时候盖过的被子……

儿子回来了。儿子发财了。

谁和钱都没有冤仇。老木匠高兴哪！叫谁能不高兴？走南闯北一辈子，空留下个好名声，归其了穷得连个老婆都给饿死了。

可儿子，一把儿给他拿回两千块，还不算额外的花销，你说玄不玄！想想当初在街头上找妈、哭得鼻涕泡一抓一大把那情景，老木匠心理安慰着呢！唉，他亲娘老子也不晓得在哪乡哪县，要是知道自己身上掉下来的肉出息到这个样儿，不羞死才怪！不过话又说回来，这能怨他们吗？要不是撂下，恐怕早喂狗了呢。天下做父母的，哪个不疼儿和女？都叫“穷”逼的呀……

老木匠睡不着，一宿起来数三回，那实实在在是两千块呀！往后可以享福了，可以下小馆吃蒸包猪头肉了。儿女们的婚事么，要办得排场点儿，座钟、收音机、自行车、缝纫机……都给置办上，打点他们熨心！去买点儿好楸木，结婚的箱柜俺动手，雕上龙，刻上凤，把最后一把老力气留给他们，俺就是去见枝她妈，也用不着落埋怨了。唉唉，枝她妈，你那苦命的人哪！

老木匠像是睡着了，又像是没有睡着。他拿着那一大包钱，找到一个荒凉的地方，四周围都是坟。他喊着：“枝她妈……”一座坟忽然裂开了，里面走出一个破衣烂衫的女人，挎着要饭篓子。那不就是她？模样一点没改。他把那一包钱给她，说是女婿挣的，说再也不用挨饿了。她欢喜得不得了，扔下要饭篓就解那裹钱的包袱。钱，那么多的钱！忽然一阵旋风吹来，把那钱都卷到半空里去了。他俩喊着，叫着，伸开两只手在空里抓挠着，可是一张也抓不到……

老木匠醒了。一场虚惊，钱还在枕头底下压着呢！可他心里鼓鼓涌涌不安宁起来。为啥呢？连他自个儿也说不明白。他心里骂自己道：“你穷小子没见个花火食！没钱想钱，枕着钱又睡不着觉，就花呗！还穷寻思啥？钱又不咬手！……”

不啊，不啊，有一股神经使老木匠本能地感到不安。为啥呢？

为啥呢？……噢，他悟过来了：秀川咋能挣这么多钱？一天的工钱按规定是二元八，就打三块，刨去饭圈子、零使费，刨去寄回来交生产队的，刨去买手表皮袄杂七杂八的……这三刨两扣，不拖一腚饥荒就烧高香了，哪还能剩这么多钱？他说他认得个啥局长，那顶屁用？又不是他亲老子，还能给他个三头二百的？那么钱打哪儿来？

老木匠心里像揣进个小老鼠，蹦一会儿，跳一会儿，七上八下的，好焦急哩！不成，得问他个清楚，不明不白的钱花不得！他爬起来，披上衣服，拉开灯。小木匠睡得挺沉，酒色消退了，脸上涌动着美丽的红润，要不是那一圈儿黑乌乌的小胡子，简直会使人觉得他是一个睡得甜甜的姑娘。许是嫌热，一只胳膊搭在外面，鼻子尖上沁着细细的汗星儿。老木匠心里顿时涌上一股热酥酥的滋味，当初领来家的时候，像个又脏又瘦的小猫，光是哭着闹夜，找他妈，怎么哄也不睡，哭急了，老木匠解开怀，让那只小手捏住他豆粒大的小奶子，这才不哭了。哄好了小子，闺女又哭着争怀，就一只胳膊搂一个，直接到十岁上，才给他们各自搭起个小被筒。孩子们长大了，他也老了。人老了的时候，看一手拉把大的孩子，格外亲。在儿女们身上，有做父母的心血和希望。

老木匠不忍心推醒儿子，在外面跑了几年，也不知睡没睡个囫囵觉，让他再睡会儿，天还早，鸡才叫头遍哩！他轻轻地拿起儿子的胳膊，想放进被窝里，可当触着他的手时，心一动，不由得捧着细细看起来。这哪里像一只小伙子的手：又粗又短的手指，简直像一排磨秃的石钻，每一道指节都凸起老高；虎口间堆了重重叠叠的老皮；手掌几乎全是一块硬茧；拇指让锤头或斧顶打过，指甲死去了，只留下难看的一团肉……老木匠心哆嗦了，这是下过苦力的手，是和自己一样的手啊！孩子，爹错怪你了，你是俺摸着头顶长大的，不会去干那些丧良心的事儿，俺信得过！钱是你挣来的，就凭这手，你该挣得还多，还多！怎么就该那些吃饱饭没事儿干的人挣大钱，咱们也该！该挣两千，该挣两万！……可是，俺干了一辈子，没得过这号祭，能说俺没手艺？没力气？你比俺多三头六臂？现时这些青年人，现时这世道，没深没浅，真叫人吃不透哩！唉唉，还有木匠铺的事儿没跟儿子商量。明儿吧，他走累了，别惊醒他。

第二天早晨，老木匠把儿子拉到一边，压低声问："川，这钱真个儿的都归咱了？"

小木匠笑了说："爹，你真小心眼儿，两千块算个啥？以后俺给你一万块！"

老木匠脸一沉："爹问你真格儿的，你又吹！"小木匠还笑着："爹，你就撒手花吧，俺一没偷，二没抢，你怕啥！"说着，转身要走。老木匠一把拖住他："川，等会，俺跟你商量个事儿。"

"啥事？爹说吧。"

"大队木匠铺倒了，俺寻思……"

"倒了好，不然的话咱开木匠铺赚谁的钱？爹，往后你别去操那份穷心了，也不用你干活，有钱你花，有福你享，还愁啥哩！"

老木匠直愣愣地看着儿子，半晌说不出一句话。

"爹，吃过早饭俺上公社生产资料门市部去看看有没有电锯电刨子，没有，明儿上县去。"

"过年哩！"住了好一会儿，老木匠才说出三个字。

"啥年不年的，木匠铺得早开起来，一开春活路就多了。"

儿子去了。老木匠呆呆地站了好一会儿，然后走到外面去。雪住了，只是还没有人扫。天还早。他拉出一张木锨，在街心铲开一条小路，弯弯曲曲一直通到木匠铺。当他抬头看见那把冷冰冰的大锁时，愣了："我怎么到这儿来了呢？……"不知为什么，他又想到了那两千块钱，想到儿子酒醉中说过的那些话……他的心猛地颤抖了一下，生了一个奇怪的念头，好像觉得木匠铺的倒闭跟儿子的发财有关系似的。他回转身朝家里走去。

晨光照耀着雪地，眼前的一切都变得明亮起来。家家户户的门都开了，许许多多的人都到街上扫雪了……

打鼓开张

过了小年过大年。

正月里头上，男男女女都穿上新衣服忙着走亲戚。乡间道上，自行车铃铛响个不停，红包袱闪来闪去，大闺女小媳妇花花绿绿映得雪地都格外鲜亮。这是胶东半岛老辈子留下来的习惯。其实，那包袱里也没啥金贵东西，两斤点心两瓶酒，加上八个白面大饽饽。到亲戚家吃一顿喝一顿，回来时包袱里还是那么多，只是换了换样。这样转来转去，有时候竟会转回来，不过点心已成了粉末了。啥意思？热火。那些没亲戚走的小伙子们凑在一起打扑克，什么"够级""拱猪牵羊""抓特务"……没白没黑，玩疯了。泥水里滚了一年，难得乐个痛快！小木匠可没这些心思，憋了几年的劲儿，恨不得一朝使出来。过了年初一，就动手筹建木匠铺。

爹说："秀川，跟你妹去看看你姑吧，咱就那么一家穷亲戚。今年手头宽绰了，去扯件衣服买点东西送去，都倒下，别让她换来换去的。”

小木匠在翻看一本木工书，没抬头，说：“我没空儿呢！”

老木匠从来不叫儿子做他不愿意做的事。他出门去了，穿着闺女赶做出来的新皮袄，去找富宽说话了。往常年，富宽总是头一个来拜年，今年没来，老木匠不放心，料到他没过一个顺心年。愁啥哩，人走到哪一步说哪一步的话，没有过不去的火焰山。儿子要开木匠铺，他捏把汗，大队都开不起来，你能行？心里这么想，可没对儿子说。他不愿意泼儿子的冷水，让他试试看，巴不得他能干出个景儿来呢！……

晚饭后，秀枝说：“哥，大操场上放电影，《刘三姐》，咱去看看吧。”

小木匠在绘制一张电锯安装图纸，没抬头，说：“我没空儿呢。”

秀枝低下头，悄悄地坐在他身边。

秀川仍然没抬头：“妹，你去吧。”

“俺也不去，看过好几遍了，再看没意思。”

外面的电影开映了，刘三姐唱起了好听的歌儿。小屋里静悄悄的、热烘烘的。秀川趴在小饭桌上，旁边放一摞念中学时的物理课本，画一会翻一会，眉头皱一会、松一会。陪在一边绣花的秀枝可真替哥哥着急，好几次针扎了手都不敢吱声，只是悄悄地放在嘴里吱吱。按照老辈子的规矩，过年时不许动针线的，说动了针线一辈子都不得安闲。可没个活口，干坐在一边多不好意思。绣几针抬头看一眼哥哥，看着脸就红，那么长工夫连个花瓣儿都没绣起来。她在心里怨：“这么多年没回家，就不想俺？就没句话跟俺说？怕是把俺忘了呗……”

电影散了。里间屋传出爹翻来覆去睡不着和抽烟、咳嗽的声音。今夜月光好，照着雪地，映着窗，很亮很亮。一丝风没有，一点声音没有，只有几只不怕寒冷的小虫子吱吱叫。终于，秀川抬起头长长地出了口气。秀枝望着他，舒心地微笑。她悄悄下了炕，把一碗冲开的点心端到他眼前，小声说：“哥，你喝。”

小木匠愣了一下，仿佛忘记了妹妹一直陪在身边。他接过碗，没有喝，放在桌子上。他看着她的脸，看得她低下头。他的一双有些疲倦的眼睛渐渐闪出青年人的火热来。突然他抓住她的手，放在嘴上热烈地亲。他把她往怀里拉，一双大手那么有力气，像两只老虎钳，谁也别想挣脱。他亲她的嘴唇，呵出紧张的、粗热的气；她不让，去捂他的嘴，露出掖进袄袖里面亮闪闪的手表。悄悄地，谁也不敢出声，爹还没有睡。小饭桌被碰着了，点心洒了。他们赶紧松了手。秀枝什么也没顾得就去抢哥哥画好的那张图纸。

“没正经，啥时候学得这么坏……”她小声埋怨他。

“城里头……都这样……”他说。

他们默默地坐着，让心中的火焰消熄些。

妹问：“省城大吗？”

哥说：“很大很大，比十个县城加在一起还要大。”

“你吹！”妹笑了。

哥红了脸：“不信你去看，楼房比县里发电厂的烟囱还要高！”

妹说：“知道俺去不了是不是？那得花多少路费！”

“几个路费算啥，等木匠铺开起来钱挣多了，俺就领你去。林局长说要把俺的户口转到城里去，还有你的。他门子可硬呢，光是亲戚朋友就转出去好几十。”

“给你个棒槌当针（真）了，咱算人家的啥？”

“哼！俺给他打过好几套家具，一个子也没……”

“咳咳咳咳！……”传出爹的咳嗽声。

都不说话了。秀枝接着绣那片没有绣完的花瓣儿。绣着，轻轻地叹口气，压低声说：“能转俺也不去，俺在家守着爹，他老了。”

秀川说：“爹也去，没有户口就吃高价粮，反正俺能挣钱。妹，你真傻，你不知道城里的姑娘有多幸福，人家林局长的女儿穿的是啥，用的是啥？可你……”

“俺没那福分，也不强求。”秀枝打断哥的话说，“咱在家里不也过得挺好？”

“好？好个屁！吃的啥？穿的啥？人家城里头……”

“反正爹不去，俺也不去！”

“爹是老思想，保守、不解放，咱也不能啥都依着他。就说开木匠铺这码事儿，别看他嘴里不说，心里就不支持，老是抱着大队木匠铺的想头不放，这是啥年头？大锅饭开不上了……”

“小声点儿！”她碰碰他，“爹是不放心你。”

“有啥不放心的？俺高低干个样儿给爹看看！”他并没小声点儿。其实，是说给老木匠听的。

初三，秀川让爹和妹把东厢屋腾出来，老辈子传下来的那些陈箱旧柜，破筐子烂篓子掀到一边去。老木匠舍不得，说破家值万贯。小木匠笑了：

“留它做啥？旧的不去，新的不来，要四个现代化哩！”

墙用石灰水刷过，雪白的。接了电线，置了电锯电刨子，都是小木匠自个儿鼓捣着安装的。那些门门道道，老木匠眼花缭乱看不懂。正月初五，小木匠跑了趟县城火车站，拉回两大卡车木料，是从省城按批发价拨下来的，才一百九十块钱一个立方。满村里，谁看了都眼红。

正月初十，黄秀川木匠铺打鼓开张了。

大清早，满村的老少木匠都来看光景儿。小木匠神采飞扬，忙着给大伙递烟递茶。不抽烟不喝茶的，有满满一箩筐糖果，随便抓。人们都屏住呼吸，看小木匠那一双有力气的大手充满信心地按下了电闸。

小电锯欢乐地呐喊起来，给这古老的小院带来了生气和希望。小木匠抱起一截又粗又重的圆木，放在工作台上，老木匠想帮他扶一把，可两只手挓挓挲挲不知放哪儿好。

“爹，扶后面点儿!”儿子喊。

扶后边了，可不知为啥颤颤抖抖扶不稳。

“爹，小心手！你闪开!”

老木匠退到后边去了。

外面飘着雪花。小木匠嫌热，扒了棉袄，露出秀枝给他结的那身花纹好看的毛衣。他瞅准墨线，将那圆木扭动了一下，然后有力地推过去，推过去……

哗——哗——

木花儿飞扬，扬在地下，扬在对面看光景儿人的身上、脸上。谁也没有躲闪，只顾不眨眼地看。木板裂开来，裂开来，像切萝卜那么痛快呀！抽袋烟的工夫干的活，足够两个壮木匠干一整天。小木匠熟练地操作着，每一个动作好像都带着节奏感，不抬头看围在他身边的人，鼻子眼里却盛不住心中的得意。脸儿涨得那么红，胸脯子掀得那么猛，他激动、自豪，他知道自己的身价多么高，在这一群老老少少的土木匠当中，他出头，他是个小圣人！

老木匠在一边看得出了神。他笑，笑得落泪。欢喜的泪水淌进嘴里是甜的。怎能不欢喜呀，二十年的心血没白淌。不求他功名，不求他权势，只求他成个好木匠。金子贵，银子贵，金子银子不是庄稼人贪的，学身好手艺就是打不烂的铁饭碗！眼见得儿子成材了，黄家的事业有人传了，老木匠死也闭得上眼了。儿子说不支持，冤枉他老头子；闺女说他担心，实情话。是的，像儿子说的那样，他做梦都想把散了架的大队木匠铺再撑起来，他希望儿子回来能助他一臂之力。然而，看得出来，听得出来，儿子跟他想的不一样，而且谁也难能改变。莫非自己真的落后了？跟不上趟了？像儿子说的那样保守、不解放？也许是吧……儿子出门在外，经得多，见得广，对上面的新精神领会得比自己快。就算是，也不能睡一宿觉就把过去的都忘掉啊！丢一块钱还好几顿吃不香呢，别说一个苦心经营了二十多年的木匠铺！川哪，别怪你爹老脑筋，爹支持你开木匠铺。过去把这叫作资本主义，扯他娘的淡！咱凭劳动，凭良心，走到天边也说得过去，可爹还是为你捏着把汗，这些木料用完了，你还能说来就来？台好开，戏难唱，大头还在后面呢！还有，咱开木匠铺没请示书记官，能行吗？人家有权，管你哩。世道不管怎么变，这号人照常是土皇上……

果然，木匠铺开张的当天下午，书记官来到了他们家。当年老亮父子挨批判，多亏黄兴拿章程，送上了两条香烟四瓶酒才算了结了这场灾难。这码事儿，多会儿提起来老木匠多会儿脸红。他骂自己没骨头、下贱。黄兴劝他说：“亮叔，认这壶酒钱吧，现如今，骨头哪有‘权’头硬！”他认了，只是不住地叹气：“唉，唉，这世道……”

这是旧话。打从那时候起，书记官从没登过门，今儿他来做啥？不知怎么的，见了他的影子，老木匠头皮就发麻，像按了电钮。他认透了一条，在黄家沟，天老大，他老二，平头百姓得罪不起！

老木匠不安地迎上去：“支书，你抽烟！”他赔着笑脸，呈上一根“大前门”。人家没接，没应声，黑着脸走进院子里来，密密匝匝的胡子花儿，一根根都是竖着的。听人说，秀川出外发了横财，回家来还开起了木匠铺，还用上了电机器！一听他心里就火，大队木匠铺倒闭了，你个体户倒兴隆起来了！社会主义不吃香啦！哼，这世道！……

他带有一股气来了。

“支书，你吃糖。”

人家不吃，一脚插进木匠铺里来。他巡视着屋里：一排排锯好的木板遮住了四周的墙；墙旮旯生个大铁炉子烘木头，都烧红了；温润的、暖烘烘的木香扑面而来，直往鼻孔里钻；电锯响，木花儿飞，一屋子生机。小木匠一心干他的活，竟没见支书官驾到。

他越看越气，照直冲小木匠开了火：“秀川，你开木匠铺怎么连个招呼也不打，唛？黄家沟这二亩三分地里还有个管事儿的没有，唛？”

小木匠不慌不忙地将那块木料锯完，摆好，关了电闸，然后拍打拍打身上的木粉，拿起毛巾擦着脸上的汗，抬起头笑道：“俺不懂乡下的规矩，这……这用得着谁来批准吗？城里头自由着呢！”

“哼！城里头叫乱啦，男的女的大白天抱着啃不是，唛？黑市买卖又疯起来不是，唛？工厂里不发奖金不干活不是，唛？咱乡下不能乱，咱黄家沟不能乱！我们这儿，谁也不能隔着锅台上了炕，我这个支部书记还不是块木头牌位！”

小木匠点着一支烟，抽得火头儿一闪一闪的。然后他吐出一个烟圈儿，依然笑道：“你书记去管社会主义吧，俺这儿是资本主义！”

“哦，你搞资本主义还有理啰？你开黑工厂还有理啰？咹？！……”

“啥理？啥主义？有饭吃就有理，有钱花就是好主义！这年头，谁先富起来谁就是好汉子，大官儿都说了！怎么，你反对吗？咹？……”

五十岁的汉子被小木匠堵得无言可对，脸憋得青一阵、紫一阵。他转向老木匠：“师傅，听听你儿子说的啥”？他曾跟老亮学过徒，没成，就改行干别的了。

老木匠愣在那里了。这突然袭来的一场暴风雨把他给打懵了。他万万没有想到，几年前那个生人眼前说句话都脸红的儿子，会说得出这么一番有板有眼的话。也为儿子高兴吗？不，他感到不安。人老了，心钝了，啥社会主义资本主义，分不出个曲直了，可也不能这样得理不让人哪！老实说，他看不惯这位书记官，他那德行，他那作风，够损的了。照他那主义，庄稼人不都得穷死、饿死吗？可儿子也太过火了，不看僧面还得看佛面！孩子，爹知道你心里有气，谁没气？挨批判那滋味你受过，爹也受过。站在台上，当着乡亲们的面，就跟斗地主一样啊！可咱说话办事得讲分寸，过去的那一套做错了改过来，总不能鸡蛋大粪一锅煨呀！总不能说谁富谁有理，那地主老财、富农、资本家不也有理吗？那还要共产党做啥？人哪，走到哪一步都得讲良心。穷也好，富也罢，得长副好心肝。你小子，心野了，野得收不住笼头了，出了几天外，不知道天多高、地多厚了，不知道吃了几碗高粱米了，满口狂活，拿大帽子压人哩！中央的大官儿你亲眼见过？他们咋说的你亲耳听过？庄稼人本分为重，就算是支书他不对，也该忍着点儿，他是领导，咱是平头百姓，官和民能一般大小吗？说是平等，爹活六十多岁，见的不多。再说，今儿这个场合，有爹，用得着你指手画脚？……

老木匠生气了："秀川，你胡说些啥！"

他一边批评儿子，一边端水给人家消气："支书，你喝茶；孩子话，别往心里去。"

儿子一把夺过爹手中的杯，将茶水泼了："爹，用不着跟他低三下四，不是'文化大革命'那时候了，咱开木匠铺，一没偷，二没抢，凭本事挣钱，老天爷也管不着！"

支书说："好，我管不了你，我找公社，找县委！"

小木匠道："好不好你去找省城里的林局长？木料是他批的，木匠铺是他叫开的。怎么样？不认识门儿我告诉你！"

"你、你……"支书涨红着脸，一跺脚转身朝外面走，迈出门坎儿，扭头又丢回那句没说完的话："你、你等着！"

"等着呢！"

小木匠满足地看着支书走出大门口，嘴一撮，吹起了流行的小曲。转过身来却吓了一跳，老木匠晕坐在一块木墩上……

"爹，爹！"

老木匠两眼直直地看着儿子，半晌说不出话来。

小木匠赶紧蹲下来，半跪着一只腿，给爹捶脊背："爹，你怎么了？用不用去找赤脚医生来？爹……"

好长工夫老木匠才恢复过来，长长地出了一口气，缓缓地说："川哪，爹怕要出事哩。"

小木匠笑了："爹，你怕啥？出事儿有我，看看谁还敢欺负咱！"

儿子要主事

日头照常从东边出，照常往西边落。日子顺顺溜溜过了十天，书记官没再来找麻烦，木匠铺照常开。老木匠心里渐渐安生下来："看来世道真的变了，私人开木匠铺真的不算资本主义……"

木匠铺里的主事人不再是他了，是儿子。机器上的活儿他外行，只能当当下手听儿子吩咐。儿子让他站在电锯的对面拖拖锯好的木板，他便拖。儿子让他熬木胶，他便将炉火烧得旺起来。儿子说："爹，把那几个三分的榫眼凿好！"

"噢。"他拿起了凿子和斧头。斧顶敲打凿顶砰砰地响着。不知为什么，他感到一阵说不出的怅惘和酸楚。儿子代替了他，他将退出这个行当的主宰地位。不是嫉妒，不是的！儿子成材他高兴。为什么心里难受，他说不明白。兴许人老了都这样。机器干活快，锯，刨，锯，刨，积下的手工活很多，老木匠累得腰酸腿痛，还是忙不过来。他忽然想到了富宽，让他来合伙子不正好吗？帮了木匠铺的忙，救了他的难，挣的钱三一三剩一地分，比他挣工分合算多了。唉，也可怜他，去找队长要活干，队长说，听说要责任制了，地又少，农业劳力还分不过来呢，你是大队工，去找大队吧！他去找书记，书记说，不是现在兴做小买卖吗？挣钱着呢，你去吧，大队养活不了那么多吃闲饭的。他去买了二十斤山楂，在糖锅里熬了，扎个草靶子，趁着新鲜正月，卖糖枣去，草靶一打出门，就围了一群孩子，这个叫大爷，那个喊叔叔，没出村子就分了十几枝。扛到大集上一看，光糖枣靶子就摆出半里地长，跟龙门阵似的，你吆喝他喊，乱嚷嚷的一片。他傻呆呆地在雪地里蹲了半天，冻得流鼻涕，卖了八角钱。回家来，他把没卖完的糖枣往院里一丢，坐在门坎上就哭，大把鼻涕小把泪。一边哭一边骂自己没本事，他哭，老婆也哭，哭得左邻右舍都替他犯愁、难过。这一回，他赔了十五块钱，病在炕上至今还没爬起来……

老木匠把这想法先跟富宽说了，富宽自然是乐意。又跟儿子商量，小木匠一愣，立刻又笑了："爹，这事你别管了，我去跟富宽叔说。"

老木匠说："你宽叔有难处，咱不拉他谁拉他？人哪……"

"爹，你放心，我准让宽叔满意！"

"唔……"

老木匠不多言了。儿子大了，要主事了。

吃过早饭，秀川到富宽家里去了。那是一座他十分熟悉的小院子，院子的中间长着一棵合抱粗的柿子树。那树已经很老了，铁一般的树干上，落满了斧痕，据说砍得越狠，柿子结得就越多。小时候秀川偷偷地爬上墙头摘柿子吃，那金黄的柿子没经霜打，咬进口里是涩的，涩得他眼都闭在一起了。一只大手揪住了他，是富宽。他吓得哭了。富宽把他拖下墙头，按在树下一只小草墩上坐好，从南墙根下的大瓷缸里捞出两只青皮大柿子，擦了擦水，给他吃。他不敢吃，青的一定比黄的还要涩，这是主人要惩罚他，富宽硬是把柿子塞到他嘴边，他横下心咬了一小口。啊，多么甜哪！他破涕为笑了。富宽也笑了，告诉他这是用开水浸过的柿子，不涩的。以后每年，他都像小客人一样坐在大树下吃柿子了，一边吃一边听富宽讲故事。讲来讲去老是那么几段，什么鲁班学艺呀，鲁班造桥呀……要不是为了吃柿子，他才不坐在那儿受那洋罪呢！总之，这小院子留给他的印象是温暖而亲切的，不管走到哪里，一闭上眼，就会想起那满树的柿子和墙根下面那只大瓷缸……

胶东半岛的气候，早春比三九天还要寒冷。柿子树的枝杈在寒风中抖动。大瓷缸不在了，兴许是怕冻裂，搬进屋里去了，估计那里面也不会有浸柿子了。富宽起来了，坐在炕沿搓草绳，脸色难看得很。炕头上的被窝里面，躺着八十岁的老父亲。屋里很脏很乱，简直没个下脚的地方。像虾子一样弓着身子的富宽老婆，不住地咳嗽着，坐在灶前烧烀猪食。里间外间都弥漫着水汽和烂地瓜的气味。小木匠的到来，给这痛苦沉闷的小屋带来一丝喜悦的气息。

“哎呀，大侄子来了！咳咳咳咳……”

“婶子，来吃你的柿子了！”

“留着呢，留着呢！……”虾子欢喜得什么似的，扶着锅台站起来，什么也没顾得就到橱子里端出一盘柿子。那是早准备好的，个挑个拣出来的，通红透亮，不是热水浸的，是熟透了的。

“就等你来，就等你来呀！……”富宽脸上露出了多久不见的笑容。他手忙脚乱地把稻草掀到外屋去，一边喊着老婆拿烟，一边拍着炕沿说：“坐呀坐呀，大侄子！年前你回来就想去看你，可听说你忙，家里人来人往挤不下，就、就……大侄子，别见怪，你大叔人笨心也笨，不愿凑热火头儿，往常年都给师傅去拜年，今年也没呢！……”

只有躺在炕上的老人毫无反应，眼睛紧闭着，眼窝深深陷下去，像长眠了一样没有一点声息。

富宽把老人的被子往里掖了掖说：“大侄子，俺爹他耳聋，又睡着了，没听见你来呢！嗳嗳，吃柿子呀，这可不是热水浸的，是霜打熟的，都稀了，你擢一个洞眼用嘴吸，就跟喝蜂蜜一样……哎呀，怎么停着呢，吃呀，吃呀！……”

那柿子一定很甜，又有许多年没吃上，他想吃，可是不肯吃，他不再是爬墙头的孩子了，他长大了，懂事理了。吃人家一口，还人家一顿，眼前的这些个柿子是万万吃不得的。

“宽叔，我在外面得了个胃寒病，怕凉呢！”

“不凉，不凉呢，俺家里人多烧火多，温乎着呢！咳咳咳咳……”虾子扔下烧火棍到里屋里来，抓起一个柿子就往小木匠嘴里塞。小木匠紧闭着嘴，推来推去说什么也不肯吃。柿子挤破了，金红色的柿汁溅在小木匠身上。富宽急了，一把推开老婆，拿毛巾给小木匠擦着，擦也擦不净。

“没事呢，没事呢！”小木匠涨红着脸，笑着说。

沉默了一会儿，都没有说话。

虾子唠叨开来，伴着那有节奏的呼嗒呼嗒的风箱声和紧一阵缓一阵的咳嗽声：“大侄子，你出门在外走南闯北，你说说现时这章程对吗？共产党变心眼儿了，不顾咱贫下中农了！”

富宽阻止她：“妇道人，穷唠唠啥，国家大事你懂个屁！”

“咳咳咳咳……俺是不懂，可扯着骨头连着筋呢！木匠铺倒了，又不给活儿干，一家六口子喝西北风呀？还不知老天爷刮不刮呢！这手打鼻子眼就见的事儿，俺能不往心上去？唉，这年头儿，就好了那些有权有势、那些没良心的人！”

“话怎么能这么说！”富宽冲外间屋反驳老婆，“就说大侄子，人家凭技术，凭本事。这叫按劳分配，不吃大锅饭，你懂吗！中国要搞四个化，中央下了新条文，要学外国人哩！咱不能光想自个儿，国家兴亡，匹夫有责，是不是这话，大侄子？”

被窝蠕动了，老人慢慢地把脸转向墙壁，依然闭着眼睛，依然没出一点声息。

“咳咳咳咳……呼嗒呼嗒……”

又是一阵沉默。比先前那一阵子还要长，还要闷。

小木匠难堪极了，富宽婶子的话似乎是冲他来的。他嘴里不说心里觉得可笑：这年头儿，乡巴佬、锅台转儿[①]也谈什么国家大事！经过“文化大革命”，胆子都大过天，中央里的大官也敢指名道姓说三道四，放五七年，十亿人不打上九亿“右派”才怪呢！他不想参加他们的争论，没那穷心思。他想的是木匠铺里做不完的活，想的是赶快把该说的话说完，好早早离开这里。可这种情绪、这种气氛，他插不上嘴。坐不住也得坐。火烧得多，炕燥热得很，屁股底下小虫咬般地难以忍受……

“大侄子，怎么干坐着？不吃柿子你抽烟，孩子他姨捎回来的关东叶子，比现时那些长价烟卷儿强多了，不信？你尝尝！”这一回是富宽打破了沉默。

“咳咳咳咳……”虾子接上了，“唉！俺先头说的是气话，其实呀，天底下管多会都是好人多。大侄子，该怎么谢你们呢？过去你爹拉把俺，这会儿又叫俺进你家木匠铺干，说是帮助，俺心里清亮，他笨得两手对不起个捧来，找谁不比他强？明摆着，这是救俺哪！……”

---

①称乡下妇女为锅台转儿，即绕着锅台转的意思。

小木匠顿时紧张起来，心里直叫苦：“糟了，爹把话说死了！”

富宽又有几分激动了，先前是坐在炕上的，这会儿蹲起来了：“大侄子，你放心，进了你家木匠铺，俺听你吩咐！俺手艺低不错，可俺肯下力气，荒活、粗活你尽管交给俺，保准误不了。你爹说算咱合伙开，挣的钱三一三剩一地分，俺不同意，俺富宽没本事，还有脸皮！机器是你家的，木料是你家的，俺凭啥，到时候你给多少算多少，一个子儿不给俺也干，不冲别人，冲俺师傅，拼死累死俺报答他的心！大侄子，你说俺啥时候上工吧！听到师傅给的这个信儿，俺病立时就好了，身上也长力气了……”

小木匠身上冒汗了。事情到了这个地步，再也不能犹豫了。说实在话，听了富宽两口子那些话，他的心动过，软过，怜悯过，觉得应该照父亲说的那样去做，可是不行啊，富宽大叔，你要进了木匠铺，往后的账谁能算得开？要真像俺爹说的那样去分，荒算你一年要分走俺八千块！八千块能买多少木料？能做多少家具？里外里又能赚回来多少钱？这个账能算吗？吃点小亏中，亏这么大不能干，爹干我不干！他老了，往后的日子是我们的，盖新房子，结婚，电视机、录音机、“嘉陵”摩托……用钱的地方多着呢！要是照城里雇临时工的价码那倒合理，国家规定顶高一天一块七角六，满打满算一年给你八百块。八百块，不少个数儿了，你到哪去挣？可是，人家要是说俺雇工剥削呢？其实啥剥削，国家能雇，私人就不能雇？人家日本、美国开大工厂都是雇人，爱雇谁雇谁，自由着呢！不过眼时还不能出这个头儿，照林局长那话味儿，大头儿还在后面……宽叔啊宽叔，别怪我秀川不留情面，人在哪时随哪时。往后你日子真过不下去了，看在咱两家老关系的面上，再来帮你吧！这一回顾不得了，木匠铺你不能进！

主意一拿定，小木匠立时镇静下来。话该怎么说呢？怎么说才能不伤宽叔的心？

“宽叔，”他终于开口了，“你病了，当侄儿的该早来看你，可整天价穷忙，来晚了，你别往心上去，啊！”

富宽欢喜得咧着嘴笑：“大侄子，这咋说的，你有这心，大叔的病就该好一半儿！”

说话间，小木匠已经从口袋里掏出一张揉褶了的十元钱票子，塞进富宽手里。富宽愣了：“大侄子，这钱？……”

外间的风箱声骤然而止。

小木匠笑道：“侄儿孝敬叔叔的，买点营养品补补身子，好寻思过日子的道儿！这年头，挣钱的门子多着呢，何必非干木匠不可？拿着，叔，往后有啥难处，你尽管找我开口，侄儿忘不了叔的大柿子！哈哈，拿着呀，叔……”

富宽的嘴张了几张说不出话来。

该走了，小木匠站起身来。

虾子走进来，迫不及待地问：“那、那……那木匠铺里还要俺吗？”

小木匠说：“婶子，宽叔有病，养好身子再说吧！”

富宽终于迸出一句话：“大侄子，俺、俺、俺好着呢！”

小木匠依然笑道：“叔，急啥呢，留得青山在，不怕没柴烧。再说，这是俺爹的意思，让我转个话儿。”

“师傅？不，不！”

“哎哟，九点半，耽误活儿了。叔，婶子，我走了！”

他走了，走到院子了，富宽两口子还呆在那儿，不知怎么办好。

被窝掀开了，露出老人愤怒得扭曲的脸：“钱、钱，把钱还给他!”他几乎在吼，吼给儿子儿媳听，吼给院子里的人听。

富宽这才意识到手里还拿着人家的钱。他不顾一切地冲出门去，追上小木匠，把钱坚定地塞进他的口袋里：

“大侄子，俺不要你的钱!”

整整一天，老木匠的心浸在开水中，燎在烈火上。儿子到富宽家去的事他知道了。他想指着儿子的鼻子训斥一通，他想到富宽家去安慰一番。然而没有，他默默地忍受着，把想说的一切都凝聚在斧顶和凿顶上。

呼！呼！呼！

他一刻不停地干着，饭也不肯吃一口。秀枝端着碗站在爹身边，凉了热，热了凉，爹连看也不看一眼。秀枝长这么大，没看见爹气成这个样子，吓得心口乱蹦，也不敢问一句话。她知道爹生哥的气，她也生哥的气，怎么能那样对待老实巴交的富宽叔。她给哥丢眼色，让他给爹赔个不是，让他改变自己的做法，再去跟富宽叔说。他不，这件事硬是要主到底。他认准了，谁的话也听不进去。

两天后，小木匠突然对老木匠说：“爹，俺妹别绣花了，点灯熬夜挣几个钱？让她下木匠铺帮忙吧!”

老木匠吃了一惊：“你听谁说大闺女学木匠!”

小木匠笑道：“城里头木器厂里多的是呢!”

老木匠的心像被咬了一口：“不，不！我的闺女不叫她学木匠。你妹的事你……别管了！……”

“可木匠铺里的活多得干不完，总不能把到手的票子往人家口袋里塞呀！爹，你别老脑筋了，干什么，不一样？能挣钱就行!”

“不，不！……”

门突然开了，秀枝站在他们面前。她显然听见他们的话，温柔的眸子里闪动着从未见到过的那么明亮的、那么热烈的光：

“爹，哥，你们别再争了，从今往后俺不绣花了，俺跟你们学木匠！”

老木匠直愣愣地看着女儿，老半天说不出话来。

秀枝眼里涌出了晶亮的泪珠：“爹，哥，你们放心吧，俺能学会的，俺能！爹年纪大了，往后能干多少就干多少，别出过头力气，俺跟哥哥替你。”

老木匠眼睛模糊了，不知为什么刹那间眼前出现了秀枝妈的影子，他慢慢地低下头，沉思了许久、许久。又慢慢地抬起头，直盯盯地望着女儿的脸：

“孩子，你真的愿意？”

秀枝点点头：“嗯！”

“这活儿是男人们干的，又脏又苦，你受得了？”

“嗯！”

“好孩子，早去做晚饭，吃过了，爹给你讲咱们的老祖师鲁班的故事。”

“嗯！”

“秀川，你也去，帮你妹烧把火，让她再炒几个菜……”

忍不下

那天晚上借着酒力，老木匠好言将儿子劝说了一番，可儿子听不进去，还不软不硬地顶撞了他几句。这是秀川进黄家门来的头一回。小伙子帆头正猛，十二级风浪挡不住。老木匠不愿把这些家务事说给外人听，怕人家笑话，憋在心里难受，就走了一趟穷亲戚，跟老姐姐唠了一晚上。老姐姐是个开通的老太太，有儿有女自己“蹲”[①] 着过，图个心静、气儿顺。她劝老木匠说：“兄弟，你是个明白人，怎么净办糊涂事？现在这些小青年儿，跟我们那时候不一样，老礼道不论了，老规矩不讲了。自己的骨血都生分，秀川不是咱黄家根，怎么能可着你的心儿长？往后他的事你少管就是，给他们成亲，分出去过，不就一了百了了？土埋半截子的人了，还图个啥？图了一辈子好心眼儿、好名声，老天爷也没睁开眼看看你，倒落得咱黄家断了烟火，绝了后人……”说着，老太太就抹眼泪儿，抹得眼圈儿通红。

第二天，老木匠摇摇晃晃回黄家沟去。傍晌的春日头，晒得棉袄里面暖烘烘的。他像多喝了酒，脑子里昏沉沉的，啥事儿也想不出个头绪来，索性啥事也不去想。望见他的村子了，望见村子上空做晌饭的炊烟了。站在这儿，他能分得清哪一股烟是从自己的屋顶上冒出来的。年轻时外出做工回来，总要在这儿停一停，只要看见那屋顶冒烟，心里头就顿时涌上一股不可遏制的暖流。然后，他屏住激动的心跳，大踏步地走进村子里，扑进那个温暖而亲切的家……然而现在，他不愿回那个家了。那个家过去是那样贫穷而和谐，现在是这样有钱而烦恼。就这样站了许久，望了许久，他觉得有些累，就在一块向阳背风的大石砌上坐下了。石头是温热的，他又慢慢地躺下来，闭上眼，把耀眼的太阳和外界的一切都闭到眼睛外面去。噢，多么安静，多么舒坦！他真想永

---

①方言，和儿女们分开过日子。

远永远这么躺下去，永远永远不再睁开眼睛，永远永远不再为人世间的事烦恼。然而不行，又想起了儿子，想起了老姐姐的话：秀川不是黄家的根……给他们成亲分出去过……自己也像老姐姐那样孤苦伶仃地打发晚年……老木匠的心颤抖了，悲哀的老泪夺眶而出，淌过两颊重重叠叠的皱纹，落到石头上，渗进石缝间。这样的悲剧会真的落到自己的头上？老天爷会真的这样瞎眼？人会真的这样无情无义？他突然想，在和儿子的关系上，是不是自己太过分了？儿子对自己有什么过不去的地方吗？没有，没有啊！说到底，是他看不惯儿子，自他从城里回来的那天晚上就有些看不惯的地方了。儿子变了，一只看不见的手把他捏得走了样儿，这只多么大多么有力量的手。他自知扳不过这只手，谁也扳不过这只手。这也许不能怪儿子，得怪自己，怪自己脾气犟，认死理儿，不能顺潮头儿。如今谁不见钱眼开，人情值几个钱？为争财产，打爹骂娘的多的是，可儿子将几年挣的两千块钱一把儿交给自己，还能要求儿子啥，天上刮风，地上树动，儿子不过是片嫩树叶子，能不摇？能不动？随了儿子吧，顺了世道吧！老姐姐说的是，土埋半截子的人了，还图个啥？随了，顺了，他娘的！有钱吃了喝了，啥话不问，啥事不管，权当聋了瞎了！权当这个家里没有我黄老亮！

老木匠懒洋洋地伸了伸胳膊腿儿，迷迷糊糊过去了。像是睡着了，又像是没有睡着，脑子里老是转着几十年前、几十年后的事儿。他老爷是黄家头一辈木匠，老爷死了传给爷，爷死了传给爹，爹临死的时候嘱咐他两条：一条是别丢了黄家的手艺，一条是别败了黄家的门风。回顾大半辈子走过的路，可以毫无愧心地说：他对得起老祖宗的在天之灵。如今他老了，在他要把这祖宗遗训传下去的时候，却没有人接了……不，不，不能随儿子！随他一桩，就要随他两桩三桩，长此下去，我黄老亮活着没脸见乡亲，死了没脸见祖宗。俺黄家子子孙孙在世为人、下地为鬼，没出过一个孬种！旧社会也好，新社会也罢，提起黄家沟老黄家的木匠，哪州不知，哪县不晓！今天，你黄秀川也不能破这个规。不错，你不是黄家骨血，可你是在黄家长大的，俺对你比自己的骨肉还亲哪！进了黄家的门儿，就得长黄家的心术。论手艺你长进得比爹强，俺听你的。这人情世故，你还得听爹的。别以为你什么都懂得。说到底你还年轻，爹走过的桥比你走过的路还长啊。你不让富宽一起干，不让就不让呗，你拿十块臭钱往人家手里塞，这不唾人家脸上么！晚上睡觉你耳朵根子就不发热？满村里谁不在背地里骂你！大队木匠铺倒了，庄稼人家什多，锄镰锨镢样样不方便，求到咱门下了，看你是啥态度？动动你的斧子你嫌砍钝了，使使你的锯你嫌拉弯了，用你巴掌大的块木头你心疼得要跟人家算钱……乡里乡亲，低头不见抬头见，你怎么就好意思？你心肠啥时候变得这么硬？忘了灾荒那一年，爹用自行车驮着你和你妹挨村挨户地吃百家饭？不然的话你们都得饿死，哪还有今天呀，孩子！不，不能随儿子，不能啊！不管你是哪家根，俺都要管你，俺是你爹！

老木匠再也躺不住了，忽地爬起来。睁开眼睛一看，富宽不知什么时候蹲在眼前，旁边放一担湿柴禾。他棉帽摘在手里，手上冒着热气；棉裤被后山没有化的雪湿了半截子；脸被树枝划得横一道、竖一道，血迹还没有来得及凝干……

“嘿嘿，师傅，俺当是个醉汉，看看是你。你咋跑这儿来睡觉？家里炕头热，烧得慌？”好心的富宽哪，就跟什么事情没有发生一样，快活地开着玩笑说。

老木匠不敢抬头看富宽的眼睛，只小声回他的话:“这石头上挺温乎……”

“风凉啊，师傅，你得当心。俺知道你那老咳嗽病一受凉就犯，跟俺虎儿他妈一样。亏得大侄子给你捎回好药来……”富宽一边说，一边伸出一只手上上下下摸那石硼。

老木匠心里一热：“你……砍柴烧吗?”

富宽顿时变得兴奋起来：“师傅，俺有活儿干了，给大队砍柴禾，送给五保户、烈军属，还有支书、大队长家。包工活儿，五百斤记十分。没想到俺这斧子上的工夫还真用着了，昨天砍了八百，今天要过千哩！看把虎他妈高兴的……”

老木匠慢慢地闭上眼睛，很久很久才终于抬起头，直直地看着富宽的眼睛，看得他愣神了：

“师傅，你？……”

老木匠还是直盯盯地看。要穿过他眼睛，看透他的心。

“嘿嘿，师傅，嘿嘿，师傅……”富宽像个被看羞了的小姑娘，两只粗裂的大手对在一起搓来搓去，简直没地方搁了。在师傅面前，他永远把自己摆在一个不及格的小徒弟的位置上。师傅身上有一股巨大的威慑力，足以使他折服，使他顺从。师傅说一句话，他从来不会怀疑这句话的正确性；师傅要他做一件什么事，他从来不考虑这件事该不该做，而只是全力以赴。秀川不让进他家木匠铺，还说是传师傅的话，他不信；那十块钱足足使他难受了好几天，可这与师傅有什么关系！假如秀川传的真是师傅的话，假如那十元钱是师傅给他的，他马上会改变原来的想法而欣然接受：“师傅是为我好的!”因为师傅从来没有害过他，也没有害过任何人。在他的心目中，师傅是圣洁无瑕的。他说不清征服他的是一股什么力量，只知道这力量来自师傅心中，那样亲切，那样温暖。他从来没有怕过师傅。在几十年的陪伴中，他把师傅当成年龄不相称的慈爱的父亲。这也许就叫崇拜。师傅，你为什么这样看着俺？俺做错了吗？那码事算个啥，俺都快忘记了呢。俺没生你的气，真的没！这阵儿连大侄子的气也不生了。凭啥生人家的气？凭啥人家非得拉把着俺？该你的？欠你的？想起来俺自己都脸红，五十多岁的人了，还像个孩子！从今往后，俺照你过去说的话做，挺起脊梁骨儿，自个儿去找过日子的道儿，有啥本事吃啥饭，不怨不攀。师傅你放心，以前俺是跟你跟惯了，一离开就觉得离了靠山，上不够天，下不着地。再惯了，就好了，俺会好好过下去的。这几天俺才琢磨出个理儿来：海水深了什么鱼都有，林子密了什么鸟都有，天下大了什么人都有，哪能都长师傅你一样的心肠……

老木匠嘴唇动了动，似乎想说什么，可是什么也没有说出口。他缓缓地抬起一只手，放在富宽的手背上。放了一会儿，又轻轻地拍了三下，然后起身朝村子里走去。

“师傅！”富宽喊着。

他停下了，却没有回头。停了一会儿，又朝前走去。

富宽惶恐起来：“师傅怎么了呢？”他急忙挑起那担至少也有二百斤重的湿柴禾，拼力地朝着追去。

“师傅！”

师傅再也没有停下。他走得那样急，逃似的。脚底下踉踉跄跄，真担心他会摔倒。看后影儿，完完全全是一位老人了。

富宽追不上，气喘吁吁地停下了，心里难过得想哭：“师傅生俺的气了。师傅，那码事儿俺真的没往心上去，真的呀！谁撒谎是个王八！往后，你要是还用得着俺，就尽管打招呼吧！……”

老木匠进了村，老远就看见自己家门口围了好多人。他的两只脚挪得慢了，心里也不由得一紧：“怎么，又出事了？”

东胡同黄老和的大儿子“洋相包”黄小和，扛着一把镢头挤开人群走出来。立刻又有一群人围住他，七嘴八舌地问。

“小和，打个镢扎真的要两角钱？”

小和说：“这还有假？收钱的时候人家手里连哆嗦都不哆嗦一下！”

“嗨嗨，怎么就好意思？大材上锯下来的下脚料，留着不也烧火了！真他娘的抠到腚眼儿了！”

“这有啥不好意思，杀不得穷人、做不成财主！旧社会是这样，往后瞧好吧，脱不了也这样！”

有人冲门里骂起来：“他小子白吃了黄家沟二十年大粑粑（饼子）！当初俺就说，别人的肉贴不到自己骨头上，老亮哥不信。这会儿怎么样？听说把老头子给气跑了！”

有人出来阻止：“小点声儿，叫人家听见多不好！”

“听见就听见，不看着老亮哥的面子，叫他在黄家沟过不安稳！”

小和一边儿往人群外面挤，一边儿拉长腔道：“穷咋呼啥？吃饱撑的不是！有本事你开木匠铺！有本事你找当官的走后门！合理合法，正大光明！要是俺开木匠铺，打个镢扎要八角！”

“你小子更狠！”

“狠？嘿嘿，无狠不丈夫！”

人们轰地笑起来：“这家伙，乱拉茶壶盖儿！”小和也不纠正也不笑，摇摇摆摆朝外面走，口中念念有词：

“五十年代那个人帮人哪，登格里格楞；

六十年代那个人学人哪，登格里格楞；

七十年代那个人整人哪，登格里格楞；

八十年代那个，那个……”

下边没词了。“登格里格……”一抬头看见了老木匠，吓得他扭头就跑。

“和侄儿，你等等，等等！……”老木匠喊着。

小和头也不回地逃去了。门口那些人也悄然而散。大街上只剩下老木匠孤零零的一个人。太阳光把他影子歪斜地拉长在铺着石块的凸凹不平的街道上。他茫然地站着，站了那么久，才一步一步往家里走。门口左手的砖墙上，就挂了一块炕桌大小的方木牌。那木牌用各种广告色精心描画过，很像城里街头巷尾那些商业广告牌，只是少幅美人画儿。左上角画着个圆圈，圈里写了两个半圆形的美术字：“黄记”。

木牌上方写着“为您服务”四个仿宋体大字，字下面配着曲曲折折的颇像外文码子的汉语拼音字母。木牌的正中间打满了横横竖竖的格子，格子里填写着各种项目的价钱。老木匠眼花，朝前凑了凑，仰起脸，眯起眼睛，依次看下来：

捷克式大衣橱：250 元；

日本式双人床：185 元；

三扇门立柜：190 元；

……

打镢扎：0.2 元；

换镰柄：0.5 元；

勒风箱：1 元；

小桌凳：0.8 元；

……

其他项目，量料量工而定，价钱合理，技术先进，实行三包，欢迎光临！

老木匠想摘下那木牌，可那木牌的挂钩是用铁丝扭在墙缝间的大铁钉上的，怎么也摘不下来。埋得很久很久的一腔怒气，藏得很深很深的一腔痛苦，终于像火山一样爆发了。都说老实人发火儿，天老爷挡不住，可真是！老木匠双手把定木牌的两边，眼珠子瞪得充血，“嗨”的一声将木牌扭动起来。这双拉过五十年大锯却无法掌握自己命运的大手呵，在那暴起的青筋上面到底凝结了多少力量！木牌被扭动了一圈又一圈，三股合在一起有指头粗的铁丝发出“吱吱”的响声。那些离散而去的乡邻们，不知什么时候又回聚而来，站在老木匠身后稍远的地方看着他。

“嗨！吱——，嗨！吱——”

人们都被老木匠的举动惊呆了，谁也不敢说出一句话。

“嗨！吱——，嗨！吱——”

多么结实呀！老木匠冒汗了，胳膊担得酸疼了，可他不肯住手，扭啊，扭啊。终于铁丝发出清脆的断裂声，木牌扭下了。他站着喘了一会儿，然后一步步走进院子里。

“秀川！”他吼叫着。

秀枝出来了！眼圈儿通红。她哭过。

“爹……”

“你……哥呢？”

“……”秀枝委屈地看看屋里。

“秀川！”老木匠又吼了一声。

屋里依然没有动静。

老木匠颤颤抖抖举起那木牌，用尽平生力量朝屋门上摔去。站在门口的秀枝吓得“哇”地惊叫了一声。躲闪来不及了，木牌的一角擦过她的左额角，落到风门上。玻璃碎了，秀枝捂住额角的指缝间渗出了血，木牌在一边，只是裂开了一条缝儿。

老木匠呆了，也似乎清醒了：“我这是怎了呢？疯了吗？疯了吗？”他在心里问自己。他看到了满地亮晶晶的玻璃碴儿，看到了秀枝淌下脸腮的鲜红鲜红的血。他想走过去，抱住心爱的女儿放声大哭一场。他想对女儿说：“爹的不是，爹的不是，爹对不起你，对不住你埋在地下的妈……”然而不行，脚下那么重，想迈一步都抬不起来，头胀得很大，眼前飞着数不清的金星，这房子、这小院子摇晃起来，渐渐变成混沌的一片，胸口也憋得厉害，透不过气来。一股热漉漉的东西涌上喉头，吞下了。他支撑不住，要倒下……不，不！心里明白，想喊，却喊不出来。他突然睁大眼睛，朝女儿惨然一笑，张开两只手臂，向前踉跄了两步，在惊魂未定的女儿刚要上前扶住他的那一刹那间，沉重地倒下了……

“爹！——”

秀枝哭喊着，不顾一切地扑过去。

看眼儿的人们涌进院子里，围住老木匠，七嘴八舌地喊着：

“老亮哥！”

“亮叔！”

“师傅！”

“亮爷爷!”

老木匠直挺挺地躺在院子里，像是沉沉地睡去了，怎么喊也听不见了。

小木匠这才慌慌张张地从屋里冲出来，扑在老木匠身边儿，双手抱起他的头，喊着：“爹！……”

依然没有回声。

小木匠的脸顿时变得苍白，汗水雨点般地淌下额头。他抓起爹的手，手冰凉得吓人，呼吸没有了，只剩下喉间断断续续的呼噜声……

小木匠哭了。秀枝也哭了，兄妹俩你看我、我看你，慌得不知怎么办好了。

不知是谁喊了一声：“还不快找医生!”

小木匠飞身而起，发疯般地冲出门去。一边跑，一边哭……

唉，这个家呀，这座小院子！……

儿子在哪里

毕竟是春天了。

高山背坡的雪也化尽了。富宽上山砍柴禾已经用不着穿那条又厚又笨的老棉裤了。一个春天他从山上砍下来50万斤柴禾，硬是磨秃了两把新斧头。大忠开始在他承包的八亩麦子地里拉锄头，冻了一冬天的泥土，真暄透呀！他敞开棉袄怀，一边拉一边哼几句老京戏，东一处西一处，无数把锄头牵动着无数团泥尘，在绿地毯般的原野上滚动。黄兴和小金子从东北捎信回来，说那儿还是冬天，新近还落了一场雪。信是捎给大忠的，要他马上到那里去。干了两个月，他们每人已经挣了八百块。真个犟大忠，说挣一千块他也不离开黄家沟！

生活就是这样艰难、这样乐观地向前走啊走。何必自寻烦恼？何必自取忧愁？过了今天就是明天：贫穷也好，富有也罢，明天离你同等远近。木匠铺倒闭的那个寒冷的黄昏，大家凑在一起唉声叹气，为明天的生计犯愁。可是今天不就是昨天的明天吗？人们都重新找到了各自不同的生存方式。古语说得好：天无绝人之路。胶东老乡说得更白：老天爷饿不死没眼的野鸡。人生在世应该有这样的勇气：不管命运安排在你前面的是幸福或是苦难，走上去承担它就是。

老木匠承担的已经太多了。在他倒下去的一刹那间，心里什么都明白：留恋他的草房小院子、他的女儿、他的斧头和锯，留恋给了他这么多苦难（也有欢乐）的人世间。同时他又感到从未有过的轻松：倒下吧，放下这沉重的担子吧！我……再也挑不动了……

挑不动也得挑啊，为了你没成家的女儿，为了儿子开起来的这个木匠铺，为了明天的日子。儿子走了，许是又到省城里去了。没告诉爹，没告诉妹，就在把住了两个月医院的父亲接回家的当天晚上，拉开门悄悄地走了。什么都留给他们了。一个多月过去了，不见信来，也不见人归。老木匠想儿子想得如痴如呆。穿上皮袄就落泪，听见电锯响也落泪。他不知问过邮递员多少次，问儿子有没有信来，也不知到停车点等过多少回，常常从早晨站到黄昏，秀枝怎么拖也不肯回去。他逢人就唠叨，说儿女对他多么孝顺，在医院里怎么给他端屎端尿；说儿子什么好东西都买给他吃了，病床旁边那个小柜里总是塞得满满的；说医生、护士还有一块住院的老哥们、老姐们怎么当着面夸他有福气，儿女双全，又都这么知道疼老人……

“唉唉，是俺不对，不该那样对儿子，不该呀！俺老糊涂了，白活六十多岁。孩子有不是，说说就是，怎么还用得着动肝火呀！再说，现时的人差不多都这样顾钱，还能求儿子两样，这会儿俺想开了，年轻人有他们的路啊！儿子生俺的气了，他走了，不愿意跟俺这老头子一起过了……”

说着，又落泪。

人们都惊讶而悲哀地发现，老木匠不再是过去那个老木匠了，他真的老了，人老了，心也老了。儿子把他的魂儿带到很远的地方去了。他是个死而复生的人。他对重新回到的这个世界感到格外温存，格外亲切。他的心境变得无限平和，像春天湖里面的水。一个人性格的形成多是在他童年、少年时期，而要改变这种性格往往在垂暮之年。

儿子又走了。他无法将这个木匠铺开下去。老木匠住院前卖出了头一批家具，那是儿子设计、机器加工、他亲手安装起来的。乡下人从没见过这么新鲜漂亮的式样，又有老木匠严丝合缝的手艺，自然出手容易。头一炮打响了，黄秀川木匠铺出名了。订货的人蜂拥而来。那些到了好年龄的青年男女，宁肯不要公家木器厂的家具，宁肯多花几十块钱，多跑几十里路，也得到黄家沟黄秀川木匠铺来，买一套结婚的嫁妆。

“哪个黄秀川？”有些做父母的老人问。

“黄老亮的儿子！”

“哦，知道知道，老亮师傅的手艺，那准错不了，鲁班的真传！”

“鲁班早死几百辈子了!”

“你们年轻不知道，黄老亮八岁就上终南山拜鲁班为师，起先鲁班不肯收……”

“那是故事，说的是鲁班上终南山……”

“不对，是真的！老亮上终南山!”

“鲁班!”

“老亮!”

……

卖出头一批货就挣回三千块。小木匠红眼珠子了，爹住院期间，拼死拼活地干。五分的料改成三分；家具后面该开榫的地方改用铁钉钉；木料不干也顾不得烘烤，带湿上……

第二批家具又出手了。那些天是木匠铺的鼎盛时期，大街上来运家具的汽车、拖拉机、马车、手推车从早到晚来往不断。这些看上去很漂亮的家具，经过装车卸车几折腾，又让大春的干风一吹，有的散了骨子，有的裂了缝。庄稼人只有结婚成家才勒紧腰带置办一套新家具，一辈子的事儿，有的还要传给儿孙后代，又是好几百块钱的大件子，实在不容易，自然是不肯罢休，就来找小木匠退货。小木匠不认这壶酒钱，说一手交钱一手交货。出了门儿不管，这是买卖场上的规矩。买主们火了，三五成群地串通一块儿，把那些损坏了的家具都拉回来，骂骂咧咧地搬进屋里、院子里，人也赖着不走，要吃大户了！小木匠吓得连面都不敢照，秀枝又是个女孩子，拿不出章程来，只得跑到医院去找爹。老木匠出院回来的那一天，尾巴已经甩到大街上了……

小木匠就这样走了。爹出面请了三桌大客给人家赔不是。当着众人的面，老木匠惭愧得说不出话来。倒是秀枝趁端菜的工夫，壮了壮胆子说了爹的意思：不想要货的当场退钱；想要货的留下重修重做，保管大家满意。买主们见是这般诚心，火气顿时消了，都说冲着老木匠，要货不退钱。散了席老木匠就去抓斧头，秀枝把住他的手说：

“爹，医生说你病还没好利索呢!”

老木匠亲昵地摸着女儿的手，恳求说：“好孩子，让爹干一会儿吧，啊？摸着斧子锯，心里有底，爹的病就好利索了。”

秀枝松开了手。

“砰，砰，砰……”

大病后的老木匠，手下竟还是那么有力量。

秀枝开了电锯，小心翼翼地锯开了头一块荒料。是哥教给她开电锯的。哥在的时候她害怕，不敢动。哥走了，她不开谁开？

富宽来了：“师傅，俺来帮你忙了。干完这些活儿，俺还上山去砍柴禾。”

大忠来了：“师傅，俺来帮你忙了。地里还冻着，麦子还锄不上呢。”

秀川把挣来的钱全部留在家里，自己是空着口袋走的。老木匠把这些钱大半都用在重修重做这些家具上。他对秀枝说：

“剩下的钱留着，等给你哥捎去。他出门在外，没亲没故……”

秀枝点点头，扭过身去，悄悄地抹眼泪。哥在哪儿呢？

毕竟是春天了。

老木匠到停车点去接儿子，站了多半天也不觉冷。急盼盼望来一辆班车，又失望地送走了。儿子在哪儿呢？

他拍打着驾驶室的窗口：“师傅，俺秀川没坐这班车？”

“什么？”

“秀川，俺儿，在外面做木匠营生……”

留下笑声、骂声，留下滚滚的烟尘，车子跑开了。

老木匠一天比一天消瘦，头发、胡子几乎全白了。六十几岁的人，看上去七十还多。本来一开春就转好的老咳嗽病，今年也不见强。咳嗽得腰也弓下来，行走需得拄拐杖。眸子里的光一天天暗淡下来，像雾蒙蒙的天空。只有在别人提起他儿子的时候，才会突然迸发出明亮的火光来：

“秀川？俺儿？在哪儿？”

“就会回来的。”人们安慰他。

“唉唉，是俺不对，不该那样对儿子，不该呀！”话没说完，就又急急忙忙点着拐杖朝东南走，到停车点去了。不管刮风或是下雨，谁也阻拦不住。

日子一天天然下去，忧伤的云霾始终遮掩着老木匠心中的太阳。木匠铺荒废了，日子没人打算了。秀枝急得团团转，又担心哥在外面受罪，又担心爹会熬垮。没办法，去把老姑姑搬来了。好个老姐姐，软话硬话，兄弟长、兄弟短，把老木匠劝说了大半宿，还留下来陪他两三天。可就像中了邪，怎么劝也劝不过来。可怜的老木匠啊，一提起儿子就眼泪汪汪，饭水也下不去了。老姐姐疼兄弟，心里煎熬得受不了，拾掇拾掇回家了。走的时候嘱咐秀枝，看着爹点儿，别出事儿。秀枝扑进姑姑怀里，哭成个泪人儿。

一天大清早，老木匠接头班车落空了，却见车上走下来个陌生的乡下女子。这女人五十开外，黑瘦脸儿，大脚片，头上蒙着条白毛巾，手里提个小包袱，一打上眼就看得出是个外乡人（本地妇女是不蒙那白毛巾的）。那女人下了车，两只脚像没地方搁似的，东转转，西望望，老半天没挪出一步，显然是不知道往哪里去好。老木匠一是看她作难，二是站着无聊，就走上去搭话：

“大妹子，你?”

那女人忧虑不安的脸上机械地皱出些笑容来：“大哥，俺……唉——”显然有话，只是不愿说出口来。

老木匠不安起来：“你有啥难处？掉了东西了？让小偷掏包了?”

女人苦笑着摇摇头：“没呢，大哥。俺……”

“咳咳咳咳！……”他急得咳嗽起来，“嗨，有啥难处就说嘛，出门在外谁不兴许用着谁？远乡亲、近乡亲都是穷乡亲，还客气个啥!”

女人被说得动了心，鼓起勇气说：“大哥，俺跟你打听个人。”

“谁？说吧!”老木匠用手指着周围的村子说，“这南庄北岭二十多岁往上的，俺差不多都认得。”

“他是个有名的老木匠。”

“嘿，俺们这儿是木窝，多着呢!”

“他是黄家沟人。”

“哦……”

“他叫黄老亮。”

“啊？……”老木匠愣了。她是谁呢？老黄家没有这么个外乡亲戚呀！他不由得上上下下打量着这女人，忽然觉得有些面熟，那眼睛、那鼻子像一个人，像谁一时又悟不出来……

“大哥，你认识他?”

“噢，认识，认识……”老木匠支支吾吾地答应着，心里越发奇怪了。

那女人一下子变得激动起来，双手将小包袱擎到老木匠眼前：“大哥，托你把这点东西捎给他。听说儿子惹他生气了，他病在医院里，俺庄户人家，没啥金贵东西，托人到东北买了点人参，给他泡酒喝。都说喝它长寿。他那样的好人活一百岁也不多！大哥，你千万千万捎给他，你就说俺今生难报他的恩德，来世再报答他……”

说着，那女人流下泪来。

“你……是谁？”

“俺是个没有良心的母亲！”

母亲紧咬住嘴唇，不让自己哭出声来。她猛地将小包袱塞进老木匠怀里，转身就走。

什么都明白了。老木匠喊起来：“你等等！”

她奔跑起来，放声大哭了。

老木匠点着拐杖就追：“大妹子，你等等，俺就是黄老亮啊！”

她猛地站住了，也不再哭。她慢慢地转过身，嗵！跪倒在地。老木匠慌忙上前去扶，可她怎么也不肯起来：

“黄大哥，俺不是来找儿子的！儿子长大成人了，俺不再牵挂他，也不再想见他。俺是来谢你恩德的。二十多年，俺什么都打听清楚了。俺不知到这儿来过多少回。儿子小时候，想给他送点吃的、穿的，送几个钱上学念书，可俺只能在这儿站着，猜想哪一座房子是儿子的家。俺不敢走进去，不敢登你家的门槛儿。俺是个有罪的人哪！这一回是听说你病得挺重才来的，今生今世见你一面比什么都好。黄大哥，儿子是你的，俺不是来找他的，真的不是！”

她又哭起来。

老木匠的眼睛也湿润了。他理解这个可怜女人的心。是的，作为一个母亲，她曾经是有罪的。可她的罪已经赎完了。二十多年心里的折磨是难以忍受的，这样的惩罚还不够吗？现在，她有做母亲的资格了，能让她见到自己的儿子该有多好！可是儿子走了……老木匠忽然觉得自己也有罪，觉得自己不如这个跪在地上的女人——儿子的母亲。这些年来，老实说他想到她的很少。即使想到了，也多是怨恨，少有可怜。他甚至担心过，担心有一天她会找上门儿来，哭着闹着要儿子。他想过，倘若真有那么一天，他将和儿子、女儿，还有黄家沟的乡亲们一起将她赶走。而她，原来是这样一个人。她来过，来过许多次，竟然不肯进村，不肯进他的家门。今儿个她来了，不是要领走儿子，是来报恩报德的。天有眼，地有心，恩德在哪儿！……老木匠的心颤抖了。他生了一个奇怪的念头：人都有罪。有的人罪重，有的人罪轻；有的人罪在行为上，有的人罪在心里面。谁心里有罪，谁自己知道……

“大妹子，快起来！咱们……回家去！”

老木匠双手把她扶起来。然而她不肯去。

“去！咋不去？儿子的家，又不是两厢旁人，往后，咱们是亲戚啦！”老木匠温和地笑着说。

她终于犹豫地挪动了脚步。

老木匠拄着拐棍在前面引路。他积满悲伤的心中涌起一股说不出的兴奋与激动。到底没有白等，儿子没接来，接来他的母亲。哦，往后别叫大妹子，叫亲家！

老木匠把秀川妈接回家来的消息，没半天的工夫就传出去好几个村子。睡前饭后，家家都在议论这件事：

“嗨！在世为人，能做到老亮这个样子，就算是不容易了！”

老亮待秀川妈当高客，似乎只有这样才能减轻心中的愧疚和对儿子的思念。第二天秀川妈要走，他从银行里取回那两千块钱给她。她怎么肯收呢！

“黄大哥，俺成什么人了？”

“亲家，这是儿子挣的钱，你当妈的该花！”

秀川妈双手捂住脸，又哭了。

秀枝在一边儿帮着爹说话：“大妈，俺哥走的时候说了，这钱存银行里留给你。”她撒了个谎，脸都红了。

老木匠说：“亲家，儿子是这么说的。你要不收下，他回来俺要落埋怨的。”

推来推去推不出去，秀川妈收下了：“也好，留给他们结婚吧！”

老木匠和女儿把秀川妈送到停车点。上车前，老木匠说：“等儿子回来，俺让他再去接你来。”

自那以后，人们发现老木匠的心境好多了。脸上偶尔露出些淡淡的笑容来，眸子里有了光亮。木匠铺里又响起了“呼呼”的敲打声和小电锯的呐喊声……

深夜，在女儿睡了的时候，老木匠屋里的灯悄悄地亮了。他从箱子底下拿出那尊椿木雕刻的斑驳碎裂的鲁师傅，恭恭敬敬地放在小炕桌上，长时间出神地凝望着，心里说着些只有他自己才明白的话。从很多日子以前开始，他就悄悄地这样做了……

儿子还没有音信。

明天的故事

有人说小木匠在城里又发了大财，林局长招他做养老女婿了；

有人说根本就没有这回事，林局长门槛儿也不让小木匠进了，他家具打足了，不再用小木匠卖力气了；

有人说林局长下台了，小木匠又靠上了另外一个李科长，在一家建筑公司当工头，动嘴不动手，一个月能挣一百来块；

有人说小木匠又宿澡堂子，又当临时工挣“豆西拉”（1.76元）了；

有人传得更吓人，说小木匠让电锯截断了一只胳膊，不敢再回黄家沟，怕老木匠不肯收留他。前两天还有人来告诉老木匠，说他亲眼见过小木匠，如今他在城里租了一间房子，开了个家具修理部，买卖挺好。小木匠反对那个人说，他不重新干出个样儿来，不回来见爹和妹，不回来见黄家沟的父老乡亲。看样子挺难过，说着说着就哭了……

现在听了这些传说，老木匠似乎不那么激动，只是默默地毫不动摇地做着心里想做的事。他花高价上市场买来上等的好楸木，给儿女们打结婚的箱柜。没雕龙，没刻凤，老古样子儿女们看不中，给他们打捷克式的，嫌木面粗，上上下下用手掌磨过三遍。秀枝想哥，常常流着眼泪问爹：“俺哥还能回来么?”老木匠笑着安慰女儿：“傻孩子，不回来他能上哪儿去? 别看天底下这么大，离了黄家沟，没他立脚的地场!”

小木匠一手开起来又毁掉的木匠铺，渐渐恢复了生机。买不到木料就承包外料，打箱打柜，做门做窗……虽说不能发财，却也买卖兴隆。活儿多得做不完，老木匠又想到了富宽。富宽说：

“师傅，俺老了，干一辈子也是个撸生①木匠。让俺刚下高中

①手艺不精。

的老三跟你学个徒吧!”

老木匠想了想，一拍大腿说：“好，死前俺再收这个徒弟！可千万别像他老子那样笨。今儿晚上你领他来，别吃饭，让秀枝炒几个菜，喝点酒，咱讲几段鲁师爷的故事给他听……”

富宽说：“今儿晚上大侄子能回来该有多好!”老木匠抬起头，望着高远的天空，喃喃自语道：“秀川，回来吧……”

哦，这个家，这座小院子，明天将会发生什么呢？明天的故事谁来讲下去？

……

一九八一年八月至一九八三年五月于威海

秋天的思索

张炜

【关于作家】

张炜，1956 年生，山东龙口人，毕业于烟台师范学院中文系。1975 年开始发表作品。张炜在长、中、短篇小说及诗歌、散文、杂文、儿童文学等文体上皆有成就。短篇小说《声音》获 1982 年全国优秀短篇小说奖；长篇小说《你在高原》获得第八届茅盾文学奖；长篇小说《少年与海》获第十三届精神文明建设“五个一工程”图书奖；长篇小说《寻找鱼王》获第十届全国优秀儿童文学奖。作品被译成英、日、法、韩、德、瑞典等多种语种在数十个国家出版发行。2019 年，其长篇小说《九月寓言》入选“新中国 70 年 70 部长篇小说典藏”。

【关于作品】

王三江是小雨的父亲，民主选举中落选了的大队长——人们对这个只喝酒不做事情的大队长再也不能够容忍了。落选后，王三江沉寂了一段时间，但很快再次走到人前，带领三十六户在海滩葡萄园承包合同上签字。承包葡萄园后，王三江很快把当年做大队长时搞熟的门路全利用起来，又让三十六户用力地做，葡萄园果然有了不少起色，收获自然颇丰，但王三江只从超产中抽出一小部分平均分配，其余的全部交公，三十六户敢怒不敢言。看守葡萄园的青年人老得，他外表懦弱，内心却充满思索，如何战胜王三江，以及生活中的诸多“原理”都是他思索的内容。看守员铁头叔发现了葡萄园账目的疑似问题与王三江的经济劣迹，开始暗中打探。被发现后，铁头叔的生活中出现了不少怪事。很快，铁头叔被逼走，老得也因此事对王三江产生了仇恨，他慢慢发现人人都怕王三江。但他不明白的是为什么大家民选时不怕把王三江选下，现在反而对他更为惧怕？答案其实很简单，经济权力使王三江获得了更广泛、坚实的社会关系，而社会关系又保证了他对权力的占有。

老得有点像葡萄园中的哈姆雷特，常想用猎枪把王三江干掉，但面对“生存还是毁灭”的致命问题时，他反复延宕、孤独徘徊。在苦恼之中，老得一面擦拭自己的枪，一面在人所不知的情况下默默写诗。诗可以缓解他的郁愁，也能辅助他的思索，更重要的是，诗还是他情感的出口。小说中老得与王三江之女小雨之间朦胧的情感始终若有若无，小雨似乎对他有意，但每到感情发展的时刻，她就以“水蛇腰”为借口表示嫌弃。老得始终捧在手里的猎枪也没能真正起到作用，终于在一天晚上，他决定朝天放一枪听听响动——

老得高举着猎枪，盯着高高的火焰吟唱自己的诗，他终于决定了：“挺起腰杆大步走/使劲甩动两只手/做人就做条硬汉子/黑暗的东西，都要藐视。”面对这不可理喻又无法匹敌的“黑暗的东西”，老得不愿意再为之“折腰”。小说结束时他离开了葡萄园，却在离开时宣称自己很快会和铁头叔一起回来。这像极了沈从文《边城》的结尾：这个人也许永远不回来了，也或许明天就回来。

《秋天的思索》是内蕴复杂的文本，除人物、叙事、结构外，小说的色彩、声音都值得仔细咂摸。作品中不断出现的“猎枪”“水蛇腰”“黑暗”等意象，完全适用于精神分析的解读，甚至老得创作的诗，也自我完善为一个独特的意象集体，隐约连接着寓言化的情感表达。此外，该作品还可与另一中篇《秋天的愤怒》对读，在张炜笔下，改革的具体措施和场景并不构成叙事主体，彻底觉醒的精神历程本身才是叙事的主要对象，一种相较于同时期作家更为开阔、透彻的历史感悟，在充满诗性的文字中徐徐展开。

一

去年秋天，葡萄熟得很快。今年的葡萄仿佛永远是青绿的颗粒儿，很酸。

可是，就有人喜欢这股酸味儿。看守葡萄园成了一桩大事。如今的园子是由三十六户合伙包种下来的，他们就给看葡萄园的买来一杆猎枪。

猎枪是双筒的。买来的第三天上，看园子的老得（“得”字读作 děi）才知道怎样使用。他很高兴地将上了黄油漆（他认为是“火漆”）的枪身用手撸了两下，拍一拍，放到了小茅屋的墙角上。然后找来一张八开的绿纸，写了一张“告示”，贴到了葡萄园边的大杨树上：

> 任何想偷葡萄的人都要注意，看葡萄园的人新买来双筒猎枪，见贼就放，决不留情。枪是钢枪，上了火漆，特此告知。

告示贴出的当天，园里做活的纷纷来茅屋里找老得。来的大多是上了年纪的人，劝他："老得呀，人命关天，可不能为一串葡萄打死了人啊！"

老得二十六七岁，奇瘦，个子很高，走起路来一拧一拧，人送外号"水蛇腰"。他的脸也很长，仔细端量起来，下巴似乎还有些歪。人们一句一句劝他时，他就蹲在屋角上，两只眼睛盯住地上一片草叶儿，不说一句话。人们又劝了一会儿，知道他是不会说话的了，就离开了屋子。可是他们走出不远，老得也出来了，站在门口，一手撑在门框上说：

"有心做贼，打死莫怨！枪是钢枪，上了火漆……"

所有人都愣愣地站住了，回头望着老得。

老得说完就回屋去了，还用力地将门使上了闩。

秋风轻轻吹着茅屋的草顶，发出簌簌的声音。早晨的露水还没有消去，趁风溜下窗外的葡萄叶片，沙沙地滴下来，像雨。老蝈蝈大约有什么心事，一大早就躲在树叶下唱，那调子显得深沉而悠远。老得在一张小白木桌儿前坐了，用手搓揉着那双涩涩的眼睛。

他看了一夜葡萄园，可是他这会儿并不想躺到炕上，眼睛发涩，搓揉一下就好了。他一般都在靠近中午时，用被子蒙住头睡上一两个钟头。他现在只是伏在桌子上，瞅着那个刻满了刀痕的桌面想心事。过了一会儿，他从抽屉里摸出一叠儿纸，又从衣兜里掏出一截儿铅笔，用力地写起了什么。

老得这个年轻人睡得很少。也许正是因为这个，他才被安排来看护葡萄园的。真是个美差！老得可以在秋天里尽情地吃那些甜蜜的黑紫黑紫的颗粒了！他在架子下一扭一扭地走着，东瞅一眼，西瞅一眼，满眼里都是绿色的叶子、黑紫的葡萄。他老想唱歌，可是他不会。他高兴的时候，只是将那个长长的、柔软的腰扭动得幅度更大一些……

这时，老得坐在桌前，头也不抬，铅笔“哧哧”地刮着白纸。写了一会儿，他抬头瞅着那几张写满了字的纸，“嘿嘿”地叫着，兴奋得腰身又扭动了起来。

屋门给踢了一下，老得一惊，迅速将桌面上的东西都揽到了抽屉里去。

“谁呀？”老得不耐烦地问了一句。

屋外是脆生生的姑娘的声音：“是我！你个死老得就知道闩门——开、开、开！”

老得听出是葡萄园会计小雨的声音，眉头皱了一下，说：“我要睡觉。”

“开、开、开！”小雨就像什么也没有听见，只管踢门。

老得没有办法，他嫌脏似的先将手在裤子上抹了几下，然后拉开了木闩。

小雨跳了进来，一进门就四下里看，一双眼睛滴溜溜的。老得问：“你找什么？”

小雨也不回答，掀了掀木桌，揭了炕上的被子，最后在炕头的小夹道里踹着，踹开一个破被套，拿出了那支崭新的猎枪。她笑眉笑眼地端量着，露出了两排雪白晶亮的小牙。她说：“嘻嘻，两个筒的呀！”

老得蹲在屋角，两眼瞅着地上的一片草叶儿。

小雨将手指一个一个挨着往枪筒里捅，嘴里说着：“哼哼，你说笑不笑死个人！”

老得真不知道这有什么好笑的。

小雨抚摸了一会儿猎枪，突然板起脸来问道：“你买了猎枪，怎么就不告诉我一声呢？”

老得不吱声，只是立起身来，伸手去取枪。她一撇嘴，把枪藏到了身后。老得只好重新蹲下。小雨说：“这是我爸批准给你买的——他批准了，有人才把这枪给你买来。别不知好歹！我跟我爸说一句，这枪也许就收回了。你以后放枪时叫上我吧？”

老得脖子有些红涨。他眯起一只眼睛端量着她。

她二十刚多一点，或许还不满二十呢。穿着风衣——乡下姑娘如今也穿风衣。长得真好看，乡下姑娘也长这么好看。可惜只是好看，不算聪明。聪明还能连初中也考不上吗？老得可是初中毕业，他往往瞧不起学历较低的人。

小雨并没注意老得在看她，只是咕哝着：“我爸批准买这猎枪，我爸说了，有枪和没有枪就不一样！就不一样！我爸……”

老得站起来说：“你爸，你爸也不是很好的人。你一口一口‘你爸’。”

小雨两根描过的眉头一皱，一抖，嗓子尖尖地喝了一声，“唰”地将枪从身后倒过来，对准了老得。

老得一动不动地叉着腰，两眼盯住枪口看着。他清清楚楚知道枪膛里没有火药，可他的目光里还是有一丝畏惧。他说："我对你爸，还是有很大意见。"

小雨怒喝道："不准有意见！"

"压而不服。"老得又说。

"不准动！"小雨抖了抖枪身。

老得的腰一丝也不敢扭了。他又蹲下去。蹲了一会儿，脖子突然又红涨起来。忽地，他站直身子，一伸手将枪夺到了怀里，然后伸出那只又黑又大的巴掌，按到小雨又软又细的腰上，用力推了一下。只一下，小雨就给推到了门外。她在门外大骂，并随手捡起一块砖头。老得干脆利落地关了门，将骂声、喊声，将一切烦恼关在了门外。

他再也无心写东西了，也无心睡觉，拉开抽屉，取出了他刚才写过的一叠儿信纸，默默地看了一会儿，又放回了原处。他骂了一句：

"王三江，挨钢枪！"

二

王三江是小雨的父亲，民主选举中落选了的大队长。

从前，他也算乡间的一个"大人物"了，跺跺脚，满村的地皮都要颤动。落选了，突然失了威风，他就整天把自己关在家里……土地开始承包了，海滩葡萄园虽有三十六户报了名，但因为没有领头的，迟迟没能签订承包合同。谁都知道负责这片园子的艰难：它需要和果品公司、酒厂、农药厂等单位搞好关系，需要有人为它奔波，万一有点闪失，那损失将会有几万元、十几万元！仅这一点，就吓退了一般庄稼人。

正这时候，一直不露面的王三江走上了街头。

人们很难忘掉那天的情景：老人们正懒散散地蹲在墙根下吸着烟晒太阳，突然有个又高又大的黑汉顺着街筒子走来。老人们一齐惊讶地仰起脸来：这不是王三江吗？他肩膀上搭着一件黑衣服，摇晃着肥胖的身躯，慢吞吞地往大队部走去，显出十分悠闲的样子……

后来人们才知道：他是去承包葡萄园的，自愿代表三十六户，伸出了那根肉嘟嘟的食指，在承包合同上使劲按了一下。

王三江很快把当年做大队长时搞熟的门路全利用起来。又让三十六户用力地做，葡萄园果然有了不少起色。结果第一个秋天，收入就超出承包额近一倍，三十六户欢笑起来，王三江却不动声色。他只从超产中抽出一小部分平均分配，其余的全部交公。这真有些冤枉：河西葡萄园的葡萄树小，总收入还比不上他们，可人家手里的钱却比他们多！三十六户找王三江吵架，王三江说："农民意识！以后再没有秋天了吗？只要你们跟着我王三江好好干！"说着，他把那只红润润的大巴掌果断地一挥……

这个王三江真是个奇怪人物。他做大队长时霸道和暴躁是有名的，如今却很少发火。他似乎永远将一件黑色中山装斜披在肩膀上，一晃一晃地在葡萄架里走着。年轻人可能更喜欢他，有四五个小伙子常常跟在他后边。老得喜欢端量他那圆圆的大脸盘子：黑红黑红，渗着一层油汗，样子憨憨的——老得认为这正好说明了王三江的内秀，并且具有某种幽默感。他尤其觉得那件斜披着的衣服让人发笑。

可是后来发生了一件事情，使老得深深地吃了一惊。

他陷入了迷惑。他要重新揣摩王三江……

有个叫铁头叔的孤老头子，看了一辈子葡萄园，和老得做了好多年搭档。老得把他看作父亲一样，夜里守园子寒冷，就把细长的身子拱在老人温热的蓑衣下边……有一天，老得从葡萄架下钻出来，发现空旷沉寂的屋前空地上定定地站着两个人——铁头叔和王三江。

王三江还是斜披着衣服，双臂倒剪，一动不动地盯着铁头叔。他脸色阴沉，目光锐利。铁头叔也一动不动地站着，看着王三江。他胡须抖动，眼含愤怒。两个人不吱一声，连咳一声也没有。这场面很使老得诧异。

突然，老得发现王三江的牙齿磨动了一下，接着两眼射出一道歼灭性的光来——老得第一次看到这样的目光，差点惊慌地叫出来……王三江就这样定定地看着铁头叔，直看了老半天，然后才抖抖衣服，和从前一样地摇晃着走了……

老得愣愣地站在那儿。他看到铁头叔这时已经全身发抖，脸色铁青了。老得赶忙抱住老人问："怎么啦？怎么啦？"老人摇着头没有作声，停了好长时间，才长长地舒了一口气："他嫌我多嘴。我觉得他一笔账目不对，背后找人问了问，被他知道了……"

老得深深地吸了一口凉气……

接着，好多古怪事儿都落到了铁头叔身上。他一值班，园子里就丢东西；一次他在树下打瞌睡，有人把一个癞蛤蟆扔到了他头上；还有人骂他"吃里扒外"……铁头叔想离开园子了。

老得怎么劝阻都没有用，老人还是走了。他走时给老得留下了一件崭新的蓑衣和守夜狗大青……

老得眼睛都哭红了。他不明白王三江为什么用两束目光就能逼走铁头叔。那是一双什么样的眼睛啊！连他自己也不敢回忆那道目光了……

老得一个人睡在小茅屋里，睡梦中常见到茅屋的小门“吱扭扭”打开了，有一个又粗又黑的壮年汉子堵在门口，先是目光沉沉地逼视着他，然后就摇摇晃晃地一步一步走过来。他吓得大叫一声，醒了。醒来了，就再也睡不着了。

梦中常见的这个人，就是王三江。

他弄不明白，怎么也不能从梦中将这个黑汉赶开。甜甜的睡，就让黑汉给毁掉了。他有时实在困得不行，寂寞无聊，就搓揉着眼睛走出葡萄园，到海边上吹吹海风，看那些赤身裸体拉大网的人。

他有时想：要从梦中赶开这个黑汉，首先必须敌得住他的眼睛。铁头叔看了一辈子葡萄园，那身上的筋脉被风雨磨韧了，尚且敌不住那双眼睛！他想这里面会有什么缘故的，需要好好寻思一下。……往常老得看了一夜园子，早晨跟在铁头叔的后边，手扯着大青的铁链从一片早霞里走出来，高高地呼唤几声，扭动几下腰身，别提有多么惬意和舒畅！可是后来就不行了。他一个人走在架空里，老觉得四周那么憋闷，似乎有什么东西要逼近过来。他几次猛地转过身去，都发现园里静静的，什么也没有。老得自己也感到奇怪了。他实在弄不明白这是怎么回事儿。有一次他看到王三江斜披着黑衣服，摇摇晃晃从葡萄架下走过，就猛地拍了一下大腿：毛病就出在这个黑汉身上！那种奇怪的感觉就是从他身上来的！

老得弄清了这个缘故，连自己也吃了一惊。他不明白这个黑汉子怎么就会有这种神奇的作用。要敌得住他，只有弄明白里面的“原理”——老得记得在学校读书，数理课本上常有“原理”。他想世上的大小事情也都会有个“原理”的！老得绞拧着眉头，苦苦地思索着。他有时能够远远地盯住那个斜披衣服的身影，半天也不动一下……他又想起了那两束可怕的目光。他咬着牙。他想终会有一天制住这个黑汉的，现在要紧的是先弄明白里面的“原理”！……

老得像害了病一样。他整天牵着大青，步子蹒跚地走在葡萄园里。他的头发蓬乱，两眼无神，鼻子两侧挂着两小片污垢。他不想吃饭，只是忘不了喂大青。大青平常是活蹦乱跳的，可是这会儿也蔫蔫地垂着头，尾巴夹在两条后腿中间，步子迈得松松垮垮。

有一次他正走着，遇上王三江迎面过来。老得的眼睛立刻放出了两束光，下巴收紧，用力压在锁骨上，那目光就往上射出，显得眼白很大。他就这样鼓足勇气，瞪着一双眼睛，迎着王三江走了过去。

王三江倒被这副样子逗笑了。他嘿嘿笑着，刚要说什么，可是又立刻闭上了嘴巴。王三江发现这目光里闪烁着仇恨！他禁不住“哼”了一声，警惕地退开一步。

老得说话了，那字是一个一个从牙缝里挤出来的，断断续续：“你……欺负……铁头……叔！”

王三江气愤地挥起了巴掌。可是老得也不示弱，他手里牵着大青的铁链，正好余出一截，就奋力向着王三江抡去。王三江一躲，同时伸出右手，五指并拢，往左上方举、举，直举到左肩膀上方，才狠狠往下一砍。只一下就将老得砍倒在地上。……王三江盯着躺倒的老得骂了一句：

“一个古怪……东西!”

老得第一次尝到王三江的威力。他那立起的手掌，侧面如同一把钝钝的刀子，砍来着实厉害。这沉重的一击，使老得很长时间不敢去寻思那个“原理”。葡萄开花了，结果了，老得精心地守护着，只是再也不敢去琢磨怎样制住黑汉——王三江的一掌，使他的思辨进程足足推迟了两个月！……可是他敢恨他。他常常面对大青，藏在深深的葡萄叶子里说话。他认真地告诉大青：“记住，是王三江气走了你家铁头叔的!”大青摇摇尾巴，悲哀而丧气地点点头，似乎是听明白了。

老得还有一点怎么也弄不明白的地方，这就是小雨了。他不知道小雨怎么会生成这样。她太白了，白得像阳光，让人不敢定神凝视，真正是耀眼的白。那腰也真细，圆圆的，老是引逗老得要伸手去摸。可是他不屑于一摸。他离小雨远远的。他怕小雨身上沾了和她爸一样的毒气。小雨也真是天下第一个“妖女”：永远不像个大姑娘，娇滴滴，脆生生，想笑就笑，想骂就骂，倚仗她爸的威力，走路也想横行！她必定描了眼眉才肯出来，必定是每天都要骂人的。可是，她骂老得，老得却觉得她可恨的程度也有限。她又坏又天真。

总之，老得认为，王三江能有小雨这么个姑娘，是十分奇怪的事情。

王小雨是葡萄园的会计。明白人都知道这里不需要什么专职会计。可是她愿意大模大样地“办公”，她的办公桌就安在老得的隔壁。那儿清静又卫生，还有一张床，可以偶尔留下过夜。

老得最恼恨的就是她在这儿过夜。那时他要待在葡萄园子深处守夜。他要牵上大青，披上蓑衣，依偎在一棵老葡萄树下。可是这时候的小雨喜欢站在茅屋前的空地上唱歌。她唱得很多，很杂，一会儿是《军港之夜》，一会儿是《松花江上》，有时竟唱起一首十分陈旧的歌："天上布满星，月牙儿亮晶晶，生产队里开大会，诉苦把冤伸……"那尖尖的声音在夜空里飘散，悲凄而又哀怨，使老得一个人待在黑夜里，怪害怕的。每逢这时他就思念起铁头叔了，思念着他们一起守夜的那些日子。

该有一个和他做伴的人了。可是这个人总也没来。

老得想：也许是葡萄还青绿的缘故。可他转而又想：青绿的葡萄也要丢失啊！

倒是新买的猎枪给了他不少慰藉。他白天将双筒猎枪包在一床破棉絮里；到了晚上，就抱着它，一夜嗅着枪身上那股淡淡的油漆味儿……

三

早晨，乌蓝鸟最先叫了一声。乌蓝是最伶俐的歌手，它常在早晨蹲上葡萄架，默默地歇息一会儿，吸足了新鲜香甜的空气，再一跃而起，在葡萄园上空那片绚烂的彩霞里飞动。它永远在不停地跃动，不停地歌唱。

风吹动着千万片葡萄叶儿，那一面泛白、一面黑绿的大叶片儿每扭动一下，都要显露出一串硕大的葡萄穗儿。风是香的。阳光照在穗串上，叶子上，古铜色的老藤蔓上，使一切都变红了，变得羞答答的。架子将空中彩色的光束切割成更细的光束，投到不同的方向，均匀地落在园子里的每个角落。葡萄架是一把"光的喷壶嘴"。一个个葡萄园在大海滩上伸展开去，没有边缘，似一片深远莫测的海，一片旷大无边的森林。红色的雾气笼罩在这片绿海之上，给它增添了一丝神秘的意味。

常常是从不知多么遥远的地方，从晨雾笼罩的葡萄架子深处，传来一声声悠长的呼叫。这声音也许是起早到园里做活的人喊的，也许是守夜人在沉闷、劳累了一夜之后，伸臂展胸，发出的快意的长吁。这片辽阔的园子没有沉寂的时候，你如果仔细倾听，总能听到奇妙的声音。即便在午夜，也有些无法分辨的千奇百怪的响动。或者是“嘎嘎”两声，或者是“啵啵”两声……海浪在黑暗深处应和着，使夜里的园子更加不可捉摸。整个海滩都像一个睡去的巨人在喃喃梦呓。

乌蓝叫过之后，大海滩真正苏醒了。

各种鸟儿都飞动起来，一试歌喉。野兔儿在野鸡的呼声里有节奏地蹦蹿；乌鸦（这些讨厌的乌鸦!）成群地飞过，一边七言八语地议论着，一边从一排架子跃到另一排架子上去；小虫虫们在霞光里飞上飞下，那薄薄的翼被映成了鲜红；蝈蝈儿一齐鸣唱了，它们的歌声里充斥着对漫漫长夜的控诉……对于这一个长长的夜来说，早晨的苏醒就显得太重要了。各种小生灵奔走相告，欢呼光明。它们憎恨黑暗葬送缤纷的颜色，葬送一个明媚的世界。它们急于看一看叶片上那一层细细的绒毛，那清晰的、像图画一样美丽的网络，那泛红的、像蚂蚱腿一样的叶梗儿……

守夜人都在同时搓揉着眼睛——他们都是在乌蓝的欢呼声里搓揉眼睛的。蓑衣都是湿的，他们都在这时候抖落一身露珠。哦哦，一夜的警觉的守候，一夜的忠于职守，他们像个活化石一样，一动不动地待在树下，偎在蓑衣里……

老得用力地跺脚，抖动蓑衣，大声地咳嗽着。他要回茅屋去了。

大青顽皮地伸了伸舌头，看了看老得。它周身的毛也都濡湿了，在阳光里闪着亮儿。老得背上猎枪走去了，它一颠一颠地跟上去，“哈、哈”地呼出一股股热气。

园子里已经开始有人来做活了。老得看见来人，精神立刻好了许多。他和人们打着招呼，人们和他说着笑话。他的猎枪在肩上闪亮，这使得好多人想起那张贴在杨树干上的告示。有的人问他：“老得，你说你的枪上了‘火漆’，其实不过是上了一点儿‘黄油’。”有的说：“老得，昨夜里我听见‘轰轰’几声，半空里亮了一下，真以为是你放枪打贼，走出屋望望，才知道是南山顶上打雷呢！”……老得每一句话都认真地听，他并不以为这是笑话。关于枪的问题他是要认真解答的。他说：“火漆！那还有假？‘黄油’？‘黄油’是不禁摩擦的，是不顶事的。”

老得走近了茅屋，见里面正站了个高高大大的黑汉，跟梦中常见的那人一样！他闭了闭眼睛，默默地将大青拴了，然后就像什么也没有看到一样，转身就要走去。可是屋里的黑汉大声喊了一句：“老得呀！”

老得只得迈进茅屋。

王三江坐在屋里唯一的一把白木椅子上，老得只得坐在炕沿上。他故意不看王三江，可那眼睛总要不时地瞥过去一下。对于王三江一大早的突然到来，他心里多少有点慌乱，一颗心“噗噗”地跳着。

王三江坐在椅子上，偏要将那只套了尼龙丝袜的大脚搬到椅面上，用手摩挲、捏巴着。他问：“老得呀，你一个人憋闷不？”

老得说：“嗯。”

王三江觉得有趣，笑了。突然，他向一边喊道："小来!"

屋角的黑影里有什么东西活动了一下，接着传来"哼"的一声。

老得一愣，上前打开了窗户。光线透进来，屋里明亮多了。原来屋角里蹲着一个瘦瘦的小孩儿，皮肤黝黑，周身被太阳晒得流油儿。他蹲在那儿，头扭向一边，像哭泣一样地耸动着肩头，身子一抽一抽的。

老得不解地望着王三江。

"小来!"王三江又喊一声，说，"你从今后跟上老得看葡萄园子，不准要刁。"又对老得说："小来交给你了，他不是个好孩子。要刁，你泼揍！我跟他爸老窝说妥了的，他爸也说：'交给老得了，要刁泼揍!'听见了吧?"

老得应了一声："嗯。"

王三江说完搓搓大手，站起来走了。

老得把枪放到破棉絮里，然后躺到了炕上。他枕着两手，眼望着屋顶，很想一下子睡过去。可是他睡不着。他盼了多少天的新搭档，如今就蹲在这间茅屋的角落里。这么个小东西，能做什么事情！他想他家准是给了王三江什么好处的，要不，王三江不会轻易让他来葡萄园的。他这样想着，闭上了眼睛。可是他很快听到了小来在角落里喘息的声音，这使他从炕上爬起来，走到了小来跟前。

小来站起来，像害怕似的往角落里退了一步。

老得这会儿看清楚了，原来小来不像从背影上看的那么小，他至少也有十五六岁的样子，只是长得弱一些，薄薄的肩头像个孩子。老得这会儿也像王三江那样，大着声音喊了一句："小来!"

小来注视着老得，就像害怕阳光似的，很快就眯起眼睛，将脸转向一边了。老得笑了，使得那个长长的下巴歪得更厉害了。他把手搭到小来的肩膀上说：“我知道这茅屋快来个伴儿了，想不到是你！嘿呀，你和我看葡萄园吗？你和我住这茅屋吧——以前是铁头叔和我住茅屋……”他一说到铁头叔，脸立刻沉了一下，不吱声了。他停了一会儿说：“睡觉，你上炕躺下吧！”小来不愿动，可能不大瞌睡。老得却不管这些，弯下腰抱起小来，平展展地将他放在炕上，又用一条厚厚的花被子蒙起来……

老得又伏在小白木桌儿上写起了什么。

写了一会儿，他突然觉得不很自在，回头一望，见是小来从被子里探出了头，睁大着眼睛往这边看。老得粗声粗气地喊了一句：

“不准看！以后不准看我写字！”

小来一下子缩进了被子……

这天，老得像过去那样很晚了才去睡觉。他醒来时，天竟然黑了下来。他从来没有一觉睡到这时候的。他坐起来，发现身边的被窝空了，屋角也没有了小来。他觉得有些奇怪，赶紧跑到了屋子外边：大青在葡萄树下静静地卧着，风“沙沙”地吹着一园绿叶儿，喧闹的人声也没有了，晚霞笼罩了整个葡萄园……

“小——来——”老得急得跺了一下脚，呼喊了一声。

大青忽地蹦起来，警觉地四下望着，两只耳朵朝上竖了起来。

老得牵了大青，急匆匆地走到了园子里。他想也许小来到园里玩，迷路了，回不来了。他在架子间奔跑着，长长细细的腰使劲地扭动着。直到两腿又酸又疼，热汗湿透了衣服的时候，他才放慢了步子。葡萄园漆黑漆黑的，连他自己都要迷路了，他不得不往回走去。

整个夜晚他懊丧极了。他弄不明白小来哪里去了。这个瘦小的人儿像个影子一样出现在茅屋里，又像个影子一样地消失了……

四

夜里，老得疲惫地倚坐在葡萄树下。大青的鼻子对着他的脸，呼呼地喷出一股股热气。老得将额头低下来，用面颊靠在它长长的、温热的嘴巴上，一丝一丝地活动着。大青禁不住伸出舌头去舔他的手。在往常，老得总要毫不留情地拍它一下，可是今天他任它舔着。

狗的舌头热乎乎的，好似一个温柔的手掌。老得伸出两手将它推开了，让它蹲在一边，不满地“哼唧”着。老得深深地垂下了头，用两手紧紧地将脸颊捧住……他喘息着，张大了嘴巴，就像刚刚激烈运动过一阵似的。他觉得手掌有些发湿，对在眼上看了看，见是两滴泪珠。

老得一动不动地盯着眼前一片漆黑的夜色。他老是觉得这面巨大的黑色幕布向两边拉开，从中间的缝隙里走出一个背有些驼的老人。他认识老人那双眼睛，他在这伸手不见五指的黑影里也能认出铁头叔来！他禁不住“啊啊”地站起来，往前迈出一步……眼前什么也没有，还是一片黑暗。他揉一揉眼睛，失望地坐在了地上……

老得很小的时候便失去了父母，他是跟哥哥和嫂子长大的。他长到三四岁时，村子里闹起了饥馑，哥哥一家差一点儿被饿死，慌乱之中不得不抛开了老得。老得一个人也不知是怎么活过来的。后来他老是生病，瘦得不成样子，书也读不好。老得多么愿意读书啊，可是他读不好。他不得不怀着一腔迷恋回到了村里。也许是同情他的孱弱和孤独吧，村里领导没有让他下田扛沉重的镢头，把他派来看护葡萄园了。

铁头叔没有老婆，也没有孩子。他一个人在园子里，养着大青，住着茅屋。老得来到的第一天里，铁头叔特意到海边上，跟拉鱼人要来两条黄鱼，做了一顿鲜美的鱼汤。

老得至今忘不了那鱼汤的味道。他甚至记得鱼汤做好时，铁头叔怎样叼着烟袋去揭开锅盖子，先搅动一下，然后用勺子赶开漂在油水表面的三两个绿色的葱花……那些不眠之夜哟，铁头叔的烟锅在黑影里一明一灭，像不知疲倦的眼睛。老人有时高兴了，甚至这样问他：

“喂，老得呀，娶个媳妇呀，想不?”

老得不作声。他在黑影里，兴奋地把两只大手撑在肋骨上，使劲咬着嘴唇……铁头叔在一边笑，笑了一会儿又说：“娶个媳妇，做鱼汤我喝吧——我这辈子生在海边上，还没有喝得够鱼汤——我到人家屋里做客，也老是对人家说:‘做鱼汤喝吧!’……”

老得和铁头叔在一起看葡萄园永远也不知道疲倦。老人有好多古怪的故事。他至今记得一个故事：有一个小伙子种了一片果园，总也结不多果子。后来他在园里遇到了一个古怪的老头子：穿了一件遮膝长袍，是用画满了果子的布料做成的……老头子临走时告诉了小伙子一个方法：吃第一个果子时，要捏住果梗儿，闭上眼睛用心地想——果子里有水，水是树木吸了地底的水、浇灌的水、天上下的雨水和露水；果皮上有花道道，是一早一晚的云彩映上去的；果子上有个小洞眼，是不小心让虫子咬上的；果子长得不圆，是缺养分，管园子的人开春身子疲乏，多睡了几次懒觉……实在想不出了，再把这个果子吃掉。

铁头叔讲过了故事说："那个老头子是专管人间结果的神仙。照着他说的做，果子要多得压断果枝！可到现在还没有多少人照着去做，果子当然是又酸又涩、个头小、稀稀疏疏……"

铁头叔说到这里时，就和老得一齐大笑起来。老人不停地吸烟，总要把烟灰磕在大青面前。大青总要低下头去闻一闻，也总要用力地打一个响亮的喷嚏……

老得多么留恋那些个夜晚啊！

可是后来，老得一个人待在漆黑的园子里，总要设法赶走瞌睡。

无边的黑暗里，老得有时沿着葡萄架空往前走着，不一定什么时候前面冒出一个活动的黑影，吓得他出一身冷汗；再一看，原来是一棵在风中摇动的杨树！失群的孤雁在园子上空哀鸣，老得每一次听到都要难受半天……

大青这会儿"呜呜"地低叫了两声，向着一个方向昂起头，脊背上的毛竖了起来。老得把脸从手掌里抬起，拾起了横在腿弯里的猎枪。

"老——得——！"有个尖尖的声音在不远处压低嗓门呼叫。

老得迎着声音走了几步，又拍一拍大青的脊背，一声不吭地蹲在了葡萄树下。月亮刚要升起来，老得看得见大青的眼睛。

那个声音也不响了。停了一会儿，传来"嗒嗒"的脚步声。从一团团黑色的藤蔓里，走出了一个姑娘。她头发披在肩上，穿了一件浅色的衣服，脚上踏着塑料拖鞋，身子一晃一晃地往前走着。

老得的心开始跳得快了，当他认出是小雨，又松了一口气。他从树下站起来，不解地“嗯”了一声。

小雨先是被突然出现的老得吓了一跳，接上就哭了出来。她用手背儿揉着眼睛，咕咕哝哝地诉说着：“……死老得啊，你在这儿站岗，背着枪，我一个人在茅屋里睡，做了个噩梦！我梦见有个人蹑手蹑脚地往茅屋跟前走，手里握一把刀子！我出了一身冷汗，醒过来……死老得呀，我醒过来，真听见有人蹑手蹑脚地往茅屋这儿走。我打开窗子——只打开一条缝，外面黑漆漆的什么也看不见。可我怎么也睡不着，老觉得有人蹑手蹑脚往茅屋跟前走……”

她一边说一边比画着，还不时插上“哼哼”的几声拖腔，使人联想起撒娇的娃娃在哭。

老得大不以为然地摇摇头：“噩梦，又不是真的。”

“我真听见有人蹑手蹑脚……”

“噩梦又不是真的……”

小雨脱了拖鞋垫在屁股下，两手操在胸前说：“我是不回茅屋了，死老得，我和你守一夜园子……吓人！”

老得不作声，只是怕冷似的将蓑衣围在身上。他闭了闭眼睛，觉得这简直像梦一样……芦青河在远处呜噜噜地响着，好像一个老妇人在深夜里哭泣，又像一个嗓子不好的人在恶作剧般地大笑。海浪的声音也很大，大约是海潮涨上来了。可是迟迟听不见拉夜网的号子，老得想也许这个夜晚他们不拉夜网了……他不时地抬眼瞅一下对面的小雨，瞅一眼他身旁坐着的大青。大青对小雨的到来也像是颇不以为然，斜也不斜过去一眼，不亢不卑地昂首直坐，望着那一天闪烁的繁星……

王小雨的泪痕未干又笑了起来，说："我真想不到还能和你一同守园子哩。死老得！水蛇腰！真想不到。这是'干部和群众同劳动'呀……"

"呸！"老得吐了一口。

小雨愤怒地站了起来，说："你吐我？"

"我恶心。"老得说。

"你恶心我？"

老得说："我的嘴巴恶心……"

小雨又坐下了。

他们好长时间都没有说话。老得用心地抚弄他的枪，一会儿搬上膝头，一会儿又搂在怀里。园子里每有一点声响，他都警觉地站起来，倾听着，辨别着。

王小雨坐了一会儿觉得无聊起来。她说："老得呀，你这个人也不错……"

老得没有应声。

"我是说你怪老实的。"

"老实就有人欺负——铁头叔就是一例！"

王小雨噘噘嘴巴："不准你指桑骂槐！"

老得搓搓脖子："没有的事……"

王小雨重新高兴起来。她又坐了一会儿，说：

"你知道吗？我爸不让我你玩的。他说：'老得可不是个正经东西。'我觉得你坏是坏，可也坏不到哪里去。"

老得从地上站起来了，粗声粗气地叫了一声："嗯？"

"坏不到哪里去。"小雨说。

老得没有吱声。他把枪从肩上摘下来，搬弄着，又一个一个瞄着天上的星星。他瞄着，闭着一只眼睛，含混不清地咕哝着："我早晚打下他来——'嗵！'给他来这么一枪……"

王小雨立刻从地上蹦起来，抓起沙子扬他。

老得敏捷地在葡萄树下绕来绕去，小雨追着追着就找不见了。

停了一会儿，从不远处的葡萄藤蔓里又传出老得的声音：

"给你爸来这么一枪……"

五

小来自己回来了。老得问他哪去了，他说哪也没去。老得当然不会相信，就再三盘问。后来小来才告诉：他跑走了，穿过葡萄园，要回家去。他怕老得以后会揍他。可是他跑到了自己家的后门口，望着门缝射出的灯光，又不敢进去，他怕爸爸。于是又摸黑跑了回来，在茅屋跟前转了一宿……

老得明白了那天晚上王小雨为什么听见有人蹑手蹑脚地走……他知道了小来有个后娘，他爸老窝也管得很严厉，不由得生出几分同情。这天下午，他特意到海上讨来两条黄鱼（铁头叔当年也这样做过），为小来烧了一锅鱼汤……

葡萄慢慢变紫。

葡萄园要进行成熟前的最后一次洒药了，这是园子比较繁忙的时候。人们都穿上了破衣服改做的工作服，手持喷雾器的长杆，在架子间来来去去，那样子有趣极了。无数的喷头向上、向下，向左、向右，喷出乳白的雾气，阳光又在雾气上映出一道道好看的彩虹。

喷雾器“嗞嗞”地响着，压气机“吱吱”地叫。两个人扳一个压气机，迎着面推来推去，就像踩跷跷板一样。可是远远不像踩跷跷板那么轻松，这只要看一看他们横流满面的汗水就知道了。年轻的姑娘和小伙子愿意结伴做这样的活儿，他们面对面地劳动，你推过来，我推过去，严肃的时候不多。姑娘推几下就笑了，接上小伙子也笑。姑娘笑得“咯咯”的，小伙子笑得“哈哈”的。只是他们都低着头笑，轻易不抬头互相看一眼。没有人督促，也没有人喝彩，他们越干越有劲儿，将气压得足足的。气越足，远处的喷头喷出的雾气越匀、越宽，空中的彩虹也越好看。

整个园子里都是沸沸腾腾的人声。葡萄紫了，三十六户都激动起来，连小孩子也涌到园子里来了，在乳白色的雾气里奔跑着，呼喊着。

老得睡不着的时候，就牵着大青，领着小来到园里来。他们有时在压气机跟前停住步子观看，那扳机器的姑娘和小伙子就说：“老得，你站哪儿不好，偏站这儿！这儿脏哩，小心药水溅到身上……”老得总是果断地回答说：“我不怕脏，我又不是娇气的人……”

有人老远打趣地嚷着：“得呀，你告示上不是说见贼就打吗？地上从来没见有人躺倒！”“也可能是枪法一般吧？哈哈……”

老得把枪往肩上耸一下，大声说：“告示贴出来，有法必依，谁敢偷这园子……”

远处的人一阵满意的哄笑。

又有人说：“老得，你看园子是有功的，该报告王三江，奖励你一下呀……”

老得听到“王三江”三个字，心里很不愉快，于是就离开了压气机……葡萄架空里，这时“突突突”开进几辆轻骑，在老得的身旁停住了。从车上跳下来的都是三四十岁的人，老得一看就知道是“葡萄贩子”。他们其中有的早就认识老得，笑模笑样地递过来香烟，喊：“老得，帮我们引见一下王三江吧！”

老得不停歇地往前走去，嘴里咕哝着：“我引见不上……”他早已瞥见了轻骑后座上捆绑的那些东西，在心里恨恨地骂了几声，和大青、小来横钻过一排架子走去了……

洒药水的人们开始休息了。他们坐在葡萄架旁喝着水，高声地谈笑着。老得走着，听到他们不断提到王三江，觉得今天十分晦气。“……今年葡萄又要涨价！酒厂经理都亲自来了，小卧车就停在王三江门口……”“也肥了那些葡萄贩子，他们运上一秋，要挣上千块呢……现在都忙着找王三江批条子……”“有个人肥得更快呢！看看河西园子，人家葡萄长得没咱好，可年年分钱比咱们多！……”

老得想和小来回茅屋去。他们正走着，突然听到身后静下来，几乎所有人都同时闭上了嘴巴！老得觉得奇怪，回头一看，原来是那个斜披衣服的黑汉从南边摇晃着走过来了！他的身后，照例跟着四五个小伙子……老得拍拍小来的肩膀，坐在了地上。他远远地盯着那个黑汉。他想那些小伙子简直成了王三江的义务保镖了！王三江的黑衣服被风吹得扬起来，很像个大乌鸦的翅膀——老得马上觉得黑汉子就是个大乌鸦，它在园子上空低低地盘旋而过，黑影儿投在地上，地上的一切都默然无声了……

王三江走到一个坐着的小伙子跟前，伸手去弹他的脑壳……好多人站起来，叫着“三江叔”，嘿嘿地笑着。园子里又开始有了说笑声。

老得盯着那个“大乌鸦翅膀”，目光像凝住了一般。他眼前仿佛又闪过那一对逼视过来的目光……老得的眉头绞拧在一起，又在默默地想那个“原理”了。“大乌鸦翅膀”在风中扇动着，下面有人向他频频点头……老得看着，心中突然动了一下——王三江可怕，有些人的贱气样子更可怕哩！他想起民主选举时，人们对这个只喝酒不做事情的大队长再也不能够容忍了，一下子就把他选掉了！那时候大家就不怕他，现在反倒忍得住，反倒怕起他来了——这里面总该有个“原理”的！……老得想到这里“哼”了一声，站了起来。他激动地抖着大青的锁链，对小来说：

“这里面有个‘原理’！”

小来不解地望着老得。

老得又定定地望了一会儿黑汉，就往回走去了……

不远处的小路上，有些陌生人走过来，老得知道又是找王三江批过条子的人。他早听说这些有本事的商贩能用低价购到葡萄，让三十六户吃哑巴亏。他又想起人们和河西园子做的对比，这时心里一阵愤怒，就走过去跟他们要条子看。

几个人挤着眼，搔着头，并不掏条子。

老得也不作声，只是拦住他们，很有耐性地蹲在了路边，揪一串葡萄慢慢吃着，不时斜眼瞥瞥他们。

大青呜呜地叫起来……老得抬起头，看到葡萄架后面有个人影在晃动，他扒开藤蔓一看，见站在那儿的正是斜披着黑衣服的王三江！

王三江哈哈笑着，一只手挥动着让那些人走开，一只手招着，那是让老得再靠近些。

老得心里不由自主地“噗噗”乱跳起来，手里扯紧了大青上前一步。小来也站到了老得身边。

王三江坐在了架子下，让老得和小来也坐了。他从衣兜里摸出一个拳头大的黑烟斗，惹得老得惊讶地看着。王三江笑眯眯地端量了一会儿老得，吸一口烟说：“你是得病了……”

老得迷惑地看他一眼，咬着牙关没有作声。

“你的两个眼珠子锃亮——你是得病了！”王三江徐徐吐着烟，又说。

老得不安地将枪倒在怀里。他摩擦着枪身说：“我没病。有病也全在腰上。我的腰挺不硬。”

“病在眼上。腰是好腰。铁头叔以前也犯过这病，那是睡觉多了，外精神太大……”王三江说到这儿突然严厉地绷紧了脸，“我送你个偏方：以后只许上午睡觉，下午到园里扳压气机！”

老得终于明白这是怨他刚才拦了那些商贩！他气得身子抖了一下，腾地站起来说：“我没有病！我要睡觉！”

王三江也站起来，威严地喝道：“听大叔的话，偏方治大病！”

傍晚，小来的爸爸老窝到茅屋来了。

这是个老实巴交的老头子，嗓子也不很好，每说一句话，都要“吭吭”两声。他的烟锅永远叼在嘴里，不管有没有烟。他是为小来的事才来的。他管老得叫“他家老得”，并且说得声音甜甜的，包含了一定的尊重。老得还是第一次听人这样叫他，心里十分高兴。

老窝说：“他家老得，你是个好小伙子哩！小来交给你我心里妥帖！吭吭，妥帖。我跟他家王三江大叔说哩，小来有什么不好的地方，他家老得你泼揍，吭吭，泼揍！……唉唉，泼揍！……吭吭，庄稼人不易哩！小来身子软，又念不成书，在田里又做不了多少活，吭吭，我就求他家王三江大叔开开面子，好话说了一抬筐，费了烟酒才……吭吭！吭吭！……”

老窝觉得说走了嘴，眼皮垂了垂，使劲咳嗽起来。他长长地吸了一口烟，又说下去：“他家老得呀，吭吭，你呀，你年长他几岁，有事多担待些，吭吭，你泼揍，只管泼揍！可你别让……吭吭！别让别人动他呀，你看他那胳膊，秫秸秆儿粗，吭吭！在家时，他后娘老要打他，这孩子自小命苦哇……吭吭！……”

老窝说着流出了泪水。他赶忙用衣袖用力地抹去。

老得一直默默地听着，两眼望着窗外的什么地方。后来，他不知怎么也哭了，眼泪从鼻子两边缓缓地流下来。

小来就坐在炕沿上，低着头，用手撕一个破布条……

六

习惯真是个奇怪的东西。老得几次想一大早就睡觉，可怎么也做不到。他总要坐到桌前，揉搓着眼睛，一个接一个地打着哈欠，用铅笔在白纸片上写一会儿。纸片写满了时，他才爬到小来身边睡觉。午饭常常被他们忽略了，有时醒来，也不过是烧几条咸鱼，吃两片烤玉米饼。老得近来不知怎么很疲倦，有些瞌睡。

下午，他很想蒙头大睡，可是果真有人来喊他和小来去扳压气机了。他恨死了王三江，可是又不能不去。他发现自己像大家一样害怕王三江。没有办法，他暂时只得穿好衣服，唤醒小来，背着猎枪，牵着大青到园里做活去了。

几乎所有人看了老得这副样子都笑。他们笑老得总也离不开大青，离不开枪。老得倒没觉得怎么可笑。他心里更多的是气恼。他知道王三江存心不让他睡个好觉。他想如果铁头叔在，也许事情不会糟到这种地步的，铁头叔有骨！铁头叔高高的嗓门喝一声：“我要睡觉！”——所有人（当然包括王三江）都要惧他三分。现在则不行，现在只好乖乖地来扳压气机了。

他和小来扳一台。小来两臂细瘦，自然不顶事的，差不多要老得一个人用力气。他的腰吃力地扭动着，一会儿就汗流满面了。

王三江从一边走过来，总要停住步子欣赏一会儿，大声夸奖几句：“瞧瞧，老得是做这活的好材料。老得扳得得法，省好多力气的……老得扳得好！”

老得紧紧咬着牙齿。他的脖子涨得紫红，一声不吭。他只把圆睁的眼睛瞪向小来。小来有些不敢看这双眼睛，躲闪着他的目光。可小来有时瞅瞅这双眼睛，脖子也红涨起来，咬住嘴唇，伸出细瘦的胳膊，狠狠扳住压气机手柄，狠命地往胸前拉着。

王三江很有耐性地站在一边看着，不时地夸赞几句。他说：“这活路不同别的，这活路讲究个配合！你们看人家老得，功夫都在腰上了！”

老得的腰疼得厉害。他有时要用一只手按住腰部。可这时候王三江也要夸他，说他很从容呀、一只手也做得呀。老得气得肚子都要炸开了。他直挺到王三江走开，嘴里没哼一声。

休息的时候，老得拉上小来到一个僻静地方坐了。

他把头埋在了两膝间，深深地低着。他大睁着眼睛，望着地上那片洁白干净的沙土……真好的沙土！这样的沙土，白玉颗粒一样，当然生得出甘甜的葡萄呢！老得禁不住伸出手去抚摸着。他认定这儿的葡萄特别甜，完全是因为这片沙土的缘故。如果说到感激，应该感激的是这片沙土！他想，谁包种下这片葡萄园，葡萄都会生得像蜜一样甜的。奇怪的是有人不去感谢土地，却要去感激霸道的王三江！

“哼哼！”老得苦笑了一声。他想起了有人甜甜地呼叫“三江”——像呼唤兄长一样。兄长？哪有这么霸道的兄长！人们是怕他。王三江能领着他们发财——钱这东西也真怪，它能使人胡乱去认“兄长”！“哼哼……”老得搓搓手，又笑了。他望了望对面的小来和大青：小来在搬弄地上的石子玩，那样子安然极了，天真得很——十六七岁的小伙子特有的那种天真。大青有些疲倦地眯着眼睛，舌头烦躁地伸出来，大口地喘着气……

风把一片浓重的药水味儿送过来，老得用力呼吸一口。药水的气味有点像碘酒。葡萄穗儿的气味也很重。葡萄开始成熟了，尽管药水味儿那么浓，也没法掩盖得住这种香甜的气味。秋风真凉爽，它吹在老得汗漉漉的身子上，使他感到一阵发冷。远远近近的鸟雀都在聒噪，它们一定是在诅咒人类的恶作剧——将这么多有害的邪味毒水喷洒到美丽的葡萄园里！小蚂蚱们蹦起来，“噌噌”地飞到架子的最顶端，又向着一边逃去了……三两个年轻人趴在架子下，眼睛向四下里乜斜着，偷偷咀嚼一串变紫的葡萄。老得在过去准向他们扬一把沙土，逗个乐子，可是现在没有这份心思……远处，传来几声刺耳的笑声，一听就知道是王三江。老得厌恶地低下头去。

他继续想这片洁白的沙子。他甚至将一个粗沙粒儿捏住，迎着光亮审视着……他弄不明白沙子为什么每个颗粒都包着一层半透明的东西？他只记起葡萄粒儿也包了一层半透明的东西。他于是试图从这片沙子和葡萄园之间找出一点什么联系来。结果他不能够。他想那葡萄的根须，根须怎样扎到深深的地下，地下的水脉……他还想每天在葡萄园里劳动的人，差不多都赤着脚板，极力去和这片沙土亲近。他想这沙子深深地硌到脚板里去，脚板也陷到了沙子里面，那样子仿佛也在设法往地里扎下根须啊！王三江又大又厚的脚，踩到地上“啪啪”响。这双脚因为穿了皮鞋，就不曾陷进过沙土，当然他是不想生下根须的。他在地上没有根。没有根就立不住，所有赤脚的人满可以把他推个仰八叉。老得笑了。他从哪里也看不出人们有什么应该惧怕王三江的地方。

不过他想起了梦中出现过的那个黑黑的身影——王三江手大脚大，身子像牯牛一样粗，长得就是有过人的地方。也许天生他就是让人怕的。老得想到这儿吸了一口冷气，眼睛直愣愣地瞅向一个地方。他摇摇头，又摇摇头——他记起在学校时老师讲过的“法律”——法律是专门维持公正的，它不允许一个人依靠体力的强健去欺侮另一个人、去剥夺另一个人，因为全都要过生活。他从这里也看不出有什么应该惧怕王三江的地方。

老得感到很疲倦。他站起来，伸了个懒腰，呼唤了一声大青。大青欢跳起来，跳得最高的时候超过了他的肩头。小来一声不响地在地上划拉着什么，手里捏着一个绿色的草梗……老得这会儿想起了什么，他把大青交给小来，然后一个人攀到了葡萄架子顶上。

他向西望着，他在望芦青河。

在一个个葡萄藤蔓纠扯成的“小山峦”的那边，在一片白雾底下，那堤内碧绿的苇荻、白亮的水，都望得清清楚楚……河的另一边，就是河西葡萄园了。那是一片正在兴起的园子，一片愈来愈漂亮的园子。老得知道搞承包之前那园子是多么丑陋，多么不值一提！可是这一切如今全变了，那儿的人以令人难以置信的速度富起来，听说看护园子的人住在高高的草楼铺上望，并且有了彩电……他决心去寻访那个园子。他要算一笔账。他要从中寻找那个“原理”……

七

王小雨有时懒得回家，就睡在老得隔壁的茅屋里。她的小屋子和老得的差不多，只不过经她一收拾完全变了样子。她的办公桌上有一块玻璃板，下面压了几张男女电影明星的照片。她将自己不太喜欢的几个演员都描上了胡子。女演员添上两撇胡子，她反倒有些喜欢了。她养了一盆吊兰，梗叶垂下来，一条又一条，很像她自己披散的头发。

小雨有一次随送葡萄的汽车去了一趟城里，看到了披肩发，于是不久她的头发也照样披下来。她的头发真黑，乌油油闪亮，老得最不敢看的。她见了隔壁的老得（当时铁头叔还在），总要以两个脚掌为轴，倏地转动一下身体，站定以后再将脚跟颤两颤，使脑后的黑发上下波浪一般翻抖。老得看得出了神，嘴里哼哼呀呀的，要不是铁头叔总将他及时喊进屋里，他会这样一直看下去的。

小雨心里恣得要命。她用后脑勺也瞧得清老得的神态。这个死老得！这个水蛇腰！王小雨在心里一连串地骂着，真痛快。她知道那颗小伙子的心是怎么跳动的，老想弯下腰来笑一场。

你老得也想和我小雨好吗？小雨成百次地在心里问自己，成百次地笑！她照过镜子。她从来没发现有谁长得比自己俊！从小爸爸就不让她做重活儿。她的身体没有像一般农村姑娘那么结实，可也不像有些农村姑娘那么笨重。她娇小而苗条，两条腿显得又长又直，像两根结实的橡皮柱，那样有弹性，走起路来一耸一耸的——也就是这个走法，引得老得醉心醉意的。她从来就认为：老得高高的个子，像个篮球运动员（她喜欢他们），只可惜生了个七扭八扭的腰。她气闷地噘噘嘴巴，心想老得呀，你怎么就不去城里，像骨折的病人那样，用石膏把腰固定住呀？她想着想着又笑了。

可是自从铁头叔离开葡萄园以后，老得对她变得冷淡了。好像是她赶走了铁头叔一样！她想起这个就生气。她想让老得像以前那样，老得却偏偏不像以前那样。他偶尔眼睛里闪过一丝羡慕和爱恋的火花，随即也就熄灭了。小雨气愤地走在园里的小土埂上，将她新买的米黄色风衣抖得“唰唰”响。她感到了一种莫名的惆怅和懊恼。

老得能够记住一种仇恨，能够目不转睛地盯住一个地方想心事。他恨王三江，因而也多少有点恨小雨。小雨那些令人眼花缭乱的装扮，老得竟不屑一顾。这说明了他的坚定，也表明了他的笨拙。王小雨有点哭笑不得。

可是那个夜晚她被噩梦惊醒之后，来到葡萄园里，那么顽皮而得意地玩了一个通宵！老得哟，仍像过去那样驯服地、目不转睛地望着她。她那个夜晚过得多么欢畅啊，她已经好久没有过这种欢畅了。她想起了小来，觉得那个小东西倒是很有意思的。她想，从今以后小来就归老得领导了——连“水蛇腰”也可以做领导，这个年头真是有意思啊！以前老得什么都听铁头叔的，明显地受他的领导。如今不行了，如今老得神气了，添了猎枪（双筒的!)，又添了小来。小雨心里不知怎么有了一丝孤独感。她想自己领导一下老得倒也许是合适的。那时候她可以支使老得：“老得，提桶水去！”“老得，进屋里坐会儿——不，还是滚开吧！”“老得，以后走路不准胡乱扭动那个腰——那叫‘水蛇腰’，水蛇有毒！”

晚上，小雨睡不着。她愿仰躺在床上想心事。屋子里有一股淡淡的香味，这使她很舒服。月光正好透过窗纸，映在吊兰上。吊兰的小白花儿在夜晚显得那么清晰。她轻轻合上了眼睫。

风徐徐地吹过，像一个人小心地踮着脚尖穿过葡萄园。窗外的青草上有什么虫虫在小声地交谈。露水偶尔从高处的葡萄藤上滴下来。芦青河的流动声变得非常遥远。海浪拍击着海岸，听声音好像要翻腾着奔涌过来。小茅屋愈显得安静了，像一个老人，在月光的注视下怡然入睡了。

小雨老听到自己的呼吸声，轻轻的，细细的，像一只小猫睡着了那样。她将头在枕头上滚动了一下，用嘴唇轻轻地吻了吻柔软的枕巾。一切都是温暖和煦的，散发着一股荞麦花的香味。她愉快地笑了。睡不着，怎么也睡不着。她仰着看茅屋顶，伸出两手在面前绞拧着。胳膊绞到了一起，胖乎乎的手脖儿贴压在一块儿，轻轻地摩擦着。她觉得两只胳膊好看极了。一股暖流在胸中流动，慢慢变得滚烫起来，使她再不能静静地躺着了。她翻动着身子，急躁地扭着胳膊，有时故意用两腿敲击着床板。她不知怎么淌出一滴泪水，接着咬住下唇，“呜呜”地哭起来，将脸埋到枕头上……

傍晚时，她想和爸爸一块儿回家去。她像过去一样跑过去，揪他搭在肩膀上的衣服。王三江平时总是高兴地一耸肩膀，将衣服抖落到女儿的手上……可是这次他站住了，严厉地瞅着小雨问：

“你半夜里找老得玩了吗？”

小雨惊讶地站住了。他怎么知道得这么快！她轻轻地说："我……嗯！"

王三江把肥胖的食指竖起来说："你闲得不耐烦，以后就到园里做活去！"

小雨从来没听过这么阴冷的语气，看了看他的眼睛，吓得要哭起来，大口地喘息着。突然她跺着脚说："做活就做活，我还不稀罕当这个会计呢！"

她说完往屋里跑去，王三江喊她，她像没有听见一样……

半夜了，她还没有睡去。这时，父亲那像锥子一样的目光又从她脸前闪过。她不安地点了灯，从床上坐起来。

怎么也睡不着，小屋里燥热极了！她开了门，走到了窗外的葡萄树下……往常铁头叔将大青拴在树根上。如今老得牵上，到葡萄园里守夜去了。葡萄树根下的干土皮被大青磨蹭得光滑滑的，散发着一股大青的气味。她将身子抵在葡萄架的石柱上。石柱凉森森的，使她舒服得很。她真想就这样睡过去。她想这会儿老得和小来在做什么呢？她又记起父亲那两道目光，就像跟谁赌气似的，她今晚真想跑到园里去找他们啊！她紧紧咬着嘴唇，轻轻地呼吸着，将脚跟跷起来，再跷起来……头被葡萄藤碰了一下，她突然抬腿往园子深处跑去了……

"老得——！老得——！"她一边跑一边喊。

大青呼叫起来。接着老得和小来不无惊奇地迎上来。

小雨站住了，喘息着。她说："我是来和你俩看护葡萄园的——要吧？"

老得怕冷似的将蓑衣紧揪到身上，慢慢坐下来。他把枪横到膝上说："看护吧。"

小雨吃了一串葡萄，抚摸了几下大青，又去捏小来的胳膊。她在架子间来回走动着，样子十分快活……这样玩了一会儿，她突然说："月亮有多圆！真亮！老得呀，小来！愿不愿看跳舞？我跳舞你看！"

她说着真的蹦起来，用脚将拖鞋往一边拨拨，然后弯扭着柔韧的腰，伸出两只胖圆的胳膊舞动起来。

月光下，老得清楚地望见了她那弯弯的眉毛。她闭起眼睛跳舞，这也算是一怪了。可是她笑吟吟的，头在轻轻转动，两手柔和地在胸前推动，大拇指和其他几根手指有趣地翘起来……老得想这一定是演的洗衣服！不过，她闭着眼睛呀……老得觉得她的脸、她的头发、她的手，一切一切都被月亮洗得发光，好看极了。哦哦，老得急躁地把枪从腿弯里拿起来，又放下。他目不转睛地看着，有时想：这东西，小妖精一样，小狐狸一样！她的腰那么软，那么细，圆圆的就像白杨那光滑的树桩子。老得常常紧紧地靠着杨树站着，背着一杆猎枪……他现在笑吟吟地瞅着小雨。

小雨终于不跳了。她问老得："跳得怎么样？"

老得看看一边的小来，如实回答："不错！"

"再来一个要不要？"

"要！"

小雨脸一板："想得美！"

老得不吱声了。

小雨停了一会儿又笑了。她说："和你搞个对象什么的也不错。"

老得给吓了一跳！他不由自主地往后仰了仰身子。

大青歪头瞅了瞅小雨，打了个喷嚏。

小雨眼望着老得说："你看过那些大书吗？上面就写着两个人怎么怎么好，怎么怎么好……你肯定没看过，你个水蛇腰懂什么！"

老得手里紧握着双筒猎枪，点点头。

小雨神往地看着空中的月亮，喃喃地说着："老得呀，你个水蛇腰一扭一扭真难看，你长得也丑。你如果再俊一些，说不定我真能和你好哩……死老得，傻乎乎的死老得！……"

老得的脸热乎乎的。他"吭哧吭哧"喘着气，站起来，就像抵不住炎热的天气似的，抖抖衣服，活动着身子。

王小雨不说话，一直笑眯眯地望着他……

东方慢慢亮了。有什么鸟儿在远处嘶哑地叫着。王小雨这时候却靠在一棵树上睡着了。她醒来后，看了看天色，又骂了一句"水蛇腰"，就拖拖拉拉地往茅屋里走了。老得牵上大青，望着她的背影，摇了摇头。

天完全亮了。

八

一个小铁锅给老得和小来增添了无数的欢乐。

他们把它架在葡萄树下，夜里煮东西吃。小来平常不声不响的，晚上倒是很勤快，无声地离去，又无声地归来，手里总是拿来地瓜、花生什么的。他们将这些煮到锅里，撒一点盐，然后就看着它突突地冒白气。

火光将小来的脸映红了，他坐得很近，老得不时地掀开锅盖，用勺子搅一搅。每逢这时候小来就要用鼻子使劲吸着，说："真鲜！"

老得听到空中有什么叫了一声，想起个事情。他说："打一只鸟来煮上才好——现在有猎枪了。'吃素不吃荤，长不成强壮人'！我从小吃肉太少，你看我，弱成这样子。"

小来小心地伸出手来捏一捏他的胳膊，说："还弱呀？你的胳膊有我两个粗了……"

老得摇摇头："不能比你的。你是得过病的人。"

小来急剧地摇头："没有——你听谁说的？"

老得把枪倒了一下，说："也没有听谁说过。我一看就知道你得过病，没有大病，也生过蛔虫……"

小来不作声了。他记得爸爸给他吃过驱虫药。他这时用钦佩的眼光直瞅着老得。

老得起身摘了两串葡萄，递给小来一串，然后吃起来。他把蓑衣铺在地上，仰面朝天躺下来，眼望着星星说："我每天晚上都想一会儿铁头叔，和他在一块儿你就不知道瞌睡。他老是不停地抽烟，烟瘾真大！你猜他抽的是什么烟？蛤蟆烟！那种小圆叶儿呀，样子不好看，劲头可真大。有一回铁头叔使劲吸了一口，迎着大青吹过去，大青就一个劲地咳嗽，咳嗽……"

小来听到这里笑了起来。

"铁头叔有时候把蓑衣包在身上，像挡雨水那样用手扯紧在身上，蹲在那儿，蓑衣毛儿着，像个大刺猬。他把后脑勺仰靠在葡萄根上，'吭哧吭哧'喘气，你以为他睡得死死的。可你走过去，他就一下睁开了眼睛，用手打个招呼……"老得说到这儿认真地将下巴朝地上点一点：

"葡萄园里再别想找他那样好的护园人了——永远也别想找！"

小来蹲起来说："你也比不上他吗？"

“我？”老得撇撇嘴巴，“我十个也抵不过他的。他是一辈子练成的本事。他护起园子来，可以一连几十天不睡觉——可是他天天都在睡觉，信不？他走路在睡，赶贼在睡，蹲着更在睡，不过你看不出来罢了。”

小来不信：“赶贼也在睡？”

“也在睡！”老得伸手指着大青说，“比如说它是‘贼’，鬼头鬼脑地来了，蹲在架子下偷葡萄了。铁头叔先咳一声，然后就说：‘走吧，走吧，我看见了——你还不走吗？’他说的时候眼睛也不睁，还在呼呼地睡呢！”

小来感到新奇地笑了起来，两手按在沙土上，兴奋地拍打了两下。

大青见老得指着它，禁不住站起来，用舌头舔了舔他的手指。

老得上前掀开锅盖，用勺子搅动着，又捞出一个瓜纽儿，吹一吹放到嘴里。他说：“快熟了……唔唔，还是这东西好煮，一煮就熟。我和铁头叔熬鱼汤喝，常要熬上多半夜。铁头叔说：‘千滚豆腐万滚鱼’——鱼是不怕煮的，越煮味道越鲜。铁头叔布袋里放一撮姜片，几截葱，到时候掐巴掐巴扔进锅里，和鱼一块儿在开水里滚。鱼味儿真馋人啊，人越馋就越有精神——告诉你吧，小来，那样的日子你没过，你就不知道那个好劲儿。露水珠儿从头上滴下来，吧嗒吧嗒往我眼睛上滴，往铁头叔烟锅上滴，烟锅熄了，铁头叔就骂一句。有时滴到锅盖上，发出‘噔’的一声。小铁锅冒的白汽一般分成四股，在月亮底下怪好看的……”

小来不时地问一句：“再怎么样呢？”

老得就像没有听到小来的话，继续往下说：“铁头叔在鱼快揭锅的时候就对我说：‘该转一转了，老得……’我们就一齐爬起来，留下大青看住锅子，到葡萄架里转去了。一晚上就转这么几圈儿，从来没遇上贼。有贼也去偷别处的葡萄园了，他们还不知道这里有铁头叔吗？……转回来，我们就喝鱼汤。大青也要分一点，这个狗很馋。”

小来问：“我们不去转一转吗？”

老得将锅端了下来：“吃完了再去转。”他先挑出几块放到葡萄杈上凉一凉，然后抛给了大青。

他们吃过东西之后，就背上猎枪转开了。园子里黑乎乎的。一个个爬密了葡萄藤蔓的架子遮住了月光，黑得怪吓人。小来紧靠着老得身边走，生怕被什么伤害了一样。老得说：“转常了就不怕了，夜晚的葡萄园咱说了算。白天王三江说了算。夜晚他也不来。你看我大声笑笑你听——”他说着停住了步子，喘了一口气大笑起来：“哈、哈、哈、哈……”这笑声在夜间听来响极了，不知停了多长时间，远处仿佛还有这几声大笑。他又说，我喊你听：“‘呜——喂！’‘呜——喂——喂！——’……”

葡萄园在老得的呼叫声里震荡。大青在远处听到了，幸福而自豪地应和着：“汪！汪！……”小来高兴了，也笑得很响亮……

他们走着，小来却一声也不响了，那样子像在想心事。停了一会儿，他突然说：“老得哥，我想问你件事……”

老得一愣，说：“什么事？”

小来低下头，用脚踢着葡萄根：“你写的……成天趴在小桌上写的东西！”

老得不作声了。停了会儿，他突然厉声问：

“说！你是不是瞅我不在时偷看了？”

“没有！没有……”小来有些慌，但他坚决否认着。

“没有！真的？”老得这才放开步子走下去。他问：“你小来也识字吗？”

小来点点头。

老得让小来在一棵树下站了等他，然后一个人转回茅屋去了。回来时他手里抱着一大叠儿牛皮纸信封，对小来说：“走，转回去！”

他们重新坐到煮东西的地方了。

老得一手抱着东西，一下将火拨旺，然后命令小来说：“把手放在衣服上擦净！”

小来照着做了。老得这才将蓑衣铺到地上，将一叠儿大信封摊上去，让小来随便翻看。

小来拣出一个鼓胀的信封，抽出几张纸，见上面整整齐齐写着一行一行字。老得用手指点着说：“这就是‘诗’。你慢慢看吧，不要吱声。”

小来吃惊地咬着舌头，两手捧起来凑到眼前看。

老得说：“你来得晚，你看一遍，葡萄园里的事就会知道不少。”接着问：“你想知道铁头叔怎么走的吗？”说着从中抽出一个纸片，“你读这篇儿！”

小来读起来：“……铁头叔冒雨走了/王三江这人太凶/茅屋里挂着他崭新的蓑衣/茅屋里只剩下我和大青……”

小来抬头望着老得。

老得说：“这还不明白吗？王三江把铁头叔逼走了！那天夜里正好下大雨，他走了。我一觉醒来，小茅屋空空的，只有一个蓑衣挂在墙上了。那是他的新蓑衣，他看我的蓑衣旧了，没舍得穿走，淋着雨就走了……”

老得说着，眼里渗出了一层晶亮的泪花。

小来说：“铁头叔真好……”

火焰正烧在旺时候，火苗蹿起老高，映红了两个人的脸。小来又展开了另一张纸：“……太阳升起来了/窗外有小鸟叫了一声/铁头叔许是累了/翻动着，嘴里发出‘哼哼’……”

老得说：“这是早晨他在睡觉，他睡了，我趴在桌上写诗，他累得在炕上翻动着，嘴里发出‘哼哼’……”

小来神往地看着蹿动的火苗，一声也不响了。

老得恨恨地说：“王三江欺负了一个看了一辈子葡萄园的老人！我早就说过的：铁头叔有骨！他一跺脚走开了，眼睛也不斜他一下。唉唉，要是人都能像铁头叔那样就好了！”老得说着低下头来，久久没有吱声。停了会儿，他把嘴对在小来耳边说：“你知道吗？我去河西了！人家的葡萄园只是咱的一半多一点，承包额比咱还高哩。可是他们分钱比咱们多，现在要盖楼了，还要办罐头厂——这里边有‘数学’啊，你想想，王三江在咱园里捣了多少鬼！”

小来钦佩地看着老得。

老得的眼睛定定地望着一个角落说：“要弄清楚根底，非找小雨不可了——她管账。不管她愿意还是不愿意，我得看看她的账！不管最后费多大劲儿，我得找到那个‘原理’！……”

一滴露珠落到了老得的眼上。他站起来，扛着枪，有些激动地踱着步子。蓑衣重新被他穿起来，由于衣角紧紧地缚在身上，毛儿都奓了起来。老得一个人默默地在火堆旁边走着，只看着脚下被映红的小草和泥土。海潮的声音退远了，芦青河的咆哮仿佛也停止了。葡萄藤蔓在夜色里纠扯成一簇簇黑影，像一座座重叠的山峦。不时有一两声含混而奇特的响动震荡在这重重的山峦之间；有时传过来的竟是让人费解的有节奏的声音，仿佛有一个老人在遥远的地方慢慢敲击着什么……老得的眉宇间皱成了一个“川”字，摇摇头，又摇摇头。他有时仰起脸来，长时间凝望着头顶那一片星星，火焰映出的是一副男儿粗糙而刚毅的脸庞。此刻他倒像个冥思的哲人——葡萄园孕育出的一个哲人！……

老得重新坐下来时，久久没有作声。他闭上了眼睛，像睡着了一般偎在蓑衣里。他揽住小来说：“小来呀，你每天走在葡萄园里，每天吃饭、做活、睡茅屋——你没有觉出什么不对劲儿的地方吗？你一定没有。是啊，人人都习惯过一种别人安排好了的生活，懒得动脑。我原来也这样。可后来园子包下来了，成了三十六户自己的了，我老想为自己的园子动动脑筋，想想里面的‘原理’……”停了会儿，他睁开了眼睛，望着蹿动的火苗叹息着：

“钱真是个好东西啊，唉唉！它能让庄稼人过舒服日子；钱又真是个坏东西啊！看看，它让那么多人冲一个黑汉笑，怕这个黑汉！唉唉……”

小来不吱声了。停了一会儿他问：“你不怕，你怎么也去扳压气机了？”

老得的脸一热：“我也怕。不过我正寻思——我告诉你我正寻思嘛。等我寻思好了，把‘原理’弄清楚了，我一定不会怕他。到时候我只做我该做的事。”

“你能打得了他吗？”

老得立刻想起被王三江用手砍倒那一回——他着实领略了王三江的威力，至少使他寻思“原理”的进程推迟了两个月！……他摇了摇头。

小来喃喃地："王三江会打人的……"

老得又摇摇头："我寻思过，如果世上没有'法律'，好东西都被高个子拿走了——'法律'会管的。所以，然而，于是，我就不怕他有力气了……"

停了一会儿老得问："那几年混乱你记事吧？你不记事！"

小来说："不记事。"

"我记事。"老得用手往西一划，"芦青河里涨水，涨出两个戴红袖章的女尸首来，头发粘在脑门上，只剩三根……吓人！"

"吓人……"小来不作声了。

老得说："好好的姑娘，还没工夫做媳妇就给打死了。为什么？因为那时候很黑暗，有'黑暗的东西'……我寻思：欺压人、捉弄人、霸道……"老得说着把声音憋得粗粗的，"还有王三江，都是'黑暗的东西'……"

"嗯。"小来赞同地说。

停了一会儿小来又补充道："不过，小雨就不是'黑暗的东西'……"

老得听了，立刻声音软软地问："怎么就不是呢？"

"挺好看的，俊呢！"

老得好长时间没有说话，他又想起了小雨那天晚上的舞姿。他点点头："不错。小雨如果不坏下去，还不是'黑暗的东西'。"

小来说："我老觉得，"他咽一口唾沫，"我老觉得她身上是晶亮的……"

老得咬咬嘴唇："也亮不到哪里去呀……"

天要亮了。火势也弱了。

小来还想看一会儿这些大信封，老得说以后再看吧，就收拾起来。收拾时掉出一张印了大红字的信封，被小来捡了起来，老得告诉他这是杂志社退诗时用的。小来好奇地问：“你让他们退吗?”老得笑笑：“相中了就不退了。我念书时跟老师学的，他写满几张纸就捎走的，有时也不退，印到了书上……我就仿他做。”

小来觉得有趣极了，又问：“哪里印啊?”

老得拍拍大信封：“杂志社，杂志社。我们叫‘农业社’，他们叫‘杂志社’，差不多。他们的社出书，我们的社出粮……”

小来笑了，脸上映出一丝淡淡的霞光。

九

园里的第一批葡萄要采收了。

果品公司照例来园里测试了葡萄糖度，以便决定收购等级。测试的结果是：这个葡萄园生出了全海滩上最甜的葡萄。

所有人都兴奋起来，三十六户的男女老少都拥到葡萄园里，帮着采收。王三江不动声色，只是叼着那大黑木烟斗。人们心里都有数，知道管试糖度的工作人员是王三江的老朋友。不过谁也不作声，就像拾了个宝贝，又高兴又怕别人知道。

王三江为了庆祝一下，特意在海上买来了三大筐肥蟹子、一筐鲜鱼，又到园里摘回几筐黑紫的葡萄，在茅屋里请人喝酒。客人有村里的头面人物，有果品公司和酒厂的，也有税务局的干部，甚至连县上的干部也坐着吉普车赶来了。他们从中午喝到傍晚，吵吵嚷嚷，屋盖都要顶得飞开了。

因为小雨的屋子被他们占了，小雨待在老得和小来的屋里，不时地骂一句。

老得听了很高兴。他和小来也趁机骂了几句。但有时他们骂得重了些，小雨却要干涉。她说他们："混坏，敢骂我爸！"老得听了只是笑……正笑着，隔壁传来了一阵哭声，把他们吓了一跳。

他们跑出门去一看，原来大哭不止的是王三江，好多人已经在围着看了。王三江喝醉了。

小雨喊着"爸爸"，上前去拉他，却被他一抬手掀了个趔趄。小雨跺着脚，看着围上来的人，最后捂着脸跑开了。

王三江醉成这样，大家还是第一次看到。他哭得十分悲伤，一双眼睛哀怨地盯着一个地方，嘴里不停地诉说着："……我，我居功自傲啊！总觉得为园子立了功，就做起黑脸包公来了！我……难哪！老婆子在家里骂我，三十……十六户里也有人恨我。我不好，我平时对人太狠了，这是活该的……有谁要知道我王三江的难处，也就好了……我！……"

他哭着，身子站不稳似的摇晃着，颤抖着，一双手老在胸前拢划着，像要把周围的人全拢到他的胸膛里去，老得觉得很有趣。

喝酒的朋友们劝着他，他越发哭得厉害了。有人说："别哭了老王，谁不知道你的心？你全为了三十六户过好日子啊！"有的说："你对人再凶，也是为别人好啊……"王三江好像全没听到这些，一个劲地捶打自己的胸脯："我也不全是为别人啊，我想自己舒服啊，想把三十六户当长工使啊，我是个多么混账的人！哦，我做过亏心事，我混坏……"

围着的人像不认识似的看着，议论着。

老得呆呆地望着他，不说一句话。他突然也有点困惑了。这就是那个走起路来摇摇晃晃，有时眼睛里能放出两束凶光的王三江吗？老得看看身边的小来，小来也呆呆地望着那个哭泣的醉汉。

老得不解地摇摇头，离开了……

以后好多天，老得的眼前都晃动着那一张流泪的醉脸。

葡萄采收是很累的。一串串葡萄小心地摘下来，再仔细地装进筐里，要花费好多劳动的。所有小伙子都要用肩头扛起装好的葡萄筐，往一块儿集中，装车……老得几乎连一个上午的睡眠也没保证了，王三江常常派人把他从睡梦里揪起来，使他一边搓眼睛一边往外走，心里十分烦躁。可是他每次都走出茅屋，和大家一块儿扛葡萄筐。他的眼前老晃动着那个泪流满面的醉脸。

他把葡萄筐格外小心地放到地上，想着心事。他想那一个个圆圆的葡萄在筐里挤压着，被颠簸得够厉害了，再一震动就会破碎。他想自己心里长时间有个什么东西也像葡萄那样被颠簸着，挤压着，如果再被摔打一下就会破碎。他所以用心地护住这个“东西”，只默默地做活，别人跟他说话，有时他也像听不见一样。他的脑子有些发胀，眼睛也常常花晕。这不是好兆头。这是瞌睡搞成的。瞌睡前几年从来不招惹他，如今也赶来凑热闹了。瞌睡不是好东西，它也和王三江一块儿来挤压他身上的那个“东西”了。

傍晚时分，他不小心跌了一跤。因为要去护住葡萄筐，使他的身子重重地跌在一个葡萄桩上。一阵剧疼从他的膝盖爬到胸口，气得他大骂起来。这时候，胸中的那个“东西”就要破碎了，他咬了咬牙，忍住了。他重新往前走去。

那个“东西”是什么？也说不出。好像可以叫作“忍耐”吧。

王三江的大脚踏在葡萄园里，来来回回地踏着。这是园子里最热闹的时候了，找王三江的人特别多。他们从王三江的家里找不到，就追到园里来了。这其中除了财大气粗的果品商贩，还有省城机关出来采购水果的行政干部……有一次还不知从哪里驶来一辆锃亮的小轿车，就停在园子当中，引得劳动的人群全停了手里的活计看着。王三江客客气气接待着客人，顾不上管做活的人，等到车子走了，他就用那双眼睛扫一下四周。

老得扛着筐子，眼睛总要不断地从筐下斜上来，愤愤地盯住那个黑黑的身影……这个身影当然很大的，因为肥肥胖胖，走起路来才左右摇晃；也许就因为他能左右摇晃，才轻易不会跌跤子。老得这会儿想的是，如果在他摇晃时顺势推他一掌，他也许就会“扑哧”一声倒下去的。那必定是沉重的一跌，也许会折断两根肋骨。不过没人会伸出巴掌，没人有这个企图，这是老得看得出的。他现在弄不明白的是为什么不可以有这个企图。

老得想着心事，终于把视线从那个黑影身上移开。他低头看着脚下的白沙子，摇了摇头，又摇了摇头。他嘴里小声咕哝：“怎么就不可以推他一掌呢……”在咕哝时他仔细瞅了一眼自己的手掌：宽宽的，十分粗糙，力量是足够用的。问题是怎样抬起胳膊，找一个好的角度伸出巴掌。胆量也是一个问题。总之，究竟怎样做他还没有考虑好。他还在忍耐，还在考虑——这么多人都在忍耐，也许忍耐才是个“好东西”呢！

他这样想的时候，眼前突然又晃过那张醉脸，使他心中猛然一动：假话可以真说，真话也可以假说，一醉遮百丑！这是一个有大智慧的坏人！老得又想起承包葡萄园的第一年，王三江是怎样不顾承包额的限制，把大笔钱交了公的。这个人惯于耍这样的手段。看起来他多么大度，多么重义轻财啊，其实他这是故意不信守合同，为自己买好，让三十六户吃个哑巴亏！这笔账也要算的，“原理”慢慢会找到的……“哼哼！”老得在心里发出一声可怕的冷笑，摩擦了两下巴掌，扛起筐子往前大步走去了。

正走着，突然不远处传来小来的喊叫，他一怔，抛了筐子，寻准方向跑了过去。

原来小来也被喊来做活儿了。他不知怎么被几个小伙子围起来，一个小伙子正拧住了他的耳朵，嘻嘻笑着问：“还敢不敢了?”

小来疼得嘴巴都歪了，连连说：“不敢了！不敢了!”

小伙子又说：“你说，‘我是个海节虫……’”

小来吞吞吐吐地说：“我是个……海节虫……”

围起的一堆人都开心地笑了。

老得发现他们大多是平常跟在王三江屁股后头转的一伙人，就弯着腰钻进去，一把攥住了小来细细的手脖儿，一边往外拉一边恨恨地说：“黑暗的……东西!”

拧耳朵的小伙子嬉着脸骂一句：“臭老得!”

老得止住了步子。他转回身来，直直地盯住对方，往前上了一步。他的脖子又涨红起来，每一根青筋都鼓胀着，一双眼睛眯起来，射出一束可怕的光。他把腰微微弓起，同时将两只大手收到腰眼上，鼻子里“哼”了一声。他这样盯了小伙子一会儿，然后那腰轻轻扭动一下，往前又迈出一步。

大家都怔怔地望着他，最后目光一齐落在那双手上，一霎时静得很。

他十根手指松松地垂着，仿佛还在微微颤抖。大家几乎是同时都注意到了，那手背儿慢慢变成了紫红的颜色。他再往前迈出一大步，一双手握成了坚硬的拳头。

那个骂老得的小伙子开始还在笑着，突然惊讶地“唔”了一声，喊了一句“不好!”往一边躲开了……

十

老得将小来的手腕一直攥住，不歇气地往回走。他的手越攥越紧，使小来不得不求饶：“老得哥……”

他就像没有听见，依然往前走去。

小来哭了，用另一只手抹着眼泪。老得低着头走着，回头大喊一声：“不准哭！”

小来吓得不吱声了……到了茅屋里，老得用一只手上了门闩，然后把小来拎到了炕上，直直地盯着他。

小来无声地流着泪水，恐惧地望着老得。

老得伸出了黑乎乎的巴掌，高高地悬在小来头上，只是没有落下来。他问：“小来，你是海节虫吗？”

“不是……”

“不是，刚才你还说是！”老得暴怒地喝了一声，同时那个巴掌往下落了几寸。

小来大哭着：“我疼，他们拧我……”

“拧死，也不能说软话！”老得抖一抖巴掌，“再向他们说软话，我揍死你——你听见了没有？”

小来颤颤抖抖地说：“我听见了……”

老得收了巴掌。

这个夜晚，他们守在葡萄园里，坐在一棵葡萄树的黑影下，都不吱一声。老得架起小铁锅，点了火，小来就无声地去了。过了一会儿，他才从黑影里走出来，从衣兜里掏出了花生、地瓜纽儿，一个一个投进锅里。他做完这一切之后，又退到黑影里坐下了。

老得一遍又一遍地搅着铁锅，不停地捣鼓着锅下的柴火。

大青坐在老得和小来中间的地方，仰脸向上，只偶尔瞅一眼老得，再瞅一眼黑影里的小来……铁锅冒气了，煮东西的鲜味很浓了，大青愉快地活动了一下腿脚。

露水开始滴下来，又“噔噔”地打在锅盖上，落在守夜人的蓑衣上了。老得突然低低地叫了一声：“小来……”

小来用刚刚听得见的声音答了一句：“嗯。”

“你饿了吧?”

“嗯……”

老得把蓑衣抖了抖，坐在地上：“你听，芦青河咕噜咕噜响……会捉鱼吗?”

“不……”

“我会的。有一年，我捉了一条花鲇鱼，好几斤重呢——鲇鱼做汤没有比。”老得说着瞅一眼黑影里的小来，“往火前凑凑，夜里有寒气的，小来……那一回下河，我被什么东西在肚子上划开一道口子，不合算的。”

小来不作声。只有老得一个人在说：“小来，瞅哪天我去河里捉条鱼你吃——河鱼和海鱼就不一个味儿。我给你做个汤……”

小来还是不作声。黑影里，一会儿传来他细细的哭声。

老得走过去，把小来抱到了光亮地方，紧紧地搂在怀里。小来哭得更重了，身子在老得怀中颤抖着。老得说：“小来呀，你恨我要揍你，恨吧！我也恨你——你说软话。我是为你好哩。”

小来抽泣着说：“我知道……”

老得把他放下了。老得把身子倚在了葡萄桩上，取过猎枪抚摸着。他问："小来，我以后教你使枪吧？"

小来点点头。

"要学会使枪！双筒猎枪，你也该均摊一个筒子。以后你用枪打野鸡我吃。"

小来笑了。

老得高兴地用手抹一下他尖尖的下巴："嘿，笑了，笑了。你不该恨我，你知道我是好心。记住——"老得说着严肃地板起脸来，"死了，也不能给'黑暗的东西'说一句软话——能记住吗？"

小来抿起嘴角，用力地点一下头。

"我跟你说过几次了，铁头叔有骨！他看了一辈子葡萄园，就没人听他说过一句软话。"

老得说着坐下来，一边搅锅里的东西一边说："我是跟上哥哥嫂子过活的，爸爸妈妈早死了。那一年上哥哥家没东西吃，他们找到一截瓜根就自己煮了吃。我说了那么多软话，饿花了眼。最后还是我自己爬到田里，拔草芽儿吃……我现在这么弱，就是吃草芽儿吃的，吃什么像什么，我像草芽儿……"

小来说："我也像草芽儿……"

"草芽儿长成树——你看到大杨树苗了吧，小时就像草芽儿！"老得大声说道。

小来轻轻地说："得哥，我怕后妈。后妈老打我，后来我就怕后妈了，怕打我的人——连你也怕。"

"我以后不打你，原来也不想打你。"

"街上的人都笑我，说我像个粟子秸。"小来的手搓弄着披在膝上的蓑衣角，"他们还编了歌来骂我……"

老得抬起头听着。

小来问："你还记得'手拿碟儿敲起来'那首歌吧？"

老得点点头："《洪湖赤卫队》上的歌。"

"嗯。"小来说，"他们就用那个曲儿唱，把词换了，是骂我的。他们唱：'我是一个王小来，小时长得很富态。半路落到后娘手，从此不如一条狗……'"

老得听着，看着小来瘦瘦的手掌像敲一个碟儿那样抖着，鼻子一酸……他用力地抹去眼泪，上前捧起小来瘦削的脸蛋看着，又捏了捏他硬硬的肩膀，叫着："小来呀……"

小来的脸在老得黑大的手掌里转动着，轻声呼应："得哥……"

风吹落树上几片叶子，落到了他们身上。一丝寒气吹了过来，大青抖了抖全身的皮毛。老得又激动地在葡萄架下踱起了步子。他像过去那样将枪抱在怀里，用力地揪紧了蓑衣角儿，步子迈得很慢，很沉重。眉宇间又拧成一个"川"字。他站下来，身子靠住了一丛葡萄藤蔓，久久地望着一片星空。他将小来揽到怀里，神往地、声音低缓地说："……我常想那些星星里面会有人，想他们会过什么日子。我想'飞碟'。有时夜晚走在林子里，望着黑压压的一片，头发梢就要竖起似的。还有那片海，你望不到边缘，你觉得自己像一粒小沙子。我老觉得四周好像有什么东西要挤压过来，老要架起拳头抵挡。这时我就想自己这粒小沙子要碾碎难不难。这时我就故意大声地咳嗽，想寻找无数好朋友，想把什么都告诉他……"

老得说着，突然热烈地拥抱小来……他们坐在了篝火旁。老得说："小来，我们一起住茅屋，一起使猎枪；我和你最好，你和我最好；我什么都告诉你，你什么都告诉我……"

小来用抖动的手捏住老得粗粗的胳膊："我什么都告诉你……"

老得说："我们什么都不怕。"

小来重复一句："我们什么都不怕！"

"王三江不怕！"

"不怕王三江！"

……

老得这时候猛地站起来，朝天上举着猎枪说："我从买来还没有放过，他妈的，今夜来一家伙，听听响儿。"

小来拍拍手："朝天上打！"

老得低头说一句："大青，你不要害怕，我们打枪了！"

他和小来都抡下了蓑衣，神情严肃地望着星空。老得举枪的手松了松，倒换了一下。他说："小来，你盯住枪口，看它冒出什么颜色的火，你看准！"他一边说一边将两腿叉开，稳稳地站住了，两手卡住枪身又停了一会儿，然后扳响了枪机！

"轰——啪——"

一道火舌腾上空中，消失在星星中间。巨大的骤响震撼了整个夜的海滩，远远近近都在回应，远远近近都在呼啸！枪口老老实实地冒着一缕淡淡的烟气，老得仍高高地举着猎枪。

"嘿嘿！哈哈！哈哈哈！……"老得快活地大笑，下巴抵在胸骨上，一颤一颤的。

小来也笑了，他喊着："红色的！红色的！"

整个夜晚都亢奋起来。老得和小来迅速地吃了煮熟的东西，又喂了大青，然后将火焰拨弄得高高的。火星儿老往上空飞腾，木柴在火中"噼啪"地响着。老得兴奋地大声吟唱着他的诗："……春天一般化/春天干燥/秋天很好了/秋天往家收东西/到了秋天/我高兴得笑嘻嘻……"

小来蹦起来，反复着最后一句：“‘我高兴得笑嘻嘻！’‘笑嘻嘻’，嘻嘻嘻……”

老得听了反而不再吟唱，他严肃地问：“好吗?”

小来严肃地回答：“好。”

老得笑了：“我正在兴头上，一忽儿就能作一首。”

“你作!”

老得咳一声，盯着高高的火焰吟唱着：“秋天好，到了秋天不准懒/你看核桃变硬，柿子变软/怕事的人，也全都变大胆！……”

不知是血液涌上来，还是被火焰映的，老得的脸通红通红。

小来搂住了老得的胳膊，大叫起来：“老得！老得！得哥！得哥！你真是个大诗人！哎呀得哥……”

老得说：“你不是柿子，你也得变大胆!”

“我变大胆——你给我枪，我今夜自己到园里转一转。”

老得说“好”，却抱紧了枪说：“停一会儿，咱一块儿转去吧……”

小来停了一会儿问：“得哥，你怎么就会作诗啊?”

“这个，”老得挠挠头皮，“我跟老师学的。我该再跟老师读几年，我什么书都喜欢！村里只供我读到初中，说这已经是能写会算的人了……我出了学校门，哭了三天……”

小来说：“我是我爸不让读的……”

老得感叹道：“书是个好东西啊!”

接下去他们谈了很多。因为兴奋，都忘了一旁的蓑衣，一会儿衣服就被露水打湿了。夜气多重，葡萄叶儿像被一场小雨浇过一样，在月亮下闪着亮儿……大青在即将熄灭的炭火下睡着了，发出均匀的鼾声。老得和小来谈了一会儿小雨，都对她那个圆圆细细的腰极有好感。老得说："圆圆的，像那些滑溜溜的大杨树桩一样……"谈过了小雨，自然还要谈她父亲王三江。两个人的神情立刻严肃起来。老得告诉小来一个刚探听到的秘密：前些天，一个电视机厂来车拉走了五十筐好葡萄，比收购价格还要低百分之三十！这是王三江批的条子。他家里如今有老大老大的"彩电"了；他偷税漏税，还和果品公司的朋友合伙，以次充好，不知卖给了国家多少坏葡萄！……老得说："这个黑汉子常常喝醉，他喝'茅台'！别以为手大捂得住天，群众全睁着眼。三十六户也不全怕他，有好多人正想去不去乡政府告他呢——经他手批的低价葡萄有上万斤……"老得说到这儿神秘地点一下头，小来忙把耳朵凑上去。

"你不知道，有些事情就是小雨告诉我的。小雨有时也骂她爸'混坏'！……你看吧，王三江这个黑汉有什么可怕的？有人怕他，也许以为葡萄园的好日子没他不行哩，这真是大误解！我寻思，'原理'这东西快离咱不远了！我想到这里就高兴。我把一些想法都写在了纸上……"

老得说着，从腰里摸索出一个皱巴巴的纸头。

小来费力地展开纸头，在月光下瞅着，那原来又是一首诗：

挺起腰杆大步走
使劲甩动两只手
做人就做条硬汉子
黑暗的东西，都要藐视
…………